鲜花盛开的草帽

刘照如 著

新疆美术摄影出版社

新疆电子音像出版社

图书在版编目(CIP)数据

鲜花盛开的草帽/刘照如著.— 乌鲁木齐：新疆美术摄影出版社：新疆电子音像出版社，2010.2
ISBN 978-7-5469-0682-9

Ⅰ.①鲜… Ⅱ.①刘… Ⅲ.①短篇小说－作品集－中国－当代 Ⅳ.①I247.7

中国版本图书馆 CIP 数据核字(2010)第 028936 号

作 者	刘照如
责任编辑	武夫安
责任校对	王峪台
出 版	新疆美术摄影出版社
	新疆电子音像出版社
地 址	乌鲁木齐市经济技术开发区科技园路5号
邮 编	830026
发 行	新华书店
印 刷	三河市燕春印务有限公司
开 本	700 mm×1 000 mm 1/16
印 张	11
字 数	146千字
版 次	2010年3月第1版
印 次	2017年9月第2次印刷
书 号	ISBN 978-7-5469-0682-9
定 价	32.80元

目录

鲜花盛开的草帽

这个故事涉及到两起服毒自杀事件。

第一起自杀事件发生在 1988 年 8 月 1 日，自杀者刘秀梅是我的三姐，她吞服了 500 毫升敌敌畏，死于山东省定陶县黄店镇人民医院，时年 33 岁，撇下一男一女两个孩子。另一个自杀者名叫王好学，他也吞服了 500 毫升敌敌畏，死于 1988 年 9 月 27 日，时年 34 岁。王好学这个人，我虽然算是认识他，但一点儿也不熟悉，甚至他的名字究竟是写成王好学还是写成王学好，我都没有把握。

1989 年，我的朋友关永年（当时他是《大众法制》杂志社的记者）到山东省菏泽地区诸县考察了半个多月之后，写出一篇两万多字的调查报告，题目叫《关于农村青年自杀现象的调查分析》，发表在当年出版的《大众法制》杂志上。在这篇调查报告中，记者关永年分别使用 700 字左右的篇幅，把刘秀梅自杀事件和王好学自杀事件并列在一起。刘秀梅和王好学的自杀方式是完全一样的，关永年在文章中把他们并列在一起的时候，正在分析农村青年自杀的原因。关氏文章认为，这两起自杀事件的起因是家庭邻里纠纷。

那个时候，我的五个姐姐都已经出嫁，我也离开老家刘家洼到济南工作，家里只剩下父亲母亲和弟弟刘照华。在这之前，父亲靠倒卖木材赚了一点钱，我们姐弟几个都离开家之后，他把承包的责任田让给别人去种，领着刘照华来到镇上，开了一间布店。第二年刘照华结婚，我父亲把店里的存货分出一部分，在旁边又开了一间布店，交给刘照华经营。又过了一些日子，我三姐刘秀梅和五姐刘秀爱也来投奔父亲，父亲又帮她们租了房子。这样，我们家一共四间布店连在了一起，刘秀梅和刘秀爱也都把婆家的责任田让给别人了。

　　在我的五个姐姐中,三姐刘秀梅虽然不是最漂亮的一个,却是最能吃苦的一个。刘秀梅只上过三年小学,后来她把学过的字又忘了一大部分,所以她几乎是一个文盲。但她在出嫁前学过缝纫手艺,她曾用自己的手艺帮助父亲养家。刘秀梅皮肤黝黑,个子不高,说话不多,但她走路和干活的时候都很利索,她走路常常带出身边的风。刘秀梅平均三个月穿烂一双布鞋,而且她的鞋子总是内鞋帮最先烂掉,那都是她走路太快两只脚不断磨擦造成的。以前我奶奶活着的时候,曾为刘秀梅走路干事太慌张而忧心忡忡,她老人家虽没有说出口,但她的忧虑显而易见:刘秀梅旋风似的走路会折寿的。

　　刘秀梅的婆家大张庄是一片盐碱地,收成不好,拿过提留之后,生活就很成问题了。刘秀梅来到镇上那阵子,因为超生刚刚被村里罚了款,做生意没有本钱;生意能够做起来,多亏了刘照华和刘秀爱以及我们父亲的帮助。三姐夫张大明也是一个不爱说话的人,他是个大高个,喜欢留光头,不轻易笑。很多时候,张大明蹲在店门外的台阶上抽烟,太阳光晒着他青青的头皮,他的眼睛被烟熏得眯起来,街上走路的人都以为蹲在店门台阶上的这个人脑子里有水。他们的两个孩子常常在柜台里外打闹。生意好的时候,张大明也不帮刘秀梅,只不过他不再蹲在门外了,而是跑到柜台里面,坐在一只方凳上发呆。逢到刘秀梅去南方进货,张大明的样子就会吓走好多顾客。

　　出事的前几天,刘秀梅和刘秀爱结伴去浙江省义乌市进货,她们回来之后,两个人的裙子和短上衣都被汗水弄得斑斑驳驳,几只装满货物的大编织袋堆放在刘秀梅的仓库里。当天晚上,刘秀梅、张大明和刘秀爱、五姐夫孔朋四个人,对那几只大编织袋进行了清理,分出了各自的进货,并连夜让那些货物上了架。其间帐目非常清楚,没有产生任何纠纷。可是第二天一大早,刘秀爱慢慢腾腾地来到刘秀梅的店里,告诉刘秀梅说,她回去之后对了账,发现有 60 块钱没有着落,这才想起义乌的时候,刘秀梅问她借过 60 块钱。刘秀梅皱了皱眉头说,什么? 60 块钱?我不记得有这事。刘秀爱愣了一下,说,你要是不记得,也就算了。停一停,刘秀爱犹犹豫豫地又说,不就是 60 块钱嘛,反正我也不在乎。刘秀梅一听这话,脸腾地红了。刘秀梅说,你的意思是我在乎 60 块钱,我拿了你的钱赖账是不是? 刘

秀爱发现谈话的走向远离了她的初衷，赶紧说，我不是那个意思，姐，我真的不是那个意思。刘秀爱说着话，就离开了刘秀梅的布店，她听见刘秀梅还在背后追问她，那你说，你是什么意思？这一大早的你到底是什么意思？

半个小时之后，刘秀梅却拿了60块钱来到刘秀爱的店里，她把钱放在柜台上，对刘秀爱说，这是你要的60块钱，我放在这儿了。当时，刘秀爱正在柜台里面给一个顾客撕布，她看了看刘秀梅放在柜台上的钱，伤心地说，事情不是过去了嘛，说也说了，你这么做不是在打我的脸吗？可是刘秀爱还没有把话说完，就发现刘秀梅早已匆匆地离开了。后来，店里的顾客一走，刘秀爱蹲在柜台里面哭起来。刘秀爱一边哭，一边支使五姐夫孔朋，让他拾起那60块钱，扔回到刘秀梅的布店里去。你把她的钱扔给她。刘秀爱说，我看着它难过。孔朋捏了捏柜台上的钱，去也不是，不去也不是，左右为难。孔朋觉得如果现在像刘秀爱让他做的那样，把钱扔回到刘秀梅的店里去，一场大的纠纷就不可避免了。后来，孔朋想了一个解决问题的办法，就是先把钱的事搁一搁，过上三五天，再用这些钱给刘秀梅的两个孩子买点儿好吃的东西，这样大家脸面上都还过得去。孔朋把他的想法告诉了刘秀爱，对此刘秀爱没有表示反对。

平静了两天。这两天天气闷热，气温达到40℃，人们被酷暑煎熬得无处躲藏，布店里没有生意。第二天夜里下了一夜大雨，雷声和风声都很大。第三天一大早，雨才小了一些，街上到处是被大风掰下来的树枝。尽管如此，四家挨在一起的布店仍都在8点钟左右打开了店门。刘秀梅站在店门里边，看了一阵流淌在大街上的雨水，然后她把店门虚掩上，回到柜台里面的一张小床上躺下来。刘秀梅的这张床，和柜台之间隔着一层布帘子。张大明坐在柜台里面的一只方凳上发呆。大约9点钟的时候，刘秀梅有气无力地对张大明说，她喝了敌敌畏，恐怕已经活不成了。张大明掀开布帘看了看刘秀梅，他看见刘秀梅侧卧在床上，正在大口喘气，唇边有一些白沫。刘秀梅的嘴里发出浓浓的农药味，席子上似乎也洒满了那些液体。刘秀梅定定地看了一眼张大明，但她的目光中并没有多少内容。不知道刘秀梅喝下农药多长时间了。那一天以及后来的一段日子，张大明一直没有发现一只500毫升装的敌敌畏空瓶子。

张大明又在柜台里面的方凳上坐了一刻钟，之后他好像突然想起了

什么,腾地从方凳上跳起来,纵身翻过柜台,向我父亲的布店里走去。刘秀梅的布店和我父亲的布店,中间隔着刘秀爱的布店,经过刘秀爱的布店时,张大明往里面望了一眼,看见里面暗暗的,刘秀爱正趴在柜台上睡觉。我父亲的布店里,只有我母亲一个人在。张大明站在我父亲的布店门口,脸上和头发上挂着水珠。他盯了我母亲好久,才说,刘秀梅喝了敌敌畏。我母亲没有听清张大明在说什么,她只看见张大明像一根电线杆子一样竖在门口,把屋里遮出一大片暗影。我母亲说,张大明,你吃饭了吗?张大明又说,刘秀梅喝了一大瓶敌敌畏。我母亲咧了咧嘴,似乎想笑一下,但没有笑出来。我母亲问张大明,店里哪有敌敌畏?她到哪儿弄了一瓶敌敌畏?张大明说,我不知道。我母亲又说,你为什么不把瓶子夺下来?张大明说,我根本没有看见那个瓶子。这个时候,我母亲好像才一下子知道了事情的严重性,她从柜台里面绕出来,往刘秀梅的布店里跑,她一边跑,一边高呼着我父亲和刘照华的名字。不一会儿,我父亲、刘照华、刘秀爱和孔朋这些人,也都来到刘秀梅的床前,可是那时候刘秀梅已经不在床上,他们看见刘秀梅躺在床前的地上,一动也不动。刘秀梅的脸变成了紫色,她的一边脸贴着地,嘴边的地上有一大摊粉红色的泡沫。刘照华抱着刘秀梅去了医院。

我从济南赶回镇上,是第二天的下午,刘秀梅已经被人从人民医院的太平间里推出来。人民医院的大门外是一片树林子,林子里聚集着好几百人,林子边上和路上还停着七八辆拖拉机,那些拖拉机的胶皮轮子上粘满了烂草和泥巴。后来我才知道,这些人有一半是从刘秀梅的婆家大张庄赶来的,另一半则从刘秀爱的婆家孔集赶过来,旁边那七八辆拖拉机是他们的交通工具。刘秀梅被放在一辆地排车上,放在人民医院大门口,地排车的前辕下面支着一条长凳,这样他们才能够把刘秀梅的身体放平。刘秀梅的身上盖着一条白被单,被单蒙着她的脸,但可能是那条被单太短了,刘秀梅的两截小腿和两只脚却露出来。他们给刘秀梅穿了一条海蓝色的绸布裤子,裤角很宽,上面有好多线头没有来得及剪去。他们还给刘秀梅穿了一双崭新的黑色宽口布鞋,鞋底上一点儿泥巴都没有,但没有给她穿袜子。刘秀梅的脚腕肿得很粗,脚面肿得老高,皮肤是一种紫色或者说是粉红色。那双宽口布鞋穿在刘秀梅的脚上很不合适,它显得太小了。

我想在人群中找到我父亲，但他不在，据说自从刘秀梅喝了敌敌畏之后，他一直躺在床上，用床单蒙着头，谁叫他他都不应。我的母亲也不在这里，她的身体不好，高血压、关节炎，这样的场合不适合她，她已经回到布店里去了。我的大姐二姐也到医院来过，是她们两个人给刘秀梅穿了衣服，但她们很快又离开了。刘秀爱和孔朋两口子已经躲到孔集去了，事态进一步发展将对他们俩十分不利。在人群中我只看到了刘照华，他和几个人站在一起，正在说着什么，其他人的目光一律都在盯着他们。那一年，刘照华22岁，我24岁，但刘照华身边的那些人，年龄都要大得多。其中，只有两个人我是认识的，一个是张大明，他站在一条土岗子上，木呆着脸望着远处。另一个是刘秀爱的公公，当时他正蹲在刘照华的身后流着眼泪。我走近他们之后，他们中的一个人问我，你是刘秀梅的大弟吗？我承认我是刘秀梅的大弟和刘照华的哥哥。那个人说，你回来就好了，这个事儿你来弄吧！我看见刘照华大汗淋漓，他的衬衣已经被汗水湿透了，紧紧地贴着脊梁。刘照华的头发也都一缕一缕地贴在头皮上。

　　这些人说了很长时间，我才渐渐听明白，他们分别是刘秀梅的婆家大张庄和刘秀爱的婆家孔集两个村子的代表，他们把刘照华夹在中间正在谈判。大张庄的代表坚持认为，刘秀梅是因为和孔集的人（刘秀爱）吵架才喝了敌敌畏，她死了之后撇下两个小孩，因此，孔集应该给张大明和两个小孩以经济上的补偿。孔集的代表一听这话就来气，因为就在昨天晚上，在刘秀梅被弄到太平间里去之后不久，在大家都守在医院里的时候，张大明领着两个人把刘秀爱的布店的铁门砸开了，他们把刘秀爱布店里所有的东西洗劫一空，然后转移到了别人不知道的地方。更何况，刘秀梅属于服毒自杀，对于刘秀梅的死，孔集并不负有责任。刘照华的意见也很明确，他管不到大张庄和孔集的恩怨以及负不负责任和补不补偿的事，他只要求大张庄给刘秀梅下葬。大张庄的代表矛头马上就指向刘照华，他们说，出事之后，刘家的人都躲起来了（主要指我父亲），派一个孩子（指刘照华）来糊弄我们，这不是他妈的人干的事；如果刘家的人不能主持公道，他们就不会给刘秀梅下葬，他们就会一直把刘秀梅放在人民医院的大门口。听到这里，我插嘴说，天气很热，如果再不把刘秀梅下葬，她很快就会烂掉的。大张庄的代表说，既然这样的话，这个事儿你来弄吧！当时，我看了看

树林子里另外那几百号人，尽管他们都沉默不语，但他们的情绪一触即发。大张庄的人和孔集的人分成两个阵营，好像大张庄的人都站在林子的西边，而孔集的人则站在林子的东边，两群人把谈判的这几个人夹在中间。刚才我没有注意，现在我隐约觉得，那七八辆拖拉机的拖箱里，放着一些铁锹、锄头以及木棍一类的东西。

事情最终不了了之，孔集没有给刘秀梅的两个孩子和张大明以经济上的补偿，张大明也没有归还从刘秀爱店里抢走的货物。大约是第二天凌晨一点钟，大张庄和孔集的人各自散去。当然，大张庄的人也于凌晨5点钟的时候，把刘秀梅的尸体掩埋在大张庄村西头的一片乱土岗子上，据说那里就是张家的坟地。我和刘照华到了大张庄，并且都往刘秀梅的坟上抛了两锹土。我们掩埋刘秀梅的时候，刘秀爱和孔朋两个人已经变得一贫如洗，同时他们还该着银行两万多块钱的贷款。他们向刘照华的妻子借了500块钱，连夜搭车出逃，最后他们在内蒙古的呼和浩特市落下脚来，在那里生活了10多年。

现在，让我来说一说关永年文章《关于农村青年自杀现象的调查分析》中提到的另一个自杀者王好学。王好学家住山东省成武县冉固镇大王庄，曾在大王庄小学做过10年民办教师，后因学校里连年发不出工资，才辞职回家种地。虽然分属于两个县，但大王庄离我的老家刘家洼只有十几里路。关永年文章中一共提到大约20个自杀者，除了刘秀梅以外，王好学是唯一一个我所认识的人。但说是认识，又几乎算作不认识，我一共只见过他三次，每一次都是匆匆一面，如果他现在还活着的话，如果让我在人多的地方遇见他，我很可能认不出他来。

那时，王好学已经结婚，生有一个女儿，据说她的妻子手巧，王好学辞掉民办教师以后，他的妻子就在家里编织中国结，让王好学到冉固镇、黄店镇以及定陶和成武两个县城里去卖。我最后一次见到王好学，好像是1986年的春天，在黄店镇我父亲那间布店里。王好学去黄店镇卖中国结，顺便看望我的父母。当时，刘秀梅和刘秀爱两个人还没有去镇上投奔我父亲，刘照华也还没有结婚，我从济南回到镇上，遇上了这个叫王好学的人。那天他穿着一身灰颜色的劣质条纹西装，黑布鞋，西装已经很旧了，好像几年没有洗过，他的鞋面上和头发里藏着一些尘土。王好学坐在我父亲的

布店里，坐在柜台外面一只方凳上，而我的母亲坐在柜台里面，隔着柜台和他说着话。我进去后，王好学站起身来，递给我一支烟，他望着我母亲说，这是我大弟吧？我告诉他说，我是刘照华的哥哥。然后，我们两个人握了一下手。可是我母亲并没有把他介绍给我，我也没有询问他，当时我只是觉得他很面熟，想不起他是谁，想不起他的名字叫做王好学。王好学又坐了一会儿，吸了半支烟，然后就走掉了。他走后我母亲才告诉我，其实她也弄不清这个人到底叫王好学还是叫王学好，更想不到王好学会来看她；不过这些年来，每隔三两年王好学总会来看她一次，她也不知道为什么。说起来，王好学的叔叔年轻的时候曾和我父亲相熟，但他们两个人已经很多年不再来往了。

王好学七岁时，他的父母一起死在公社砖窑场，他们死于一起塌窑事故。王好学是被他的叔叔抚养成人的。后来，王好学娶了妻子，生了女儿，他的叔叔就和他分开过日子了。1988 年 9 月 27 日前几天，下了两场透雨，节气正赶上秋分，大王庄的人都忙着种麦子。那时候，我的三姐刘秀梅服毒自杀 50 余天。这天晚饭过后，王好学来到他的叔叔家，他的叔叔正在院子里喂牛吃草料。王好学的叔叔养着一头壮实的黑耕牛，王好学想借那头耕牛用一用，把自己家的几亩责任田犁出来。可是，王好学的叔叔并不想把耕牛借给他，他的叔叔说，牛我不能借，我自己还要用。王好学的意思是，他的叔叔用完了牛之后，他再用一下也不迟。王好学的责任田和他叔叔的责任田紧挨在一起，他的叔叔犁完了责任田，牛身上的缰绳都不用解开，他就可以犁自己的责任田了。王好学的叔叔说，那也轮不到你，有好几个人排队来借我的牛了，我已经答应了他们。王好学听出来，他的叔叔是想用耕牛挣别人的钱，但是如果王好学拿钱来买他叔叔的牛用一用，就不如用乡里的拖拉机了，横竖都是几十块钱的事。王好学说，既然你已经把牛许给别人，那就算了吧，我用乡里的拖拉机去犁地。王好学的叔叔不耐烦地说，你去用拖拉机吧，拖拉机比我的牛好使。王好学悻悻地离开了他叔叔的家。

第二天，王好学没有找到拖拉机。乡里的拖拉机也像他叔叔的黑牛一样，已经有好多人排队等着用，拖拉机轮不到王好学。王好学回到家里睡了大半天，到了半下午的时候，他找出一把铁锨，准备一锨一锨把他的责

任田翻出来。那把铁锨已经好几个月没有用过,上面长满了铁锈。王好学找来一把铲子,把铁锨上的铁锈铲了去。王好学的动作似乎有点儿任性,那两片铁发出尖锐刺耳的声音。王好学抬头看了看天,天空又高又远,天上飘着几块白云。如果再等几天,错过了季节,他种上的麦子就不能保证和别人家的麦子长得一样好,王好学心里真的有点儿着急了。

王好学来到自己的责任田,看见他的妻子正在用铁锨翻地,他们的女儿坐在地头的土埂上。王好学的叔叔也在驾着黑耕牛犁地,他的叔叔嘴里"喔喔"地叫个没完。王好学蹲在地头上,目光骑着他的责任田和他叔叔的责任田之间的田埂,他发现那条田埂几乎被他的叔叔犁没了,他叔叔犁的地朝着他的责任田里弯出来一个大肚子。实际上是王好学的叔叔侵占了王好学的地足足有两垄之多。看到这个情况,王好学蹲在那里没有动。后来,他的妻子看他像条狗一样老是蹲在那里一动不动,就放下铁锨,朝他走过来。王好学的妻子目光也骑着田埂看,很快她看到田埂出了毛病,王好学的叔叔把田埂犁没了,犁出的地朝她家的责任田里弯出一个大肚子。王好学的妻子朝王好学的叔叔喊,她说,叔,你老人家的眼是不是有点儿斜了?不知道王好学的叔叔没有听见这句话还是装作没有听见,他也高声说,侄媳妇,你说的话我没听见。王好学的妻子又说,你看看这田埂,你老人家的眼是不是有点儿斜?这一次王好学的叔叔肯定听见了,但他没有马上回话,他驾着那头黑牛,"喔喔"地喊着号子,一门心思犁地。王好学的叔叔犁到地的那一头,然后再犁回来,走到地中间,他突然说,侄媳妇,我知道你的意思,你不是说我的眼斜,你是说我的心眼儿斜。王好学的妻子张了张嘴,没有说话。王好学的叔叔渐渐来到王好学跟前,到了地头上,他搬起犁子,掉转方向,又朝地的另一头犁过去。到了地中间,他回过头来,笑了笑说,侄媳妇,你说我的心眼儿斜吗?我要是心眼儿斜,王好学他长不了这么大。这时候,王好学在地头上再也蹲不住了,他猛地站起身,把铁锨狠狠地插在地头上,一个人往家里走去。

临近傍晚的时候,王好学喝了500毫升敌敌畏。王好学的床底下,放着五瓶剧毒农药,它们分别是"六六粉"、"敌敌畏"、"1605"、"乐果"和"3911",他把它们都翻出来,看了一遍,最后他选定了敌敌畏。王好学一口气喝下去500毫升敌敌畏,随即躺在床上等着,可是大约一刻钟之后,他

发现自己还没有死。王好学挣扎着从床上滚下来，慢慢往门口爬过去。王好学家的门槛，是用红砖垒成的，王好学爬到门槛那儿，他的身体把门槛弄塌了，有一块带着一层干水泥的红砖散落下来，滚到门外的石板上。王好学拿起那块砖，往自己的头上砸了七八下，然后他的身体骑在门槛上，再也不动了。天色黑透以后，王好学的妻子才从地里回来，她进屋的时候差点儿被王好学的身体绊倒。她开了屋里的电灯，发现王好学下半身在门里，上半身在门外，屋里有一股浓烈的农药的气味。而王好学的头，已经被砖头砸得不成样子。王好学的妻子认不出他来，一直到下葬的时候，他的妻子都难以相信，装进棺材里的那个身体曾经是她的丈夫、那个名字叫做王好学的人。

我第一次看到王好学，是1976年冬天。那一年我13岁，我的三姐刘秀梅21岁。我家里人口多，生产队里分的粮食不够吃，刘秀梅帮我的父亲弄点钱回家，我父亲再到镇上去籴粮食。刘秀梅会一点儿缝纫手艺，我父亲买来一台缝纫机，让她帮人做衣服。我记得那个时候，刘秀梅帮人做一条裤子挣三毛钱，做上衣挣五毛钱。一般是过上十天半个月，刘秀梅就骑自行车到定陶县和成武县交界的那一片村子去，那片村子在我的老家刘家洼的南边。刘秀梅在那里把人家要做的衣服裁剪好，拿回家里来，白天参加生产队的劳动，夜晚加班做衣服。刘秀梅把那些衣服做好以后，再骑自行车到那片村子去，把衣服给人家送去，同时裁剪第二茬要做的衣服。当时，刘秀梅每次去那一带收剪布料，落脚的地方就是王好学的村子大王庄。因为我父亲和王好学的叔叔曾经相熟，刘秀梅出门在外我父母有点儿不放心，他们嘱咐王好学的叔叔照顾一下刘秀梅。就这样，刘秀梅每逢十天半月去一趟大王庄，总共大约一年的时间。后来，我父亲不让刘秀梅再到大王庄一带去了，他让刘秀梅到定陶县和巨野县交界的那一片村子去，那片村子在我的老家刘家洼的北边。

1976年农历腊月的某一天，刘秀梅一大早就去了大王庄。刘秀梅走后不久，天上飘下来雪花，后来雪越下越大，到了傍晚，地上的积雪已经有半尺多厚了。我的父母非常担心刘秀梅。这样的天气，十多里远的路程，再加上路上那么厚的积雪，刘秀梅的自行车后面驮着一大包重重的布料，怎样回到家里来呢？刘秀梅也不可能住在大王庄，我的父母家教很严，我们家的

女孩是绝不允许在外面过夜的。天黑以后，刘秀梅还没有回来。我父亲到邻居家里借了一辆自行车，打算去接刘秀梅。我父亲临走的时候说，如果他在路上碰不到刘秀梅，就会一直把自行车骑到大王庄。结果，我父亲并没有把自行车骑到大王庄，他出了刘家洼，走了二里路，刚刚走上万福河的河堤，就在那里接到了刘秀梅。不久之后，我父亲和刘秀梅就回来了，一起回来的还有一个人，这个人就是王好学。王好学从大王庄送刘秀梅回刘家洼，路上碰到了我父亲。我记得那天刘秀梅和王好学都穿着草绿色的军大衣，刘秀梅顶着枣红色的围巾，王好学则戴着一顶军用棉帽子，他们两个人的头上和军大衣的裁绒领子上挂着一层厚厚的雪，他们的脸都被北风吹得发紫。王好学很腼腆，他站在我们家堂屋门口，依着门框，不愿意进屋。我母亲让他吃点饭他也不吃，让他烤烤火他也不烤，让他坐一坐他也不坐。王好学对我母亲说，大娘，还有十几里路要走，那我就回去了。我的母亲没再挽留他，只嘱咐他路上一定要小心。

第二次看到王好学，是在几个月之后。但这一次算不算是见过王好学呢，对此我没有把握，因为我看到的那个人，我并不能肯定是不是他，只是觉得他很像王好学罢了。那是初夏的季节，麦子快要成熟了，我从学校里出来之后，到万福河的河道里玩了一阵子水，回家时天色已经黑下来。那天的月亮很大很圆，让我觉得那可能是以前从没有见过的最大最圆的月亮。我走下万福河的河堤，突然想起来这一天刘秀梅去了大王庄，而现在正是她应该回来的时候，我就坐在河堤下面的沙土里，准备等着刘秀梅回来。很快我看到了刘秀梅，我看见刘秀梅站在河堤上，她的自行车搁在一边。刘秀梅的旁边还站着一个人，这个人很像王好学。后来，他们两个人站到了一起，可是他们刚刚站到一起，刘秀梅的自行车突然歪倒了，他们两个人就忙着去扶那辆自行车。我看到的最后的情景是这样的：那个人从后面扶稳了自行车，让刘秀梅慢慢地骑上去，刘秀梅骑上去之后那个人就松了手，自行车从河堤上冲下来，速度很快。这我知道，那时候我也学会了骑自行车，我曾经把自行车推到河堤上，骑上去，再把自行车从河堤上放下来。我的两条腿架在自行车的大梁上，两只手小心地驾着车把，听着耳边呼呼的风声，嗓子里还发出"嗷嗷"的喊叫。自行车会一下子冲下去一里多路，一直冲到我家的大门口。

那天，刘秀梅骑着自行车从万福河的河堤上冲下去的时候，我并没有叫她。我知道刘秀梅那样骑在自行车上，一定和我的感受是一样的，很兴奋，或者说很满足。那天，刘秀梅戴着一顶草帽，不过还在她站在河堤上的时候，草帽就已经不在她的头上了，她的草帽下面有一根绳子，绳子勒在她的脖子上，草帽背在她的肩头。刘秀梅从我面前冲过去的时候，她的草帽兜着风，它在她的肩头上晃晃悠悠，但我发现她的草帽很厚，就好像是几顶草帽扣在了一起似的。我回到家里，刘秀梅正在院子里洗脸。刘秀梅看我进来，从脸盆里掬了一把水洒在我的头上和身上，她还笑着问我，凉不凉？水凉不凉？她又从脸盆里掬了一把水洒在我的头上和身上。刘秀梅拿着毛巾擦脸，我觉得她的头上和身上可能出了很多汗，她身上散发着一股淡淡的香味，但我不知道她的草帽现在在哪里？

　　第二天一大早，我在猪石槽里发现了刘秀梅的草帽。我家以前养过两头猪，后来公社干部不让养，我父亲就把那两头猪卖掉了，剩下一个大石槽搁在院子里。我看见那个空空的猪石槽里灌了半池子清水，水上漂着刘秀梅的草帽。刘秀梅为生产队出工割麦子去了，但她并没有戴上它。刘秀梅的草帽是用细竹篾子编成的，那些竹篾子上插满了紫丁香花，密密麻麻，足有上百朵。现在草帽漂在水上，那些紫丁香花开得正好。

蚂蚁的歌谣

依照你刚才的说法，如果对自己和对别人的名字产生深深的疑虑算做一种经历的话，1996 年 3 月至 8 月的一段时间里，我就有过这方面的经历。你知道，那时我还没有放弃教书工作，在一所专门培养青年干部的成人高校教授青年运动史，我的学生中有一个名叫孙二水的人，我觉得他的名字怪极了。孙二水来自胶东半岛的文登市团市委，他是一个性格内向的人，少言寡语，小个子、黑脸膛，听课时总是坐在阶梯教室的最后一排。很长时间内，我并没有把孙二水这个名字和那个小个子学生对上号，当然我知道这个怪名字属于他之后，也没有觉得他的名字更怪，只是在上课的时候偶尔把目光扫到他的脸上，批改作业时望着"孙二水"三个字发一会儿呆。这一年的 6 月底，孙二水和另外几个同学一起到我的宿舍来，他这一届学生就要结业了，他们三五成群地来向我告别。当时，孙二水坐在一个不显眼的角落里，他的脸略微有点发红，低着头不声不响，所有师生离别时应该说的话，他的几个同学都代他说过了。我觉得在这一拨同学中，孙二水是唯一一个不愿意引起我注意的人，但在他们起身离去的时候，我还是忍不住问孙二水，他为什么叫了这么一个名字？孙二水说这个名字是他的爷爷为他起的，他并不知道到底有没有什么意思，他也从来没有问过他的爷爷。孙二水结业以后又回到了文登市团市委，我再也没有见过他，他也没有像其他同学那样写给我一封信，谈谈工作生活情况。现在他那一届学生的名字我几乎已经忘完了，唯独孙二水的名字还记着。

对我来说，大多数学生的名字都无关紧要。当我站在讲台上时，看到的是一张张年轻的有些相似的脸庞，而他们的名字，更多的是出现在花名册和作业本上。我无法做到让那一串名字和那些脸庞一一对应起来，实际上只能够在作业本上区分开他们。不知道你能否体会到这一点？孙二水的

名字之于我，重要的是它包含着一些特有的意义。但在1996年的5月份之前，我一直并不清楚"孙二水"三个字对我究竟意味着什么，直到那年"五四"青年节前后，我在接待北京来的考察团时认识了一个叫"孙冰"的人，那时才在"孙二水"和"孙冰"两个名字的比照中，看到了前者的不同寻常之处。不过事情还远非这么简单，这两个名字不仅仅是字面上的巧合问题，更多的东西隐藏在名字背后，这件事的详情等一等我会讲给你听。总之在1996年的3月至8月间，我始终受到有关名字的各种各样的困扰。那些日子我老是感到自己很虚弱，神志恍惚，缺乏信心。我经常做这样的事情：把一张方格稿纸铺在写字台上，把同事、朋友的名字一一写在格子里面，然后望着这张纸，疑虑就产生了。比如"李纪钊"和"刘玉栋"这两个普普通通的名字，它们和我那两个活生生的以写小说为职业的朋友，到底是一种什么样的联系呢？会不会有一天他们两人突然放弃各自的名字，改用其他的称号呢？或者说在过去的30年里，他们是不是一直都叫"李纪钊"和"刘玉栋"？还有我自己的名字"孙文彬"，这三个字也经常让我惶惑不安。有好几次我在写到自己的名字时，不知道打头的那个字"小"字旁应该在右边还是在左边。如果趁我精力分散的时候，有人站在办公室的门口或者走廊里喊一声"孙文彬"，我会一下子不知所措。

你是否还能回忆起1996年3月份的天气？那一年春天风沙很大，刚刚脱去了冬装，本可以享受一下3月里懒洋洋的阳光，可是风沙一天到晚没完没了，天空变得浑浊不清，后来的烦恼都是从3月里开始的。我记得妇女节刚过，一天下午，从定陶县孟堤乡来了一个人，这个人的年龄和个头都和我差不多，但吃得很胖，他的圆鼓鼓的肚皮把西服里面的红色羊毛衫撑得满满当当的。我们两个在单位的传达室里见面，他一看见我，离得还有几步远就笑着说，孙文彬，孙教授，混得不错呀，走路蛮有劲头的嘛！他笑的时候两腮和下巴上多余的肉向三个方向挤过去，细眼睛也变成了两条缝，给人的印象这人是一个乡镇干部，而且大多情况下他总是用这样的笑容面对下属。我们的手握在一起很长时间，握得很热烈，我顺着他的话说，混得不好，瞎混，还是你行，你已经发福了。这时，我看见和他一起的还有一个戴眼睛的瘦瘦的小伙子，他向我介绍说小伙子叫小赵。小赵也上前和我握手，说，路上孙乡长一直念叨，说他有一个中学同班同学在这里

当教授,已经很多年没见过面了。显然,小赵所说的孙乡长就是这个肚皮鼓得很高的胖子。孙乡长接着问我,我们俩有十七八年没见过面了吧?我急忙回答他,是啊,是啊,大概快要二十年了吧!我想起来,孙乡长的确是我初中或者高中的同学,尽管他已经发福了,但他的一笑就变成了两条缝的细眼睛,他的粗壮的手指,还有手心里总是潮乎乎的发粘那种感觉,都是我过去曾经非常熟悉的。可以说在过去的某一段时间里,我和孙乡长肯定是一对相当要好的朋友,那时我们形影不离,情同手足,甚至可以相互感知对方身体的气味,可我就是想不起孙乡长叫什么名字。

我把孙乡长和小赵领到办公室里喝茶,我的同事看到我领着客人进来,都躲了出去。孙乡长坐在我的办公桌前,小赵坐在对桌,我搬了另外的一把椅子坐在他们两人的旁边,然后随意地聊着家常里短和一些废话,比如询问对方的老婆干什么工作,孩子上几年级,住多大平米的房子,经济收入能够在多大成度上维持现有的生活,还有过去我们共同的熟人、朋友、同学,现在——都在用什么样的手段混饭吃,谁谁谁结了婚又离了婚,谁谁谁因为超生被开除了党籍,谁谁谁的老母亲和自己的儿媳吵嘴后上吊死了,以及中东问题的实质、中美关系的前景和近在眼前的香港回归,等等等等。在我们穷聊的时候,孙乡长不停地叫着我的名字,孙文彬,他像招魂似的念着这三个字,孙文彬孙教授,每一次他想发言的时候都这样叫一声。叫过之后他还时不时地望着我笑,有几次他笑的时候小赵也跟着笑。比起在传达室那会儿,孙乡长的笑容里多了一些神秘和戏虐的意味。我弄不明白是孙乡长他们这些乡镇干部平时习惯了类似的笑容,还是只有面对我的时候才这样,总之孙乡长笑的时候,我就想打喷嚏,迎着这样的笑容,我的眼睛和鼻子周围的肉就发麻发痒,额头上还渗出一层细密的汗珠。可是你知道那时的天气一点也不热,从打开的窗户里飘进来一股一股的春风,风吹到我的额头上,使我感到一阵一阵的凉意,但我额头上的汗还是不断地往外冒。为了缓解某种不安,我也学着孙乡长的样子,用戏虐的口吻称呼他"孙乡长"。坐在我面前的这个胖子是我的同班同学,我们已经将近二十年没有见过面了,现在他当了定陶县孟堤乡的乡长,我讪笑着称呼他的职务可能更显得亲切。你想一想当时的氛围,我没有勇气斗胆询问他的名字,那样的话等于是捆了自己一记耳光。那时我后悔了在传达

室刚刚见到孙乡长的时候，不应该被他的亲近和热情阻挡住询问他名字的企图。而随着我们相处时间的拉长，这个企图已经变得越来越不可能了，我深深地陷在他那种怪模怪样的笑容里。

孙乡长那次到省城来，主要目的是想邀请农科院的一位蔬菜专家到定陶县孟堤乡住几天，对他们那里的上万家大棚菜农进行技术指导。可是因为那个专家要处理一下家里的事情，他们只好住下来等他。孙乡长来找我，一来是他还念着同班同学的情谊，二来是也好打发掉等待的时间。那天晚上孙乡长、小赵和我，三个人一块吃了晚饭。在饭桌上，孙乡长一边向小赵吹嘘我的学问大，做了大学里的教授，一边大谈自己在孟堤乡的政绩。还像下午那样，他每次说话都要叫一下我的名字，孙文彬，他说，然后就笑。孙乡长说下午他和小赵在我们学校大门口站了很长时间，然后他才敢肯定我的名字就叫孙文彬，他们向传达室打听这个名字，果然，传达室对这个名字非常熟悉。你就是叫孙文彬，孙乡长对我说。小赵又笑起来。孙乡长还向我谈到了一件事，他说在我们俩同学的时候，有一次在硬地上摔跤，我居然一下子将他摔到两米开外的地方。那大约是在秋季，刚刚下过小雨，地上还很潮湿，孙乡长被我扔出去之后，首先闻到了湿泥的气味，接着他看到很多双腿，因为当时十几个同学正在围着我们看热闹。孙乡长形容那个过程时说，他被我扔出去的时候，身体团在一起，像篮球一样砸在地上之后又弹起来。孙乡长第一次着地时，有一粒小石头正巧硌在他的尾骨上，当时觉得很疼，可是自尊心使他并没有表现出来。大约二十年之后，他的尾骨已经增生到将近一寸长了，现在，就是我们那次吃饭的时候，孙乡长增生出来的尾骨正在顶着他屁股下面的木板椅子。我不知道孙乡长所说是真是假，我告诉他说，没有外人的时候我要脱下他的裤子，看一看他的尾骨。我还对他说，有一句俚语说男人三条腿，现在你已经四条腿了。孙乡长、小赵和我三个人都笑起来。

按照孙乡长的说法，在我看来，那次摔跤我把他扔出去两米多远类似于一次谋杀，这当然是我二十年之后才有的想法。现在，我对你说起谋杀这个字眼儿，仍然心有余悸，不过不管怎么说那是过去的事了。即便是1996年3月里的事情，也已经过去了一些时日，现在是1999年的7月。我现在可以告诉你，1996年3月，我差点再次谋杀了孙乡长。那次，孙乡

长在省城大约住了四天,在这四天里面他居然到学校里找过我四次,这让我忍无可忍。事情明摆着,他是我的同学,我们曾经非常熟悉,可我根本想不起他的名字,因此我不想见他,但他呢,却没完没了地缠着我。那时,孙乡长也已经感觉出来我记不得他的名字了,关于这一点,他好几次对我进行含糊其辞的挖苦,但不肯主动挑明。他只是说类似的话,你现在今非昔比了,你阔了,你厉害,要不你怎么会叫孙文彬呢,你是孙文彬你怕谁。不管孙乡长怎么说,反正我是死猪不怕开水烫,我仍然哼哼哈哈地叫他"孙乡长"。我记得孙乡长第四次去学校找我是一个星期天的上午,他是一个人去的,小赵并没有跟着,当时小赵正在那个蔬菜专家家里干活。那天,孙乡长敲开了我宿舍的门,他站在门外嘿嘿地笑,像是在对我说,不管你藏到哪里,本人都能逮到你。孙乡长穿了一件细方格的浅灰色西装,黑底绿花的领带打在红色羊毛衫的外面,风一吹,那条领带在飘。他的脸是菜灰色的,眼白里面布满了血丝,像是睡得不太好。果然孙乡长说,昨天晚上他们请蔬菜专家的客,在夜总会里扔下了 1000 多块钱,结果那个专家很高兴。孙乡长进屋以后又说,这几天我老来惹你,让你烦了,我都看出来你烦了,不过今天是最后一次,明天我们就回孟堤乡。这一次,孙乡长来的目的很明确,他要求我带他去体育场看一场足球比赛。

下午,我开着一辆"大兵"赶往体育场,孙乡长就坐在我身旁右首的座位上。你可能没有听说过"大兵"这种牌子的车,其实它只是一辆早已被淘汰的绿棚军用吉普,这辆车是我的朋友刘玉栋花 4000 元钱从旧车市场买来的。当时,我们几个朋友都管这辆快要散了架的破车叫"大兵",那一阵我们玩它玩得着了迷,为此大家还都考回了驾驶执照。说实话,那时我开车的技术并不怎么样,刹车和转弯都做得很突然,孙乡长坐在座位上像一个不倒翁,随着车体的惯性前后左右地摆动。最关健的是"大兵"右边的车门,门上的弹簧已经断掉了,根本关不牢,但是这个情况我没有告诉孙乡长。当时,我心里的确这样想过,如果我左转弯转得急的话,孙乡长就会像电影里的某些镜头那样,从车门里飞出去,所以在路上我双手握着方向盘,一直在偷偷地笑。我记得孙乡长两次形容我的车技时说了一句同样的话,他说你这哪里是在开车,你是在颠轿子。我就望着他笑。我想,这几天孙乡长来见我,前两三次都是他望着我笑,现在终于轮到我了。车子转了

几条小街之后,上了横贯城市南北的那条高架路。我对孙乡长说,你坐稳当,现在我要提高车速了。"大兵"在我们的屁股底下患了虐疾似的抖了一阵,很快车速达到 60 迈,我往车窗外扫一眼,那时我感到"大兵"很像一条小汽艇,它正在楼顶构成的浪尖上滑翔。车到杆石桥路段时,又一次逢到左转弯,这一次我没有放慢车速,结果,车子的右边一点一点地矮下去,孙乡长的身体开始倾斜,车门慢慢地打开了。当时孙乡长的一只手抓着车门的把手,感觉中,车门像是被孙乡长有意打开的,他做这个动作时非常用力,甚至用上了整个身体的重量。车门打开了大约有二尺宽,孙乡长右边的肩膀已经暴露在外面,这时我伸出右手抓到了孙乡长的衣领子,把他重新拉回到一个合理的位置上来,同时,"大兵"所做的那个急速的左转弯动作也已经完成了。大约半年之后,也就是 1996 年的秋天,是一个黄昏,我再次来到了高架路的杆石桥路段,不过这一次不是驾车跑在桥上,而是站在桥下。我仰着头,仔细地看高架路上那个大转弯,又目测了路面离开地面的高度,然后利用初中物理课本上的一些定理定律,计算着如果当时孙乡长从那辆吉普车里飞出来,大体会落在地面上的哪个位置。按照我的计算,他的沉重躯体应该砸倒一只熊猫形象的垃圾箱,那只熊猫憨态可掬地站在高架路下面的人行道上,它和孙乡长一样肥胖得似乎只有头和肚子。那时,我想到了几天前做的一个梦,在梦中孙乡长挤着眼睛对我说,孙文彬孙教授,那一次你想弄死我。1996 年的时候,孙乡长也是这么对我说的。当时,我把将要飞出去的孙乡长拉回来之后,看到他出了一头虚汗,脸色腊黄。在剩下来的路途中,"大兵"继续在高架路上飞驰,孙乡长往我这边斜着身子,里边的那只小臂死死地扣住座椅的靠背,他没再说一句话,他似乎真的感到了恐惧,一直到走进了体育场,他才扯扯我的衣服袖子问我,你是不是想弄死我?我笑着回答他,你应该感谢我才对,是我救了你的命。那时,我还处在一种莫名其妙的兴奋状态,只顾嘿嘿地笑,一点也不为刚才的恶作剧后怕。两支球队已经开战,分别身穿红白两种球衣的球员不停地跑动,几万名观众正在挥舞着手臂呐喊,我和孙乡长找到自己的座位坐下来,可是我们的目光却很散淡,根本无法集中到绿茵场上去,我还在望着孙乡长笑。当时,我做了这么一个动作,我告诉你你会觉得很奇怪,说实在的我也不清楚这个动作究竟意味着什么?我望着孙乡长,笑着,用一

只手捋了一下孙乡长额前的头发，另一只手拍了拍他的肩膀，就像对一个胖孩子所做的那样。我记得我做了这个动作之后，停了一阵，孙乡长咕噜了一句什么，他的这句话对我回忆起他的名字来至关重要，但由于我情绪激动，根本没有在意他的话。

孙乡长离开省城5个月之后，就是1996年8月份的暑假中，我猛然间想起他在体育场对我说过的话。当时，孙乡长是这么对我说的。他说从前他的家境贫寒，穷得连学都上不起，现在刚刚当了乡长，还不想死。说实在的，正是想起了孙乡长的这句话，我才终于记起了他的名字，可是那个时候，孙乡长已经死去两个月了。当然，孙乡长的死和我没有什么关系，他是突发心肌梗塞，没有留给别人抢救他的机会。事情发生在6月份。那一年6月天旱，麦子收获之后，因为天不下雨，无法播种秋庄稼，身为一乡之长，孙乡长非常着急。据说，孙乡长最后就是死在了孟堤乡王营村村民抗旱动员大会的主席台上，当时他只有37岁。可是仅仅过了一个月，定陶县及整个鲁西南地区又暴发了多年不遇的洪水灾害，刚刚还在抗旱，转过头来又要对付洪水。我常常这样想，那一年孟堤乡的6万多人民在抗洪斗争中如果想到刚刚在抗旱中死去的孙乡长，心里该作何感想呢？从个人的角度讲，我一直这样认为，1996年的洪水更为直接的意义是，它对于孙乡长的死是一个极大的讽刺。现在，我把话题扯远了，你也明白，我不是要评论孙乡长在孟堤乡的功过是非，事实上无论是作为一个乡长还是作为一个人，我对他的了解都不多，我想说的只是，这个人和我内心境遇的一种隐秘关联。现在，让我接着说1996年3月孙乡长离开省城以后发生的事。孙乡长离开以后，他带给我的问题却留了下来，就是一开始我对你说过的话，我对别人同时也对自己的名字产生了深深的疑虑。说到这里，我得再提一提我那个学生孙二水。有一个细节我记得很清楚，那大概是孙乡长离开省城一个星期之后，我看见孙二水孤伶伶一个人在操场边的砖路上低着头散步，我叫了一声他的名字，孙二水先是看了看我，确信是我在叫他的时候才慢吞吞地走过来。那时，夕照正打在操场边的榕树上，榕树的影子拉得很长，它几乎被扯到了操场的另一边，孙二水的脸也被夕阳照得红彤彤的，让人误以为是他内心怯懦造成的结果。孙二水讷讷地问我，孙老师是叫我吗？我说，是啊是啊！可是我的脑子一下出现了空白，不知道自己

为什么要把独自散步的孙二水叫到身边来,除了"是啊是啊"之外再也没有别的话应付他。的确,在那个夕照明亮的黄昏,我真的没有什么话要对孙二水说,我只是忍不住叫了一声他的名字。

现在我可以告诉你的是,以前我并不叫孙文彬,而是叫孙冰。大约在我18岁那一年,我的名字经历过一次重大修改,在这一年之前我叫孙冰,这一年之后才叫孙文彬。只不过是在过去的很多年里,因为生活环境的改变,身边没有人再叫我以前的名字,我倒是早就把自己曾经叫过"孙冰"这一茬给忘掉了。如若不然,我定会知道我的学生孙二水的名字怪在哪里。我记得那是1996年的5月份,"五四"青年节刚刚过去,那时离我的同学孙乡长死在露天会议的主席台上还有一个月,从北京来了一个名叫孙冰的客人。这人40来岁,个头不高,面色白净,戴一副金属边的眼镜,看起来像是一个南方人。当然,这个叫孙冰的客人不见得是南方人,因为他说着一口北京味很浓的普通话,不过他是哪儿人一点也不重要。正是这个素不相识的人,让我想起了自己也曾经叫过"孙冰"这个名字。孙冰是中国青年政治学院科研处的副处长,在隶属关系上他应该算是我们学校的上级,理所当然孙处长是校方的客人,由我们学校的科研处和校领导出面接待他,但因为这个人在"青年社会化"课题的研究中和我持相同的观点,所以他点名邀我参加校方为他接风洗尘安置的晚宴。那是我第一次和校长们同桌共进晚餐,再加上有重要的客人在场,我显得有点拘谨。当时,我坐在饭桌边一个最不显眼的位置上,离孙处长还隔着三个人,不过孙处长在和校长说话的时候,老是拿眼睛的余光看我,我能够体会得到,这个人的确因为学术观点一致而对我充满了好感。但是在开饭前,我还不知道他的名字,我只跟着其他人称呼他"孙处长"。据说,孙处长发表有关青年社会化的学术论文时,一直用着另外的名字。后来,孙处长站起身来散发名片,他把一张名片递给我时,用力拍了拍我的肩膀,同时还褒扬了一句我近期发表的某篇论文。我在把孙处长的名片装进衣兜之前,看了一眼名片上他的名字,我看见这张名片上印着两个二号隶体字:孙冰。当时我觉得头皮一阵发麻,眼睛有些模糊,然后猛地记起来自己也曾经叫过这个名字。我心里有点不好受,在我的感觉中,好像自己很多年前弄丢了一件贵重的东西,现在突然找到了,可是它对我已经毫无意义。

那天的饭局中,我带着孙冰去卫生间。在那里,我们俩被分隔在两个相同的木格子里,相互只能听到对方的动静,看不到对方的脸,我猜想了一下木板那边的孙冰站在那里的样子,突然间忍不住笑起来。孙冰问我笑什么,我告诉他说,我有一个学生,他是胶东文登市人,性格内向,少言寡语,黑脸膛,喜欢脸红,听课的时候总是坐在阶梯教室的最后一排,他的作业写得很认真。孙冰说,你这个学生他怎么了?我接着告诉他,这个学生名叫孙二水。停了停,孙冰也笑起来,他的笑声很爽朗,不像是从一个瘦小的身体里面发出来的。卫生间里充满了孙冰大笑的回声,潮乎乎的空气颤动起来。就像前些日子在高架路上对待孙乡长那样,我的恶作剧的念头占了上风,心里充满了莫名其妙的兴奋劲儿。我又说,我还没有问过孙二水,他为什么叫这个名字,我想哪天碰到他的时候,问一问他的名字是怎么一回事?那时我和孙冰都已经完事了,我们一边整理着裤子的拉链,一边从卫生间里往外走。实际上后来有一次,就是那一年的6月底学生临近毕业的时候,我问过孙二水,他的名字有没有什么特别的意思,可是孙二水自己并不了解他的名字的来历,这个名字是他的爷爷为他起的。

我说到这里你也笑了,你肯定觉得我说的事情有点儿玄乎,那就算是我给你解解闷得了。现在我要告诉你,20年前我是怎样把自己的名字"孙冰"改成了"孙文彬"的。其实这个事情非常简单,我只是从那一年报考大学开始,就不再管自己叫"孙冰"了。那时候,我的父母还都健在,他们住在定陶县一个名叫冉崮的镇子上,我就是在那个镇子上长大成人的。我父亲是镇完小的校长,母亲做着点生意,因此家境宽裕。我连着参加了三次高考,前两次都没有考取,到第三年,我母亲突然认为前两次落榜是因为我的名字"孙冰"不好使。当时,我有一个同学名叫孙文彬,他的功课很好,可是家里很穷,他的父亲早已去世,母亲是个瞎子,早在我第一次参加高考之前,这个名叫孙文彬的同学就已经退学回家了。我的母亲便依照他的名字,为我改名叫孙文彬。果然,这一年我考取了一所重点大学,毕业以后留在省城工作。后来我的父母相继去世了,我也渐渐地和家乡失去了联系。好了,关于我改名的事,我不想谈得更多。现在,让我回过头来接着说发生在1996年的事情吧!记得我已经告诉过你,1996年的3月到8月间,将近半年的时间里,我一直受着有关名字的各种各样的困扰,那些日子我感

到自己很虚弱，神志恍惚，一不留神就会掉进深深的疑虑之中。我甚至经常地拿不定主意，我的名字"孙文彬"打头的那个字，"小"字旁究竟应该在右边还是在左边。说到这里，不知道你有没有注意到一点，我前面提到过的这几个人，包括我自己在内，有一个共同的地方，那就是大家都姓"孙"，当然这仅仅是一种巧合，不值得大惊小怪。现在，既然说起了有关名字的话题，我不妨再讲一讲另外两个人的事情，他们中的一个名叫"王建国"，另一个名叫"陈宝山"。这两个名字和我应该没有什么关系，但是因为他们的名字同时出现在1996年的6月，却还是对我当时的情绪产生了巨大的影响。

1996年6月11日凌晨2点左右，省城西郊的十里岗居民小区发生了一起罕见的雇佣杀人案，王建国是这起谋杀案的受害者。案发第6天，凶手被警方抓获，经过审训，一起蹊跷的谋杀案真相大白。当时，我有一个学生在市公安局新闻科，我从他那里了解到这个案子的底细。王建国是一家水泥厂的工人，28岁，生性温和，刚刚结过婚，和妻子两个人住在十里岗小区16号楼3单元603室。案发当天凌晨2点左右，天下着小雨，气温凉爽，有一个蒙面人无声无息地撬开了王建国的家门，这人穿着一件深绿色的塑胶雨衣，雨衣的边沿还在往下滴着水，水滴洒在王建国家的木质地板上。蒙面人径直走进了王建国的卧室，当时王建国和他的妻子正在熟睡中，床头上方的红色壁灯还亮着，柔和的灯光打在他们的脸上，使他们熟睡中的脸庞看上去很安祥。蒙面人站在床边叫了一声王建国的名字，但是并没有把王建国叫醒，他只好又叫了一声。这时，王建国和他的妻子同时醒过来，并且马上从床上折起身子，惊恐地望着跟前这个看不清面孔的人。蒙面人对王建国说，你是王建国吗？王建国迟疑地说，就是我。蒙面人好像又说了一句什么，可是王建国和他的妻子都没有来得及听清楚，因为蒙面人嘴里嘟囔着什么的同时，从雨衣袖子里抽出一把40厘米长的匕首，朝王建国的胸部连扎四刀。王建国胸部的几条血柱射向床的另一头和蒙面人的雨衣上，他坐在床上左右摇晃了几下，倒在他妻子的怀里。直到这时，王建国的妻子好像还没有反应过来，她抱着王建国的头，望着蒙面人的眼睛，一句话也没有说。她的上身裸露着，王建国的头歪在她的两只乳房中间。事后，王建国的妻子回忆道，当时，王建国已经死去，可是蒙面

人并没有马上离开，他慢慢地把那把长匕首藏到了身后，好像生怕她看见那上面王建国的血。王建国的妻子还看见蒙面人突然打起了哆嗦，连他的深绿色雨衣也在抖动，对于眼前所发生的事，他似乎比她更加恐惧。停一停他俯下身子，用一只手轻轻蹭了蹭王建国妻子的脸颊，对她说，对不住你了。然后，蒙面人才从房子里走了出去。

这起谋杀案的蹊跷之处在于，被害者王建国是被凶手错杀的，他并不是凶手想要杀的人，凶手要杀的人是住在十里岗小区 18 号楼 3 单元 603 室的另一个王建国，16 号楼这一个被杀掉的王建国，是 18 号楼另一个幸免于难的王建国的替死鬼。这两个王建国所居住的楼房非常相似，又都住在 3 单元的 603 室，就连他们的年龄和长相也很接近。凶手直到被捕以后，也才从警察那里知道了他所犯的错误。根据凶手的交待，1996 年 6 月 10 日 11 点半左右，他拿到了雇主的 4000 元钱，当然完事之后，他又拿到了另外的 4000 元。当时他从城市东部的洪家楼出发，乘一辆夏利出租车来到辛店附近，在那里下了车。辛店距离十里岗小区至少还有三公里的路要走，为了避人耳目，剩下的这段路程他只好步行。凶手沿着一条通往小区的煤渣路朝前摸索，这条路上没有路灯，路两边也没有建筑物，因为天正下着小雨，黑乎乎的路面踩上去发涩，而且发出"刺啦刺啦"撕布一样的声音。这是凶手第一次替人干这样的事情，所以毫无经验和信心可言，从这条煤渣路上一路走过去，他的心里很是发虚。当他来到十里岗小区时，已经是凌晨一点半光景了，他又费了好一阵工夫，才找到了雇主所说的 18 号楼。当然，他找到的实际上是 16 号楼。他在这座楼 3 单元的门洞里换上一双干净的布鞋，然后轻轻地爬上了第六层。谋杀案的经过就是这样的。我第一次听到这个案子的时候，就产生了一种强烈的好奇心，想见一见那个住在 18 号楼仍然活着的王建国，可是据说这个王建国知道案子的真相以后，立时就被吓晕了，第二天他就搬离了十里岗小区。甚至还有人传言说，18 号楼的王建国已经离开了省城，他再也不敢在这个城市里住下去了。

我要说的一个叫陈宝山的人，他是我的朋友李纪钊一篇小说中的人物。李纪钊写陈宝山的这篇小说标题叫做《面具》，写作时间是 1996 年 6 月上旬。李纪钊开始写作时，十里岗小区的谋杀案正在酝酿，他的小说写

完后,那个无辜的王建国被杀掉了。也是在这段时间里,我的同学孙乡长死在定陶县孟堤乡王营村抗旱动员大会的主席台上。当然,你知道这些事情纯属巧合,而且巧合的意义只存在于我一个人的内心中,但它们在我心里引起的震动非同小可。现在,让我说一说这个叫陈宝山的小说人物是怎么一回事。陈宝山怀揣一门祖传的打造面具的手艺,他在李纪钊所描绘的一个名叫潘渡的小镇上开了一家面具铺,靠出售和订做各种面具来维持生计。当时,陈宝山还没有成家,他的生意也很清淡,因此每一天的大部分时间里他都无所事事。陈宝山的面具铺对面,是一个名叫小云的姑娘开的一间杂货铺,卖一些花布、绣品和针头线脑。陈宝山不喜欢呆在自己的铺子里,他总是拿了一个马扎去,坐在小云的铺子门口。我记得李纪钊是这样写的,每天,"陈宝山喜欢坐在小云的铺子门口,看房子的阴影在街道上面慢慢移动,偶尔声音很响地打一声哈欠,有时还会扭转头来,和站在柜台里面的小云说话。"后来,陈宝山托了一个媒婆来向小云提亲,提亲的过程持续了较长的一段时间,可是小云似乎对这门亲事不太满意。李纪钊在用一种缓慢从容的调子叙述这个故事的时候,没有忘了陈宝山面具铺的生意。李纪钊这样写道,有一天,一个右脸颊上长疤的刀客来到陈宝山的铺子里,要求陈宝山按照世界上最美丽女人的脸为他打做一张面具。对此陈宝山有些为难,当然他的手艺没有任何问题,不管什么样的美丽女人的脸他都能做出来,关键是什么样的女人才是世界上最美丽的女人。陈宝山想来想去,最后只好按照小云的脸为那个壮汉打了一张面具,颇为意外的是那个刀客非常满意。另外的一天,陈宝山的铺子里又来了一个刀客,这个刀客的脸上并没有长疤,可是他要订做一张右脸颊上长疤的面具。陈宝山就按照前一个刀客的模样,为后面的刀客做了一张,结果是后面的这个刀客对面具也非常满意。然后到了小说的结尾,出了一件大事,那个开杂货铺的小云姑娘,在一个有月光的夜里被人奸杀了。

案子发生的那天夜里,有人看见陈宝山走进了小云的家,大约半个时辰之后,另一个人又看见陈宝山从小云家里走出来。案发以后,衙役们还在小云的家里找到了陈宝山的一只鞋。人证物证俱在,陈宝山被抓进县衙拷问,衙役们动用了火刑,把陈宝山的肚皮烧出好几个窟窿。后来,他们还往陈宝山的十个指尖上插了一寸长的竹签。陈宝山疼得死去活来,但他始

终没有招供,依照陈宝山的说法,他什么也没有干,一定是有人在陷害他。因为他是真心喜欢小云的人,与其把小云奸杀掉,还不如把她娶到家里当老婆。拷打进行到第四天,陈宝山已经奄奄一息,但是只要他睁开眼睛,目光依然很明亮。这一天在大堂上,陈宝山当着县太爷的面说了一句话,他说,如果你们一定要说"陈宝山"就是那个杀害小云的凶手,那样的话我请你们睁大眼睛仔细看一看,看看跪在你们面前的这个人是不是"陈宝山"?陈宝山说话间,戴着铁铐的双手已经举到面部的一侧,他的手在耳后动了几下,然后"刺啦"一声,从自己的脸上揭下来一张面具。这张面具像一块破布一样拿在陈宝山的手上,大堂上所有的人都被惊呆了,他们再看陈宝山时,看到的是一张绝对陌生的脸,这人脸上的皮肤像腊一样白而缺少光泽,似乎他的身体也比先前虚胖了很多。但是县太爷并没有被陈宝山这一招吓住,一阵慌乱之后,他用力摔了一下惊堂木,大声宣布了陈宝山的死刑。陈宝山被押赴刑场斩首,他的家产和面具铺充了公,小云姑娘被奸杀的案子总算了结了。可是很长时间内,潘渡镇的人心里还都有一个疑问,就是在小云的案子中被处决的那个陈宝山,他是不是真正的陈宝山呢?或者是另外的一个什么人?但谁又是"真正的陈宝山"呢,如果那个经常坐在小云的铺子门口的陈宝山这些年来一直戴着面具的话。

当然,陈宝山的故事只是一篇小说,对于这个故事,我们无法依照寻常的逻辑去认真追究,这你是知道的。我记得李纪钊写完这篇小说以后非常兴奋,他邀了几个朋友聚在洪家楼一家小酒馆里喝酒,被邀请的人中有我,另外两位是作家刘玉栋和老虎。傍晚的时候,我们几个人从这个城市不同的部位赶往洪家楼的小酒馆,这一天正是1996年的6月10日,天上下着淅淅沥沥的小雨,空气粘稠。刘玉栋是开着那辆"大兵"去的,他的车门子早已经修好了,还换了新的挡风玻璃。他把车停在酒馆门前的空地上,车头朝向马路。我看见车屁股上粘着花花点点的泥巴,它像一只脏乎乎的绿甲虫一样趴在那里。喝酒之前,刘玉栋、老虎和我三个人都看了李纪钊的小说。看完之后我们就笑,觉得李纪钊在构思这篇小说时一定下了功夫,那个叫陈宝山的哥们很有点意思。那天,我们几个人相当开心,一下子就喝了很多酒,刘玉栋最为活跃,他完全不顾天正在下雨,而自己还要开那辆破"大兵"。然后突然有那么一阵子,我们都停下来说话,每个人的

目光都在另外三个人的脸上扫来扫去，每个人的脸上都是一种迷茫的、愚蠢无知的表情，好像我们之间出现了什么不好言明的问题。我们几个人几乎同时陷入了一种微妙复杂的情绪之中，我甚至觉得在过去的日子里，我们之间建立起来的相互信任正在土崩瓦解。我可以肯定地对你说，那一阵子这些人心里都在打鼓，他们望着朋友们的几张脸皮，就像望着小说中的陈宝山一样，问，这个人到底是不是"陈宝山"呢？你会觉得这很可笑，不是吗？那时我们都喝了太多的酒，的确，每个人的脸色都改变了，比如李纪钊的脸色发红，而刘玉栋的脸则白得像腊像一样。这样沉默了一阵之后，刘玉栋趁我不留神猛然间大声地叫出我的名字，他模仿李纪钊小说中县太爷在大堂上的口气对我说，孙文彬，你如实招来吧！结果我竟让刘玉栋吓了一跳，当时我觉得全身的皮肤一阵发紧，接着汗就出来了。那个时候，我的这几个朋友都不知道我曾经不叫"孙文彬"这个名字，正因为如此，那一阵我才变得非常容易受惊。同时，在那一瞬间，我再一次想到了我的同学孙乡长，不过也只是他的形象飘浮在我的脑海中，我仍没有想到他的名字。我已经提到过，我想起孙乡长的名字时，已经是那一年 8 月份的事了。当时，刘玉栋紧接着又对我大喊一声，孙文彬，你如实招来。这一下我好像被刘玉栋抓住头发提了起来，身心都找不到任何依托，如果他继续大喊"孙文彬"，恐怕我真的要"如实招来"了。不过，刘玉栋并没有喊第三声，很快他就把我晾到了一边，自顾自地唱起来了。刘玉栋唱的是那种老掉牙的儿时歌谣，他用筷子敲打着桌沿，头左右摇摆着。他是这样唱的：

纺棉织布

蚂蚁上树

你叫啥名字

我叫踩不死

媒婆说媒

　　这一年的夏末秋初，一个晴朗的日子，刘照福家里来了一个媒婆。刘照福下晌回家，看见媒婆坐在他家堂屋当门八仙桌的右边，而他爹刘献邦坐在左边。刘照福和媒婆打了一声招呼，就势蹲在门旁，掏出一支纸烟来点燃了。他呼出的烟雾在脸前缓缓飘动，它们被门里射进来的阳光一照，就像天上的云彩一样，在地上遮出阴影。刘照福已经37岁了，因为家里一直过得拮据，所以没有寻到老婆。以前，刘献邦曾多次告诉刘照福说，如果刘照福找不到老婆，他就不会死。现在，刘照福蹲在门口，突然有了一个奇怪的想法，如果这一次媒婆说媒成功，让他寻到一个老婆的话，说不定他爹刘献邦就会死掉。

　　媒婆已经很老了，人很瘦，头发几乎全白，脸上的皮肤老化得尤其厉害，皱纹也很深，在刘照福看来，她比他爹刘献邦小不了几岁。她穿着一身崭新的老蓝布衣裤、白棉布袜子和黑布鞋，手心里握着一块白棉布的手帕，头发显然用心梳过，所以这使她看上去格外有精神。不过，刘照福蹲在亮处往暗处看，因为光线的缘故，他的眼睛不太适应，所以他觉得他爹刘献邦和媒婆两个人都有点儿鬼鬼祟祟的。实际上，他根本看不清楚那个媒婆的脸，所谓她脸上的老皮和皱纹，可能只是他的一种感觉罢了。

　　大王庄有一个寡妇，刘献邦说，今年30出头。

　　她男人让拖拉机撞死了，那个媒婆接着说，身边有一个6岁的男孩，可是她婆婆家怕是要留下来。

　　听说长得俊，刘献邦说，个头也不矮。

　　会过日子。媒婆说。

　　就是脸上长了点儿蒙脸砂。媒婆又说。

　　人家比你小六七岁呢！刘献邦说。

啥也不挑，就看重男人有力气。媒婆说。

二婚也没啥不好。刘献邦说。

知道疼人。媒婆说。

刘照福听着他爹和媒婆两个人说着大王庄那个寡妇的情况，低着头抽烟，没有说话。从他爹和媒婆的话音中，刘照福听出来这个媒婆就是大王庄的人，可不知道所说的那个寡妇，究竟是婆家在大王庄还是娘家在大王庄，不过这一点并不十分重要。只是他觉得，刘献邦今天说话有点儿拿腔捏调的，不知道想玩什么把戏。他爹说话时好像一个新戏子在戏台上背台词，而那个媒婆和他爹一唱一和。这让他想起春天的时候，一个大戏班来他们村演戏，在村西头临时搭成的土戏台上，老生和老旦对戏，老生说："浑家，你还不走！"老旦说："老身想往脸上搽点儿胭脂。"台下的人哄笑起来。

刘献邦和媒婆两个人还在你一句我一句地说着。

女方啥意见？刘照福终于问了这句话。

你要是没意见的话，媒婆说，过两天就见见面吧！

媒婆并没有说明女方的态度，这让刘照福心里好一阵子纳闷，也许所谓的寡妇根本就是媒婆捏造出来的，也许媒婆是一个骗子，到他家里来骗吃骗喝，最后还要骗些礼钱，这样的事情以前刘照福听说过很多。他们村东头的刘照生，就往一个媒婆身上花过好几百块钱，但到最后连女方的一个屁也没有闻到。

天已过午，媒婆露出了要走的意思。天不早了，媒婆说，要不我回去吧！但是大王庄离这儿还有十几里的路，又到了吃饭的时候，怎么能让她走呢？刘献邦说，不能走，不能走，留下吃一顿便饭。刘献邦一边挽留媒婆，一边支使刘照福去杀一只老母鸡。刘照福有点不情愿地扔掉烟屁股，懒懒地站起身来，磨蹭了好长时间，才从厨房里摸出一把菜刀。有两只母鸡卧在屋檐下，闭着眼睛晒太阳。刘照福提着菜刀来到它们跟前，但却没有马上动手，他在那儿站了一会儿，又来到堂屋门口，示意他爹从里面出来。

这两只鸡都正在下蛋，刘照福指着那两只鸡，小声对他爹说，要杀哪一只？

刘献邦没有说话，一只手扶着门框，另一只手很不耐烦地朝刘照福挥

了挥，然后重新回到堂屋八仙桌那里去了。

现在还不知道女方愿意不愿意，你就来这一套。刘照福说，一共就这两只老母鸡，还指望它们下蛋呢，杀掉一只，往后的日子怎么过？刘照福这些话并不是嘟囔给他爹听的，因为他说话时声音太小了，他爹根本听不见。何况，他的手已经准确地抓住了一只老母鸡的脖子，那只老母鸡的惊叫声锐利地响起来。

吃饭的时候，刘献邦要刘照福称呼那媒婆"毛婶"，刘照福就很清楚地喊了她一声。毛婶，他说，你多吃菜。刘照福看见她的手比一般女人的手大得多，手指有点儿变形了，指关节粗得像核桃一样。她年轻的时候一定干过很多粗活儿，刘照福这样想着。和他爹刘献邦一样，她的手背上也长满了老人癍，她用筷子夹菜时，手微微地发抖。不过在饭桌上，大家都没有再提到大王庄的那个年轻寡妇，只是说一些收成和家长里短的话。刘照福听着他爹和媒婆两个人说话，再次想到戏台上那个老生和老旦的对白。刘照福心里说自己老是想到戏台上的两个老家伙，都是因为他爹刘献邦说话时拿腔捏调的，就像一个戏子生硬地背着台词。他爹为啥要用这样难听的腔调说话呢，刘照福实在搞不明白，莫非老头子对那媒婆有点儿意思？可那媒婆也太老了点，老得都快要死了。当然，他爹刘献邦同样老得不成样子了。

媒婆走后，刘照福问他爹，为啥那个媒婆一来，你说话就像一只鸭子？说这话的时候，刘照福左手里拿着一把铁锹，右手拿着一把铲，他正在用铲子把铁锹上的干泥巴敲下来，铁锹在他的怀里发出叮叮当当的响声。

你说啥？刘献邦倚在堂屋门框那儿晒太阳，他歪着头反问刘照福，不知道他是真的没有听清楚，还是装作没有听清楚。

刘照福只好又说，我说为啥那个媒婆一来，你说话就像是戏台上的戏子。

你说的啥我还是没听清楚，刘献邦嘟嘟囔囔地说，你老是把铁锹敲得叮当叮当响，我听不清楚，我的耳朵越来越不好使了。

过了几天，吃饭的时候，刘照福蹲在刘献邦旁边，自言自语地说，那个媒婆没来，不知道大王庄的寡妇愿意还是不愿意？

刘献邦说，你不用急，你毛婶明天上午就会来。

我急啥？我一点也不急。刘照福说。

你怎么知道她明天上午来？听你的话音，就好像你们俩事先商量好了。刘照福又说。

我猜她明天上午来。刘献邦说。他用筷子使劲敲了敲碗沿。

果然像刘献邦说的那样，第二天上午，那个媒婆来了。当时，刘照福在地里收拾棉花，他从棉花棵子里一直身子，正巧看见一个走路戳戳点点的老婆子从地头的小路上走过，他一眼就认出了老婆子是那个媒婆。她还是穿着那身老蓝布衣裳，手里攥着一块白手帕，臂弯里多出一个灰布包袱。刘照福在棉花地里跑了几步，他想跑到地头，跟媒婆打声招呼，但跑了几步之后，他又停下来。媒婆并没有看见他，或者说看见了却没有认出他来。他看着媒婆拐过棉花地，碎步点点地走到村头，然后消失在他家附近的那条胡同里。

下晌回家的路上，刘照福猜想着他一进家门，他爹刘献邦已经站在堂屋门口等着他。刘献邦一只手扶着门框，另一只手朝他挥几挥，让他去杀剩下的那一只老母鸡。但是刘照福猜错了，他回到家里，看见他爹和媒婆两个人坐在堂屋的八仙桌子旁，仍像前一次一样，媒婆坐在桌子的右边，他爹坐在左边。刘照福站在屋门口，叫了媒婆一声"毛婶"，然后就势蹲在门槛里边，点燃一支纸烟吸起来。但是很长时间里，刘献邦和媒婆都没有提起大王庄的那个寡妇，三个人都不说话。刘照福看见桌子上，媒婆带来的灰布包袱已经打开了，那里面放着几个青梨，还有一只血淋淋的羊头，羊头用一只白色的方便袋包着。刘照福不明白媒婆为什么要带这些东西来，一般情况下，媒婆说媒，主家应该请吃请喝，像媒婆往主家带礼物这样的事情，他还是第一次碰到。那媒婆看到刘照福盯着桌子，好像猜透了他的心思，就解释说她的一个娘家侄子在附近的张家集杀羊，她正巧路过那里，她的侄子送给她一只羊头，她就顺便带到这里来了。这时，刘献邦也说话了，他说话的腔调仍然像一个新戏子半生不熟地背着台词。刘献邦让刘照福去菜地里摘些辣椒回来，中午饭做辣子炒羊头。

我可不会做。刘照福说。

今天的饭你毛婶做。刘献邦说。

做饭的时候，媒婆掌勺，刘照福烧火。媒婆迈着碎步，在锅台边转来转

去,她把案板、锅沿、勺子和其他的灶具弄得叮当作响,灶下的火苗把刘照福的脸照得通红。有一瞬间,刘照福似乎回忆起了童年的某些事情,以及他娘的死,但因为那些事情太遥远了,所以在回忆中所有的事情都非常模糊。到后来,回忆变成了咳嗽,因为屋里突然充满了炒辣椒的呛味,而且灶下有一股烟进入刘照福的嗓子里,使他的咳嗽声猛烈地爆发出来。他的咳嗽声像葡萄一样一串一串的,咳,咳,咳,咳,咳咳咳,他的双手捂着胸口,弓着背,头抵着灶沿,好像要把胆汁也一并咳出来。媒婆停下活计,手里握着一把锅铲,望着刘照福的背,她把锅铲扬了扬,似乎要用它往刘照福的背上拍几下,但铲子始终也没有拍下去。

好不容易等到刘照福咳嗽完了,那个媒婆对他说了一句话,这句话很像是对他那阵剧烈咳嗽的安慰。

过几天,等到姑庵集逢集的时候,媒婆说,你和女方见一面吧!

唔。刘照福说。

吃完午饭,刘照福又到地里收拾棉花,那个媒婆还呆在他家里,和他爹刘献邦说话。直到太阳偏西的时候,刘照福才看见媒婆从他家附近的那条胡同里出来,拐过村头的几棵老柳树,戳戳点点地朝着棉花地这边走过来。这些时间里,不知道媒婆和刘献邦说了些什么,刘照福心里琢磨着。等到媒婆经过棉花地旁边的那条小道时,刘照福把自己藏在棉花棵子里,看看媒婆走远了,他才站起来,看着她走路,看她的背影,一直到远处的一块玉米地把她的身影遮住。

姑庵集逢集那一天,刘照福和他爹刘献邦各自换了一身洗得很干净的衣裳,刘献邦还在一双黑色条绒布鞋的里面,穿上了一双白色的袜子。而平时,即便是在隆冬腊月里,刘献邦也是不穿袜子的。刘照福用自行车带着他爹,骑到姑庵集的一条街上。他们在供销社设在集上的一个门市部门口停下来, 这里是媒婆和刘献邦约定的地点。刘照福站在门前的台阶上,从高处望着这条街,街上人很多,声音非常杂乱,人群中偶尔也会出现一个长得有几分姿色的年轻女人,这个时候,刘照福就会想到大王庄的那个寡妇。也许,他和那个寡妇的事情,今天就会有些眉目,他这样想着。可是,他们在那儿等了半个时辰,才看见媒婆慢悠悠地走过来。刘照福刚刚看到媒婆的时候,认定那个寡妇就跟在她的身后,但定睛看了看,才知道

只有媒婆一个人。媒婆走近刘献邦，凑着他的耳朵小声说了一句什么话，刘献邦点了点头。然后，刘献邦招呼刘照福，让他推着自行车，跟着他们走。

三个人来到一家小饭馆里，坐到一张靠窗户的桌子旁。从玻璃窗望出去，能够看见街对面的几家店铺，一家杂货铺、一家化妆品店、一家美容美发厅和两家服装店。这几家店铺，再加上他们坐下来的这家饭馆，组成了姑庵集最繁华的地段。但是，现在还不到吃饭的时候，刘照福觉得媒婆选择这个地方坐下来，肯定是要在这里等人的。果然，媒婆望着刘照福说，在这儿等一会儿吧！因为不到吃饭的时候，饭馆里的这张桌子也不能白占，刘献邦向服务员要了一斤肉包子，当然，是刘照福付的钱。

不久，媒婆拍了一下桌子，提醒刘照福往对面的一家服装店门口看，媒婆用手指了指招牌上写着"美来"的那一家。但是，刘照福往美来服装店门口张望了一阵，并没有看见一个三十岁出头、长得又俊的女人。她进去了，媒婆说，她到店里面去了，等一等她就出来。紧接着，媒婆又说，她出来了，就是穿着方格衬衣、头发绾起来的那一个。

刘照福看见媒婆说的那个女人站在服装店门前的台阶上，就像刚才他站在供销社门市部门前的台阶上一样，朝着街上的人群张望，但是她脸上的表情，并不像是在找什么人，也不像是有什么事情需要她站在那儿想一想。可能是她已经走累了，站在那儿歇歇脚。那女人高高的、瘦瘦的，穿着一件红蓝相间的方格衬衣和一条深灰色的裤子，长长的头发盘在脑后，看起来很干净的样子。刘照福觉得，媒婆年轻的时候，大概也会是这个样子吧！但是对面的女人没有刘照福想象中那么俊，她脸上的皮肤有点儿黑，眼睛也不大。也许她的皮肤并不黑，只是像媒婆曾经说过的那样，她的脸上长满了蒙脸砂。

如果媒婆问刘照福对那个女人的看法，刘照福就会说，他同意这门亲事。他当然愿意这样的女人做他的老婆，但媒婆没有问他，他爹刘献邦也没有问他。刘照福以为媒婆会走出去，把那个女人叫进饭馆里来，和他们坐在一起吃那一斤肉包子，然后，媒婆和他爹又会借故离开一会儿，让他和那个寡妇单独说说话。可是，媒婆没有这样做。那个寡妇在美来服装店门口站了一会儿就离开那里，消失在人群中。三个人还在饭馆里坐着，刘

献邦开始让媒婆吃肉包子,他说,你吃吧,趁热吃,要不一会儿就凉了。媒婆把筷子拿在手里,说,你也吃吧!然后媒婆又望着刘照福说,照福也吃。在刘照福的印象中,这是媒婆第一次称呼他的名字,他觉得有点儿刺耳,可想了想又觉得,如果媒婆不叫他名字的话,又能叫他什么呢?剩下来的时间里,这三个人所要做的事情就是把那一斤肉包子吃掉。刘献邦和媒婆两个人吃包子都发出吱吱的响声,听起来像两只老耗子发出的声音,搞得刘照福情绪有点糟,他觉得与其在这里不咸不淡地吃包子,还不如回家睡大觉呢!

姑庵集这次"见面"之后,媒婆很长时间没再到刘照福家里来,直到过完了中秋节,媒婆还没有来。这一天,刘照福看见他爹又坐在堂屋门槛上晒太阳,他就走到屋檐下,找到一把铲子一把铁锹,用铲子叮叮当当地敲铁锹,而实际上铁锹已经被他磨得锃明瓦亮,上面一点儿泥巴也没有,他这样敲,可能只是想要那种叮叮当当的声音。

她没来,刘照福敲着铁锹对他爹说,她好长时间没来了。

唔。刘献邦说。

她说的那个事有点儿玄。刘照福说,要么就是女方根本不同意。唔。刘献邦说。

那她也该跑过来说一声,就说人家那边不同意。刘照福说。

也许是她生病了,跑不来了。刘献邦说。

唔。刘照福说。

她的身体一直不大好,刘献邦说,她身上有很多病。

唔。刘照福说。

年轻的时候,她跟着她男人在嘉祥县砸石头。刘献邦说,你没看她的手吗?她的手指像男人一样粗。

唔。刘照福说。

她男人经常揍她,刘献邦说,我说的是她年轻的时候,她男人早就死了。

这都是她告诉你的吗?刘照福说。

是。刘献邦说。

你倒是对她的事情知道得不少呢!刘照福说。

好一阵子,刘献邦不再说话了。

你老是敲那把铁锹干啥?你把它当成铜锣了吗?刘献邦又说。

刘献邦这么一说,刘照福反而把铁锹敲得更响了,他的手一用力,头就跟着一点一点的,他的动作好像在说,你不让我敲,我偏要敲;你嫌我敲得响,我就敲得更响。刘照福又让铁锹响了一阵子。

我就纳闷儿,刘照福敲着铁锹说,为啥她一来,你说话就拿腔捏调的,像一个戏子。

你说的话我听不见,刘献邦说,我的耳朵不好使。

你的耳朵好使着呢!刘照福说。

这一年重阳节前后的一天上午,媒婆最后一次来到刘照福家里。还像前两次一样,刘照福在地里收拾庄稼,不过这一次他并不在那块棉花地里,所以没有在地头的小路上看见媒婆。这天上午,媒婆什么时候来到他家,以及媒婆和他爹都说了些什么话,刘照福并不知道。下晌以后,刘照福回到家里,看见他家的堂屋门虚掩着,只留下窄窄的一条缝,他就知道那个媒婆来了。

刘照福站在院子里咳嗽两声,停一停才推开屋门,他以为他会看见八仙桌的左边和右边他爹和媒婆两个人坐在那里,但是没有,他们不在那儿。因为刚刚从太阳地里回来,刘照福不能一下子适应屋里的光线,他觉得屋里黑乎乎的。他在堂屋当门转了一个圈子,才能看清一些东西。这时候,他看见媒婆直挺挺地躺在他爹的木板床上,身上还盖着他爹的夹被,而他爹刘献邦呢,坐在床边的一把椅子上,眼睛直瞪瞪地盯着媒婆。刘献邦坐着的那把椅子,原来一直是放在当门八仙桌那儿的,现在被他挪到小床边去了。刘照福看到这情景有点儿出乎他的意外,所以他一直不知所措。他又咳了一声,并且不由自主地又在屋当门转了一个圈子。这种时候,他盼着他爹刘献邦首先对他说点什么。

她死了。许久之后刘照福听见他爹说,她死在这儿了。这一次刘献邦的声音变得正常了,不再像一个戏子。

刘照福脑袋后面的一根筋猛地跳了几下。媒婆死在我爹的床上了,他在心里对自己说。

半上午她来到这里,刘照福听见他爹咻咻地喘着气说,她说她的头有

点儿晕,我让她坐在椅子上;她说她还是晕,我就让她躺在床上,不一会儿她就变凉了。

我一摸她,刘照福听见他爹喘气越来越急促,她凉了。

刘照福很想走到床边去,看一看媒婆是不是真的死了,同时又认定这样的事情他爹是不会跟他开玩笑的,媒婆的确死在他爹的床上了。他慢慢地踱到院子里,看了看天色,太阳有点儿晃眼,他家里仅有的一只老母鸡,现在卧在树阴下,咕咕咕咕地叫着。刘照福轻轻地走到老母鸡的身边,照准它的肚子用力踢了一脚,老母鸡挨杀一般地叫着,飞到墙头上去了。祖宗,刘照福说。他又往空气中踢了一脚,然后就在刚才老母鸡卧着的地方蹲下来。我得仔细想想这个事情,刘照福在心里对自己说,我得蹲在这里,仔细想一想。刘照福点燃一支烟,猛吸一口,因为吸到嘴里去的烟雾过于浓烈了,呛了嗓子,他又咳嗽起来。

刘照福在那棵树下蹲了大约半个时辰。

后来,刘照福重新回到堂屋里,他站在屋当门,看见他爹还是原来的姿势坐在那张椅子上,一动不动。当然,媒婆也是原来的样子挺在床上,只不过在他看来,她的肚子似乎比刚才大了一些。屋里有一些凉丝丝的酸酸的气味。一只老鼠蹲在窗台上。

我去告诉她家里的人,刘照福对他爹说,让他们把她拉回去。

刘献邦没有理他。

我去一趟大王庄。刘照福又说。

刘献邦还是没有理他。

这时候,刘照福看见不知从哪儿又跑出来一只老鼠,它蹲在原来那只老鼠身边。现在,四只小眼睛正在望着他。

向　北

　　1911年夏秋之交，我的祖上刘天祥身上发生了两件大事。第一件是他的大儿子淹死在村西头的水井里。村西那口井是全村人的吃水井，所以刘天祥的大儿子淹死以后，非但没有得到村里大多数人的同情，反而引起了他们的愤怒和不安。他们一边背着刘天祥骂骂咧咧，一边只好到村东头一口又涩又咸的井里打水吃，如果两个打水的人碰巧打了照面，其中的一个就说，操他娘，这井里的水还没有驴尿好喝。另一个也说，操死他娘。实际上他们根本不是在骂井水。很长一段时间里，刘天祥在村里抬不起头来，他看见村里的人哪怕是一个孩子从跟前走过，也会弯腰点头，向他们赔着笑脸。他觉得因为他儿子的缘故，村里的人只好去吃那种又涩又咸的井水，心里过意不去。不过对于大儿子的夭折，刘天祥并不怎么往心里去。这个孩子三岁的时候得过脑膜炎，当时没有治好，或者说根本没钱去治，留下了脑膜炎后遗症，从那以后他就变成了一个傻子。对于一个傻子来说，19岁时提前去了他应该去的地方，也算是个有福的傻子了，他省得再在这个世上活着受罪。尤其是傻子还没有娘，他的娘——也就是我的祖上刘天祥的老婆，早在15年前就死掉了。刘天祥的老婆是在生第二个儿子的时候，因为难产死掉的。

　　大儿子掉进水井淹死之后，大约一个月左右，刘天祥身上发生了第二件大事。他的小儿子刘世民偷了张铁匠四个玉米面饼子。最初几天，张铁匠并不打算把刘世民偷他饼子的事告诉刘天祥，尽管那一年年境很差，大家都吃不饱，但张铁匠还是不太在意那四个玉米面饼子。可是有一天，张铁匠在街筒子里碰到了刘天祥，他发现刘天祥对待他的态度和过去大不一样。刘天祥看到他之后，大老远的就开始笑，又是弯腰又是点头，而且还称呼他"张铁匠"。以前可不是这样，以前刘天祥在街上看到张铁匠，并不

是像现在这样笑,他总是很正经而且很亲热地喊张铁匠"张兄弟",张铁匠也喊刘天祥"刘兄弟"。张铁匠和刘天祥是这个村子里仅有的两个会一点手艺的人。张铁匠就不用说了,他有一个小铁匠铺;刘天祥会一点医术,不过并不像张铁匠那样有一个铺子,而只是偶尔给人治一治外伤或者头疼脑热之类的小毛病。平时,他们两人若是在街筒子里碰见,打招呼总是很有分寸的。这一次,我的祖上刘天祥从张铁匠身边走过去之后,又被张铁匠叫住了。张铁匠叫刘天祥"刘先生",他说,刘先生,你家刘世民偷了我四个玉米面饼子。刘天祥愣了一下,然后皱了皱眉头。张铁匠又说,你不用皱眉头,回家问问刘世民你就知道了。

刘天祥问刘世民,你为什么要偷吃张铁匠的饼子?那时,刘天祥和刘世民正打算吃饭,他们的面前放着两大碗地瓜面和地瓜叶团在一起蒸熟了的食物。我在问你话呢,刘天祥又说,你偷了张铁匠四个玉米面饼子。当时,如果刘世民认个错或者说一句"我吃不饱"之类的话,刘天祥会狠狠地摔一下筷子,往常他都是这么做的,很多事情也都在他摔了筷子之后,就算过去了。刘天祥等着刘世民说一句什么话,他已经把筷子拿在手里,并且渐渐地举到半空中,可是刘世民什么也没有说。刘世民低着头,大口大口地咀嚼蒸地瓜叶,两个腮帮子都鼓得高高的,还有一些细碎的面星子从他的嘴角跌落下来。刘天祥不知道举在半空中的筷子应该摔下来还是继续举着,停了一阵他只好把筷子砸到刘世民的脸上。刘世民脸上的肉抽了几下,他停下来咀嚼,一口饭还留在嘴里。今天我要告诉你,刘天祥狠狠地说,不能偷吃别人家的饼子。刘天祥说着话站起身,从墙上取下马鞭,他让刘世民趴在地上,开始抽刘世民的背。这是刘天祥第一次用皮鞭抽刘世民,所以他不知道用这个办法对付刘世民之前,应该先把刘世民的夹袄扒下来。十几鞭下去之后,刘世民的黑棉布夹袄破了一些毛毛糙糙的口子,血渗出来,那些破布条子贴着刘世民的背。大约打到50鞭的时候,刘天祥说,你为什么不说话?你为什么不喊一声?你为什么不说疼?刘天祥说这些话是和着鞭子节奏的,他说了三句话的同时又下去三鞭子。但是,刘世民仍然不说一句话,他只是在刘天祥问他话的时候哼了一声,并且把一直含在嘴里的那口蒸地瓜叶咽了下去。

刘世民挨了他爹的一顿毒打,在床上躺了七天。当然在这七天里面,

一直都是刘天祥把蒸地瓜叶送到他的床头,但每一次都是碗里的饭在他的床头上放凉,刘世民一口也不吃。到了第八天,刘世民下了床,可是当天夜里他就失踪了,从此以后再也没有回来。这一年,刘世民15岁。

过了六年。1917年的秋天,我的祖上刘天祥得到了刘世民的消息,说刘世民在南阳,跟着一支扛长枪的部队当卫生员,他的部队驻扎在南阳东郊十里堡养马场。这个消息是被抓了壮丁又偷跑回来的张二孬带给刘天祥的。张二孬说,刘世民捎给刘天祥两句话,第一句是他还活着,第二句是他到老死也不回家。另外,刘世民还对张二孬说了一句不三不四的话,他说如果刘天祥想他,就把家里的马鞭子拿出来看看。刘天祥还想知道更多有关刘世民的情况,可张二孬只知道这些。张二孬和刘世民并不在同一支部队当兵,只不过是他们两支部队同时驻扎在南阳的那几天里,张二孬在南阳东门里的一家药铺里碰上刘世民,和他说过几句话。刘天祥问张二孬,刘世民现在是不是胖了点儿?张二孬说不胖,就是又长高了一头,戴着部队发给的帽子,看起来怪威风的,他说话的腔调也有些变,变得粗了。就是这些。那时候,刘天祥大儿子的尸体污染吃水井的事已经过去好几年,村里的人把那口井淘了一回,如今大家又都吃上又爽又甜的井水了。张二孬从南阳的一支部队偷跑回来以后的一段日子里,刘天祥开始喜欢蹲在井台上,抱着一根一尺半长的烟杆子抽烟。当时刘天祥50多岁,穿一身黑棉布衣裳,身材又瘦又小,头发和胡子都毛蓬蓬的,人们说他蹲在青石板搭成的井台上,就像一条丧家狗。当初,刘天祥的大儿子就是从那块青石板上一头栽进水井里去的,不过傻子的事毕竟过去了好几年,它在刘天祥的心中已经淡了,现在他的心思在南阳的刘世民身上。遇见来井边打水的人,刘天祥就对他们说,我家老二现在在南阳当兵,当卫生员,不用上操。或者这样说,我家老二在南阳部队里整日价吃白面馍,又长高了一头。有一天,刘天祥在井边遇上了张铁匠,他笑着站起身来。自从那一年张铁匠在街筒子里告诉刘天祥,说刘世民偷了他四个玉米面饼子的事之后,这么几年来,两个人再见面一直不怎么说话,相处得有点儿尴尬。可是这一次,刘天祥笑着对张铁匠说,张兄弟,你打水啊?张铁匠也说,刘兄弟,你歇着呢!刘天祥干咳了两声,望望张铁匠的脸。张铁匠正神情专注地往井里顺水桶,然后开始摇井绳。刘天祥说,我家老二,现在出息了,在南阳当兵,当

卫生员,不用跟着人家上操。张铁匠说,那好,那好。刘天祥说,我家老二又长高了一头,戴着部队发给的帽子,看起来人模狗样的,整日价吃的是白面馍。张铁匠说,那好,那好,这么一说你现在不该蹲在井台上,你该到南阳找你家老二刘世民,跟着他享福去。刘天祥说,我到部队里能干点儿啥呢,部队里不要老头子,再说打仗也算不上是享福的事。刘天祥说完这句话大笑起来。张铁匠摇了摇井绳,和他一起笑。

1917 年中秋节前夕,我的祖上刘天祥用麻绳打了铺盖卷,带上几十斤地瓜面窝头和几十打煎饼,去南阳找他的儿子刘世民。刘天祥从我的家乡商丘以东 30 里的刘张庄出发,背着沉重的行李,一路朝西南方向走,他知道一直这样走下去,就会走到南阳。那一年,河南商丘、新乡和山东曹州一带闹蝗灾,秋庄稼几乎没有一点儿收成,所以刘天祥离家时没有什么牵挂,他只是把祖传的一只铜火盆卖掉,换了一点儿零花钱,然后用一把生锈的铁锁锁了房门,院子里一大堆没结豆夹的黄豆秧扔在那里不管了。刘张庄的人都知道刘天祥去了南阳,去找他的儿子刘世民,因为刘天祥逢人就说,他是去南阳找一支扛长枪的部队,他的儿子在那支部队里当卫生员。但是,刘天祥没有说他找到刘世民以后,是把刘世民叫回家来,还是和刘世民一起跟着部队走。刘天祥不说,村里的人也就没人知道。他们看见刘天祥的铺盖卷打得很大,那里面可能打进去了很多地瓜面窝头和成打的煎饼。因为刘天祥的铺盖卷打得太大了,所以村里的人怀疑他有可能是要在外面过冬天的。刘天祥背着铺盖卷,铺盖卷的上面,他的头显得很小,而铺盖卷的下面,他的两条腿又显得很细。刘天祥的两条细腿踢踏踢踏一前一后倒换得很快,村头的大路上扬起一溜烟似的尘土,不久他的身影就在刘张庄的视野里消失了。

我的祖上刘天祥来到南阳十里堡养马场,中秋节刚刚过去几天,也就是说,他只用了十天左右的时间就到达了目的地,可是那个时候刘世民所在的部队已经开拔了。这一变故,刘天祥从家乡刘张庄出发的时候并没有想到,所以一到南阳,刘天祥好像一下子掉进深洞里,感到没有了出路。刘天祥的脚上打了很多血泡,踩着南阳的路就像踩着针毡,钻心地疼,他的两条腿肿得变粗了,走路的时候好像拖着两根木杠子。疲惫已极的刘天祥,一个人被搁在南阳十里堡的养马场。那个养马场很大,占地面积差不

多有十几顷的样子,整个的场地被矮墙和木栅圈起来。地上长满了茂盛的青草,茼蒿、拉秧草、马齿苋和芜蔚,一些草的种子已经成熟,并且开始剥落到地上,蒲公英在半空中飘飞。靠这个大场的北侧有一排房子,其中五六间是青砖瓦房,另外七八间是临时搭起来的草房,但那些房子里已经空无一人了。房子前面的露天大灶台也被拆掉,灰烬都被风刮去,只留下一些烧得发红的土块。破灶台周围乱糟糟的,有很多啃净了肉的碎骨头扔在那里,青草也都倒伏在地皮上。刘天祥蹲在拆掉的露天灶台边吸了几袋烟,他用脚捻着地上一两块碎骨头,心里想象着他的儿子刘世民几天前和那些扛着长枪的年轻人一起围在这个地方吃肉或者啃骨头的样子,可是这个想象并不能赶走心中的惆怅。我的祖上刘天祥一边抽烟,一边流下了眼泪,后来鼻涕也流下来了。夕阳西下的时候,养马场的看场人不知从什么地方走过来,他看见刘天祥卧在拆掉的土灶台里面睡着了。刘天祥的头枕着一只胳膊,身子蜷得像一个球,有一缕夕阳从土坯块的缝隙间打在他的头发上,这使他的头发看上去发红。看场人用脚弄醒刘天祥,问他为什么要躺在这个地方睡觉?看场人也上了岁数,看上去比刘天祥略大几岁,但比刘天祥显得有精神,当他知道刘天祥是从商丘赶来找儿子的时候,他抬起一只胳膊朝正北方向扬了扬。开拔了,他对刘天祥说,他们往北边走了。刘天祥告诉看场人说,他的儿子名叫刘世民,长着一个高个子,是部队的卫生员。刘天祥问看场人是不是见过刘世民?看场人说那支队伍里面是有一个卫生员,整日价背着药箱子,不过个子并不像刘天祥说的那么高,当然他并不知道那个卫生员就是刘天祥的儿子。看场人说着,又用胳膊往正北方向扬了扬。你要找他们的话就往北走,看场人说,你紧走两天说不定还能追上他们,他们现在还走不远。看场人又告诉刘天祥,那支部队的头头好像是个团长,安徽亳县人,姓岳,人称岳老虎。但是,岳老虎的这支队伍到底是哪方面的呢,就是说岳老虎又是听谁的调遣呢,这他就不知道了,他也不知道那些当兵的为什么要往北边去,不知道他们往北要走多远才能停下来。

一天一夜的时间里,刘天祥又赶了120里路,他离开南阳之后,只是在下半夜躺在路边的麦秸垛里睡了两个时辰。第二天天擦黑的时候,刘天祥来到一个名叫留山的镇子上。他向镇上开铺子的几个老板打听,岳老虎

的队伍前几天是不是从这里经过,然后往北边去了?安徽亳县人,刘天祥对那几个老板说,他可能是个团长,但留山镇没人知道岳老虎。反正时常有各种各样的队伍经过留山镇,有的是打西边来到东边去,有的是打东边来到西边去,还有打北边来到南边去的,可是这些队伍都像一股烟一样从留山飘过去了。留山镇的南边有南阳,西边有南召,北边还有鲁山,所以那些队伍不会在留山停留。他们至多是在留山弄些粮饷,或者碰巧抓几个壮丁带上,其中的一个老板说,他们一来,老百姓就跟着遭殃。刘天祥问那老板,有没有一支队伍打南边来到北边去?大概就在三天前,那支队伍里面有一个高个子的卫生员。老板说没有,没留意到卫生员什么的,但的确有一支队伍打南阳来,他们往北边去了。

　　这一天,我的祖上刘天祥没有住进留山镇的客栈,而是来到镇东门外的一座破庙里。离开商丘老家时,他的身上本来就没有多少钱,带在身边的那些煎饼和地瓜面窝头差不多快要吃光了,可是要走的路可能还有很长。再过几天,如果他仍然追不上岳老虎的队伍,见不到他的儿子刘世民,就只剩下一条路可走了,那就是沿路乞讨;运气好一点的话,他或许能够给什么人诊一诊小病,收一点钱,不过这样的年头生病的人很多,有钱看病的人却很少。刘天祥把铺盖卷展开在破庙的一方土台子上之后,天就开始下雨了,屋里黑得伸手不见五指,只见门缝和窗棂上露出一小片微光。房梁上有一对家燕叽叽啾啾,天已经变冷了,不知为什么它们还没有飞往南方。墙角里爬行的小东西也不断地弄出一些声响,外面的雨声淅淅沥沥。刘天祥把白天从野外采到的药草用嘴嚼烂,摸索着把那些糊状的东西粘到脚板的血泡上,然后才在土台子上躺下身来。他用两只手扶了扶土台子的边沿,把身体摆摆正,听着屋里屋外的响声。从脚底升上来的疼痛弄得他不停地倒抽着冷气,但是心里还存有一丝宽慰,这些天的路毕竟没有白走,脚上的血泡也没有白白地打出来,一些迹象表明,他现在就跟在亳县人岳老虎那支队伍的身后,也就是说他现在正跟在他的儿子刘世民的身后,他恍恍惚惚地看到了刘世民那高高瘦瘦的身影。那些人走在一片大洼里,刘世民背着很大的一只药箱子,走在队伍的最后,他的头时常左右扭动,仿佛是在留心身旁那些藏在茼蒿和马齿苋中的野药草。有一刻刘世民还站住身,风吹着他的军装,他的高高的个头看上去的确是瘦了点儿,

不过还是显得很威风。他打起手蓬朝他们走过来的方向张望,仿佛在他的身后,在远远的某个地方,他们的队伍还有一个紧追不舍的落伍者。

我的祖上刘天祥穿烂了两双鞋,脚板上的那些血泡已经不见了,变成了一层厚厚的茧子,那层茧子现在像一双挺括的鞋垫儿一样,垫在他的脚板和鞋底之间,走起路来舒服了许多,只是一到夜里睡觉的时候,脚板就发痒。刘天祥离开留山镇以后,先后到过云阳、拐河、张良店、鲁山、下汤、瓦屋庙、寄料街和临汝城。在临汝,他居然遇到了一个知道亳县岳老虎的人,那人是一家当铺的掌柜,年轻的时候还曾经去过亳县。当铺掌柜告诉刘天祥说,岳老虎的队伍离开临汝之后开往洛宁方向去了。刘天祥问掌柜的有没有见到岳老虎队伍里那个卫生员,高高的,瘦瘦的。掌柜的说没有没有,实际上他连岳老虎本人也不认识,只是听说过他。刘天祥说岳老虎队伍里那个卫生员是他的儿子,叫刘世民,他来到临汝就是寻找他的儿子的。掌柜的说当然了,哪一支队伍都应该有一个卫生员的。刘天祥明白已不能从当铺掌柜嘴里知道更多的东西,就很快离开了临汝城,然后途经庙下、汝阳、嵩县赶往洛宁,当然在洛宁他仍然没有赶上岳老虎的队伍,只听到了岳老虎的队伍打此地经过的一些传闻。人们说那支队伍在洛宁也没有停留,他们可能往新安县的方向去了。刘天祥就像岳老虎的队伍放下的一个屁,散散淡淡地在洛宁城里兜了一圈,然后被风吹走。他离开洛宁,经过洛宁城北的三乡和韩城镇,到达新安县,在新安住了一个晚上。第二天的黄昏,刘天祥追着岳老虎队伍的影子,在孟津县境内的一个渡口摆渡过了黄河。那时,刘天祥离开南阳已经一个多月了。

一踏上沁阳县的地界,路上的人就多起来,他们都是拖家带口出来讨饭的人。这些面黄肌瘦的人对食物以外的任何东西都提不起精神,甚至没有人愿意回答刘天祥的问话,没有人注意到几天前是不是有一支队伍从他们的身边往北开过去了。他们就像一些灰头虫子一样,在路上懒洋洋地爬动。路边光秃秃的田地里,有很多新起的坟墓,上面只插着一两根枯树枝。偶尔还有人的尸体躺在壕沟里,就那样暴露在太阳底下,有的尸体已经腐烂,没有腐烂的尸体,身上的衣服也被人扒去了。一开始,大部分讨饭的人都往南边去,他们企图从孟津渡过黄河去洛阳地区,在路上这些人迎面而来。到后来,往北边去的人更多一些,刘天祥渐渐地汇入了往北边去

的人流中。他像沉在讨饭人流中的一粒沙子，被那些人裹来裹去的。但是，关于岳老虎的队伍的消息却几乎再也听不到了，刘天祥问了他见过的每一个人，只有一两个人告诉他，好像前些天看见过三五个受伤的士兵，他们有的头上缠着绷带，有的腋下夹着用树杈做成的拐杖，嘴里不停地骂骂咧咧，还抢老百姓手里的东西吃。刘天祥知道那几个伤兵里面没有刘世民，因为如果有他的话，他的身上应该有一个很显眼的东西，就是那个大药箱子。刘天祥继续跟着讨饭的人群往北边走，吃住都和他们在一起，有时候，他还给逃饭的人治治病，然后换回他们手中的食物，这就是说他在讨饭的人群中间逃饭吃。有那么几天时间，刘天祥感到他可能在不知不觉中失去了追赶的目标，也许刘世民跟着队伍到别的什么地方去了，他现在一心一意地往北边走，有可能越走离刘世民越远。或者说亳县岳老虎的队伍根本就不存在，他在南阳东郊十里堡养马场见到的看场人也只是一个影子，要不就是张二孬骗了他，当初张二孬说在南阳看见过刘世民，不过是耍他玩玩罢了。

　　入冬以后，刘天祥在河北省临漳县地界认识了一对夫妻，男的叫闫兆福，河南内黄县人，他的老婆挺着大肚子，看起来快要生产了。他们的家乡也遭了蝗灾，秋庄稼没有一点儿收成，夏季打出来的小麦却已经吃光了。两口子这次出来，是要去河北邢台地区找一个表亲谋生的。闫兆福会一点儿木匠活，可是在这样的年头他的手艺却派不上用场。闫兆福知道刘天祥会一点儿医术之后，对刘天祥十分热情，他拿出从家里带出来的地瓜面窝头，让给刘天祥吃。他还表示到了邢台之后，可以托他的表亲帮刘天祥找一点活儿干。刘天祥摇摇头说，我恐怕在邢台呆不住，我想从邢台再往北边走。停了停刘天祥又说，我的儿子跟着一支扛长枪的队伍往北去了，我想去找他们，如果在到邢台之前找到他们，我就不会再和你一起去邢台了。我的儿子叫刘世民，刘天祥又说。可是这一次，刘天祥提到刘世民，完全不像在南阳以北一个叫留山的镇子上向那些店铺老板提到他的儿子时那样兴奋了，他觉得心里一点都不踏实。岳老虎的队伍到底去了什么地方，他现在根本就不知道，所以他也不知道刘世民现在到底在哪里。不过，他还是愿意和闫兆福两口子一起走，这样路上也好有个照应。

　　大约是 1917 年的农历 11 月下旬，河南、山东、河北三省交界地区下

了一场罕见的大雪。据说,那场雪下得有些奇怪,先是零星小雪断断续续地下了七天,雪花小得几乎看不到,下雪的时候只看到空中白蒙蒙的像在下雾。然后放晴一天。接着大雪下了两天两夜,雪花又大又密,像棉花朵一样从空中落下来。很多粗树枝被厚厚的积雪压断,甚至有些大树的树枝全部坠到地上,只剩下一根秃树干戳在那里,一些房顶也被积雪压塌了。那时候,我的祖上刘天祥和闫兆福夫妻被困在河北邯郸以北一个名叫羊河的村子里。

下雪之前的半个月,刘天祥就对已经到来的冬天有所准备,但他还是没有想到这一年的第一场雪就下得这么大。还是路经河南汤阴县的时候,刘天祥用一剂治疗白癜风的偏方,向一家杂货铺的老板换回一件棉大氅和一双胶皮底棉靴。刘天祥向那个杂货铺的老板打听岳老虎的队伍,看到老板的脸像蜡一样白,他就把那个方子说出来,让老板记在一张草纸上:黄芪二钱,防风二钱,苍耳子六钱,共为细沫,以水为丸。这个医治白癜风的偏方还是刘天祥的父亲传给他的,他父亲年轻时曾经用一块生地瓜救过一个江湖郎中的命,郎中就用这个偏方作为报答。以前,刘天祥用这个方子治好过几个病人。如果不是因为战乱和年景不好,这个偏方至少可以换回10块银元,可是现在刘天祥却顾不了那么多了。从杂货铺老板手里换回来的这两样过冬的东西,一件六成新的棉大氅和一双崭新的胶皮底棉靴,使他困在邯郸羊河村的那几天里没有被冻死。当时,羊河村的村民大都外出讨饭去了,村里的房子空出来很多,刘天祥和另外几十个一路讨饭的人一起涌进村子里,砸开人家的房门住了进去。那几天正下着那种白雾似的小雪,刘天祥的棉靴子已经在雪泥路上湿透了。湿靴子结了冰,变得像铁一样硬,走路时的响声就像是榔头砸在石板上。刘天祥住进去的这一家房子很小,只有两间草棚子堂屋和一方小院子,堂屋里全空了,连床铺都没有,房门后的灶台上,铁锅也被揭了去。刘天祥进去得早一点,因而抢到了堂屋里间的一个墙角,他把铺盖卷展开在这个墙角里,脱下硬梆梆的靴子,钻进被窝里面。堂屋里间的另一个墙角接着就被闫兆福夫妻占领了。女人进屋以后,挺着大肚子站在那里等着闫兆福打地铺。闫兆福一边打地铺,一边不停地对她大吼大叫,似乎是女人办错了什么事,可是女人一声不吭,等闫兆福把地铺打好,她就躺在上面,也许是太饿了,她像一头

死猪一样一动不动。

第二天，大雪封了路，刘天祥和几十个讨饭的人被困在这个叫羊河的村子里。刘天祥起床以后，看见院子里的积雪差不多已有三尺厚，雪还在下，大朵的雪花落在积雪上，发出轻微的沙沙的响声。房檐下挂着像人的胳膊一样长的冰橛子，有一些冰橛子已经坠落到地上，它们坠落时拽掉了房沿上的茅草。院子里和院子外面的野地白茫茫一马平川，路和坑塘、壕沟都看不见了。如果大雪不能停下来，或者说地上的积雪不能很快化掉，他们就要呆在羊河村挨饿。刘天祥裹着棉大氅，蹲在门口，捧一捧地上的积雪，他嘴里的热气呼在那捧雪上，很快上面薄薄的一层就融化了。他把那捧雪团了一下，团成一个蛋黄大小的雪团，放进嘴里，感到凉气一下子透到心里，同时还觉得雪水的滋味有点儿甜。他听见背后房子里闫兆福夫妻也已醒来，他们又在怄气。闫兆福似乎接上了昨天晚上的那口恶气，对他老婆大吼大叫，他老婆哭起来。女人一边哭一边说自己是闫兆福的累赘，她跟着闫兆福走啊走的一直往北走，走了三百里路，两条腿肿得像木杠子一样，现在她再也走不动了。如果闫兆福不打算要她，剩下的路他就可以一个人走。女人哭得很伤心，声音很响，好像是戏台上的戏子在唱哭戏，而且一时半会不打算停下来。刘天祥裹紧棉大氅，蹲在房门外又吃了一个雪团，他咂咂嘴，品品雪水的滋味，同时小声对自己说，闫兆福要是再吼下去，他很快就会饿得直不起腰来，他的老婆也是一样，要是她没完没了地哭，也会饿得发晕。

果然，到了下午闫兆福就和刘天祥蹲在一起吃雪团了。闫兆福对他的老婆吼是吼，却把他们铺盖卷里仅剩的一块炒糠面省给了她，自己跑到门外吃雪团。闫兆福像刘天祥那样咂着嘴，仔细品着雪水的滋味，他对刘天祥说，他吃下去的雪团有点儿甜。当然了，刘天祥说，雪团本来就是甜的嘛！两个人就笑起来。刘天祥指了指闫兆福手中的雪团又说，当年我爹在山东曹县，光靠吃这个过了四天四夜。刘天祥咳了一下，接下去说，那一年是同治11年，夏天一直旱，秋天又连着下大雨，庄稼全都被泡在地里，入冬以后，就没有吃的了。我爹和张铁匠他爹听说山东鄄城县的地瓜干卖得便宜，两个人就商量一下，结成伴，推着独轮车去鄄城县买地瓜干。他们从我家——商丘以东30里的刘张庄出发，一直往北走。按照他们的推算，最

多半个月就可以打一个来回。可是他们走了还不到一半的路程,大概是在曹县北边一个叫大王集的地方,遇到了一场大雪,他们被困在离大王集约有四五里路的一座破庙里。我爹和张铁匠他爹找不到吃的东西,只好吃雪团,他们就那样靠吃雪团活了三天三夜。后来,要不是他们冒着被雪坑吞掉的危险,硬是又滚又爬地摸到大王集,可能他们早就没命了。他们被困在大王集半个多月,然后才去了郓城。大约又过了一个月,我爹和张铁匠他爹才从郓城县回来。我记得我爹回到刘张庄的时候,是一个清冷清冷的傍晚,我爹的脸发青,他已经没有力气把那几条麻袋从独轮车上扛下来,他把车子放在院子里,迈着很慢很慢的步子到屋里去了。独轮车上捆着六条撑得圆鼓鼓的麻袋,里面全是从郓城县买回来的地瓜干,其中最上面的一条麻袋差不多是空的了,是我爹在路上吃掉了大半麻袋地瓜干。当时,我和我娘也已经两天没吃东西,我看着我爹买回来的地瓜干,胃里直往上冒酸水。我娘从麻袋里掏了一些地瓜干去灶台上煮,我站在门槛旁,看见我爹坐在屋当门的一条凳子上,低着头,他的耳朵冻得像两块小米面饼子一样又厚又大。刘天祥说到这儿停下来,闫兆福正目不转睛地盯着他。闫兆福伸长了脖子,他刚刚吃下去一个雪团,粗大的喉结正在一上一下地滚动着。一些雪花落在闫兆福的棉帽子上,帽沿和帽顶上渐渐地有了一层白,他的胡子上挂着细小的霜花。刘天祥又咳了一下,接下去说,我爹和张铁匠他爹呆在曹县大王集那座破庙里的第三天,还发生过一件事。按照我爹的说法,那件事发生在半下午的时候,当时,我爹和张铁匠他爹已把庙门关上,两个人蜷缩在香台的下面,他们看见一个人用手扒开庙门,爬了进来。那个人没有戴帽子,脸上尽是污泥雪水,很难辨出他的模样来。显然他已经不能走路,他是一路爬过来的。那人滚进庙里,看见我爹和张铁匠他爹,就大声地嚷嚷,我的脚冻掉了,我的脚冻掉了。他侧身躺在地上,两条腿硬邦邦的像是假肢。我觉得我的脚没有了,他嘴里抽着气说,我的脚没有了。那个人就那么躺在地上,一动不动,说话的声音却越来越小。我爹想,要是他和张铁匠他爹都不去管那个躺在地上的人,那人说不定很快就会死掉;如果他死在庙里,我爹和张铁匠他爹就不能再在庙里呆下去了。我爹从香台那里爬起身,走到那个人的身边,伏下身来拍了拍他的背,问他,你怎么样?你好受一点吗?我的脚没有了,那个人突然又尖叫起来,我

的脚没有了。他尖叫的时候几乎用尽了全身的力气，那动静就像杀猪一样。

刘天祥看见闫兆福还在不停地吃雪团，这样吃下去，他的肚子会受不了。刘天祥就对闫兆福说，你不能再吃了，雪团一次只能吃三个，吃多了你的肚子就会受不了。那时，刘天祥和闫兆福已经在门外蹲得很久了，刘天祥的脚冻得没了知觉，他站起身回到屋里，在屋当门有节奏地跺脚。闫兆福学着他的样子，也回到屋里，开始跺脚。他们站在屋里，望着门外，两个人的四只靴子踏在地上的声音像一匹马在慢跑。雪还在下个不停，雪花在半空中飘来飘去绕着圈子，很久之后才会落到地上。在刘天祥的感觉中，空中全是大朵大朵的雪花，非常零乱，有些雪花甚至根本不会落到地上去，它们一直都在空中翻飞。刘天祥像是在自言自语，他望着那些飘飞不止的雪花和地上厚厚的积雪，说，好在我儿子刘世民用不着吃雪团，他在岳老虎的队伍里当卫生员，他们的队伍里有的是粮饷，在南阳的时候，他们用大锅煮肉吃，碎骨头扔得满地都是。我就是不知道他现在在哪里，我不知道岳老虎的队伍现在在哪里？刘天祥紧跺了几下脚，又说，要是岳老虎的队伍过了黄河以后根本没往北边来，要是他们往西或者往东去了，我这样闷着脑袋往北走，就会越走离他们越远。闫兆福一直伸着脖子，看刘天祥动作或者听他说话，现在闫兆福的眼珠子也在左右转动，实际上他还在牵挂着刘天祥所说的庙里的那个人。后来闫兆福有点儿耐不住性子了，他问刘天祥，那个人咋样了？庙里的那个人？刘天祥停了停，才又接着说他爹和张铁匠他爹的事。

刘天祥说，我爹把那个人拖到了香台下面，把自己的棉大氅盖在他身上。那个人再也不尖声喊叫他的脚了，他躺在地上，像一具尸体一样全身发硬。我爹不停地拍着那个人的背，并且一声连一声地喊他"兄弟"，我爹是怕他睡过去，要是他睡过去的话，他的两只脚和两条腿恐怕真的要坏掉了。我爹是一个半吊子医生，他懂得这些。可是我爹毕竟只是一个半吊子医生，你要是知道后来发生的事，你就会说我爹根本算不上是一个医生。就在我爹拍着那个人的背喊他"兄弟"的时候，张铁匠他爹跑到外面，从雪地里捡了一些干树枝抱回来，然后在香台的下面升起了火。张铁匠他爹的意思，是想让那个被冻僵的人烤烤脚。我爹和张铁匠他爹把那个人架起

来,让他靠火堆近一些,他们还想脱掉那个人的靴子,但是试了几次都没有成功,因为那个人的脚和他的靴子冻在一块了。这样,他们两个人一人架着那人的一条腿,帮他烤脚。他们知道那人的两只脚已经冻透了,它们和他的靴子冻在了一起,需要仔细地烤一烤它们才能暖过来。两个人干得很有耐心。那个人紧闭着眼睛,一声不吭,任凭他们两个人摆布。过了一会儿,那个人的冻靴子开始融化了,有一些水滴滴进火里去,发出"噗噗"的声音,同时还有一些蒸汽从靴子上冒起来。我爹和张铁匠他爹都闻到了一股腥臭的脚汗味儿。当时他们认为,要把那个人的靴子烤干以后,他的脚才能慢慢暖过来。可是过了一袋烟工夫,又过了一袋烟工夫,他们两个架着那个人的腿,胳膊都已经累酸了,那人的靴子上还在往下滴着水。只是那些水滴和前面的水滴比起来,变得又稠又粘,滴进火里去以后,发出一股更加难闻的腐尸气味。直到这时,我爹才感到那个人的脚可能出了问题,他让张铁匠他爹再去脱一脱那个人的靴子看,我爹说,这个兄弟的脚可能没有了。我爹说这句话的时候,突然间脸色发白,嘴唇也变成了青紫色,两只手抖得像筛糠一样。张铁匠他爹很容易就把那个人的靴子脱下来。他们看见那个人脚上的皮和肉都没有了,只剩下一条一条的骨头,那些骨头被一些红筋连在一起,看起来像是一把竹耙子。可是那个人还是那么躺着,紧闭着眼睛,一声不吭。当时我爹看着那个人脚上的骨头,一下子就被弄懵了。你知道,我爹是一个半吊子医生,他应该想到用那样的办法帮那个人烤脚,就是眼前这个结果;他应该想到的,但他没有,那时候我爹完全想不起眼前的事究竟是怎么发生的。我爹只是觉得,那个人还不如就这样一直冻僵着,一直这么躺着,死过去,要是他暖过来的话,他就会疼得受不了。那天下午,我爹和张铁匠他爹完全被那个人的脚弄懵了,他们不知道是应该留下来陪着那个人,还是应该赶紧跑掉,把他一个人丢在庙里。

我的祖上刘天祥在河北邯郸以北一个名叫羊河的村子里,被1917年一场罕见的大雪困了三天,那三天里他只吃了一些雪团和两块巴掌大的榆树皮,饥饿、寒冷和恐慌,使得他内心里产生了一股莫名的狂躁。第三天的下午,大雪刚刚停下,刘天祥就像几十年前他爹离开一座破庙时所做的那样,连滚带爬地逃出了羊河村的那座草棚屋子,跑进了齐腰深的雪地

里。当然，他没有再和闫兆福夫妻在一起，他把他们两个人丢了羊河村。当时，闫兆福的老婆正在生产，她的羊水已经破掉，她躺在地铺上大喊大叫，声音像狼嗥似的。她一边大叫，一边还声称自己就要死去了。闫兆福站在他老婆的身边直搓手，刘天祥就是在这个时候捆上了他的铺盖卷。一直以来，闫兆福都想让刘天祥为他老婆接生，所以闫兆福看见刘天祥想从屋子里溜走的时候，就一下子抓紧了刘天祥的铺盖卷和棉大氅。他们两个撕打了一阵，这个过程中刘天祥一直重复着一句话，你不要逼我，他喘着粗气说，你最好别逼我。闫兆福什么话也不说，他的两只手像钳子一样钳住刘天祥的铺盖卷和棉大氅的下摆。结果是，刘天祥的铺盖卷和棉大氅最终都留在闫兆福的怀里。刘天祥在羊河村的街筒子里跑，因为积雪太深，他跑得很慢，但四肢摆动的幅度却很大，积雪被扬起来，像烟雾一样。刘天祥跑出村子以后，回头看看闫兆福怀里抱着他的铺盖卷和棉大氅，站在村口上望着他。闫兆福穿着一身黑衣服，下半身被埋进雪里，他站在那里一动不动，让远处的刘天祥看起来，他就像漂浮在积雪上的一堆猪屎。刘天祥大声对闫兆福说，你的老婆难产，我收拾不了。停一停刘天祥又说，你最好别逼我。这样，刘天祥把自己的铺盖卷和棉大氅留给了闫兆福，一个人离开了羊河村，他仍按照原来的做法，继续朝着正北的方向走。

　　天黑之前，刘天祥只走了七八里路。积雪把野外弄得像一张白毯子，天地之间只有无边无际的辽阔，却没有了往日的纵深感，刘天祥觉得自己像一只在面缸里爬行的蚂蚁，根本不知道路在哪里。刘天祥手里拿着一根长长的树枝，就像一个瞎子走路时所做的一样，每走一步，他都要先把树枝探出去，捣一捣地皮，以免自己掉进雪坑里。但是在他的感觉里，却不是树枝在帮他走路，而是冥冥中他爹走雪路的经验在帮他。那个时候刘天祥想到了他爹，当年他爹和张铁匠他爹就是凭着一根树枝，离开那座破庙，摸到了大王集。他爹捡回来一条命，还带回了六麻袋地瓜干，要不是那些地瓜干，也许他早就饿死了。刘天祥就这样在雪地里一点一点地往前摸索，慢慢地想起来秋天的时候他从家乡商丘刘张庄出来以后，三个多月来所走过的路，所经过的村镇、河道，大片大片的田野和荒地，以及所遇到的各种各样的人，可是，所有这些东西和人全都混到了一起，在刘天祥的脑子里乱成一团。比如说，在他记忆中的哪一个镇子是河南洛宁县的镇子，

哪一片洼地又是河北临漳县的洼地呢？唯一清晰的还是南阳东郊十里堡养马场。刘天祥记得那里的青草，茼蒿、拉秧草、马齿苋和芫蔚，草尖上的夕阳，地上的碎骨头，等等。想想这些，刘天祥禁不住大哭起来。那个时候天已经黑下来，但是因为到处都是积雪，所以天光发亮，雪野里没有别人，附近也没有村子，刘天祥渐渐地放开了喉咙，他的哭声沙哑、尖利，它们像无数把刀子一样投进白蒙蒙的夜晚。有那么两三次，刘天祥的哭声嘎然而止，他试图听一听自己痛哭时的声音，但是他几乎无法听得到，他的哭声在旷野里没有任何回音。然后紧接着，刘天祥的哭声再一次从喉咙里冒出来。

那天夜里，刘天祥最终还是摸到一个镇子上，那时候已经到了下半夜，镇子里死寂一片，他偷偷钻进一家富裕人家的马棚里，先是饱吃一顿马料，然后躺进马棚一角的谷杆堆里。因为他的铺盖卷和棉大氅都丢在闫兆福的手上，没有东西御寒，所以即便是把自己深深地埋进谷杆堆，也还是觉得冷，那一觉睡得他恶梦连篇。第二天来到街上，才知道这个镇子名叫小寨营，这个地方离闫兆福夫妻要去的邢台已经不远了。天也放晴了，屋顶阳面的积雪开始融化，房檐上像马尿一样往下淌着水。一些人跑到街筒子里来扫雪，店铺纷纷开了门，几个孩子在打雪仗，这些景象让刘天祥感到又能够活下去了。更让人意外的是，在一家店铺的门前，刘天祥看见一个扎着绑腿的老兵。说是老兵，其实比刘天祥还小得多，也就四十来岁。那老兵是个大高个，红脸膛，长着大胡子，走路的时候左腿有点儿跛，估计打仗时受过伤。刘天祥看见老兵之后，老远地就和他打招呼。刘天祥说，兄弟，你是不是安徽亳县岳老虎的队伍？老兵回答说不是。刘天祥问，那你是谁的队伍？老兵说他们一伙人是从山东东蒙山出来的，在安徽的时候被别的队伍打散了，后来就被收编。他们现在的长官姓贾，是山东曹县人，他们都叫他贾团长。刘天祥又问，你们队伍里有没有卫生员？老兵说原来有一个，他是老兵的远房表弟，但是因为一直挂彩，前些天死在了邯郸。刘天祥明白了那个死掉的卫生员并不是他的儿子刘世民，心里松下来。老兵接着对刘天祥说，老哥要是愿意过来的话，我领你去见一见贾团长，贾团长喜欢老兵。刘天祥犹豫一下，脚步迟疑地跟在了老兵的身后，他们两个人转了三四条胡同，然后，老兵把刘天祥领进一个很大的院子里。

　　后来的一天，我的祖上刘天祥慢吞吞地对那个老兵说，他这次出来，为了找他的儿子刘世民，刘世民跟着安徽亳县岳老虎的队伍当卫生员。四个多月前他从家乡商丘刘张庄出来，先去了南阳，然后从南阳一直往北走，走了几千里路，也没有见到刘世民的影子。刘天祥说，反正我还得找到这个小子，我就这么一个儿子，我得想办法找到他；现在我家里再也没有别人了，我的老婆生这个儿子的时候，因为难产死球了。刘天祥对那个老兵说这些话的时候，走在曹县贾团长的队伍里。贾团长的队伍也往北走。那个时候快要到春节了，沿途的村庄都在准备过年，响着零星的爆竹声，炊烟中散发着新馍馍的香味。贾团长的队伍已经开到了保定府的东郊。刘天祥和那些当兵的一样，扎着绑腿，戴着黄颜色的棉帽子，穿着下摆宽大的黄颜色棉大氅。所不同的是，刘天祥的行李多了一件东西，那是一个很大的猪皮制成的药箱子，另外，他比其他那些当兵的要老得多。

在那桃花盛开的地方

　　李刚的女朋友是刚刚毕业的中专生，在县城南面的一个镇医院里当护士。李刚常常骑着一辆崭新的飞鸽牌自行车，到那个镇上去看她。有时候中午下了课，他也骑车去那个镇医院，吃了午饭再赶回来上课。

　　春天开始的时候，李刚在县城南关的水库边上遇到了刘英。刘英的出现，曾使李刚和护士的关系一度进入紧张状态。有那么一个阶段，李刚骑车去那个镇医院的次数明显地少了，而且跨在自行车上的李刚看起来心事重重。不过，刘英从出现到离开时间非常短暂，好像是李刚的一场感冒。后来李刚和护士结婚的时候，李刚就把遇见刘英的事讲给护士听。当然，李刚讲他和刘英的事，还是隐瞒了一些关键性的细节，讲完以后李刚大大咧咧地总结说："那个事儿好像是一场感冒。"

　　那一天李刚骑着自行车去看望护士，回来的时候路过县城南关的水库，老远地他就看见刘英一个人在水库边上慢慢地走。刘英双手插在裤兜里，仰脸看着天，她的双脚缓慢地踢动，但还是把脚下的沙土踢得飞扬起来。刘英走动的时候屁股摆动的幅度比较大，在李刚看来她的屁股像是一个女特务的屁股。李刚远远地看着刘英，觉得这个姑娘一个人在水库边上走，要么是没事可干闲得无聊，要么就是遇到事情想不开要寻短见了。后面的这个想法吓了李刚一跳。

　　等李刚靠近刘英以后，他的车速慢下来，他一边骑着车，一边看刘英，结果车子骑上一个土岗子，摇摇晃晃倒下了。李刚一条腿支撑在地上，设法站稳身子，可是他却没有先去扶自行车，而是盯着刘英看，看刘英是不是在笑他。果然，刘英站在离李刚一丈远的地方，一只手捂着嘴，哧哧地笑起来。刘英笑的时候并不看着李刚，而是看着水库里的水，留给李刚的是一个稍微弯着腰的侧影。

　　李刚咳了一声，像是对刘英又像是对自己说："这条路该修一修了。"

　　刘英笑着说："是你的眼珠子该修一修了，谁让你走路不看路？"刘英笑了一阵子又说："你的眼珠子直勾勾的像锥子一样，恨不得把人家身上扎两个窟窿。"

　　李刚也嘿嘿地笑。李刚笑着问刘英："你叫什么名字？你怎么一个人在水库边转悠？你该不会是想跳进去吧？"

　　刘英噘着嘴说："你才想跳进去呢！我跳进去干什么？我又不会游泳。这水库又不是你家里的水库，我为什么不能在这里转悠？"

　　停了一会儿，刘英又笑着说："你又不认识我，你问我名字干什么？你还想着是在学校里提问你的学生吧？"

　　李刚就问刘英："你怎么知道我是学校的老师？你认识我？"

　　刘英说："谁不认识你？你是一中的陈真。"

　　那个时候，电视上正在播放电视剧《霍元甲》，满街的人嘴上都喜欢挂着电视剧主人公霍元甲和陈真的名字。二十岁出头的李刚虽说已经成为县一中的老师，可他还总是穿着一件海蓝色的学生装，模样的确有点像电视剧里面的陈真。李刚骑着自行车从家里出来去学校上课，街上的人都指指戳戳地叫他"一中的陈真"。李刚总是把自行车骑得飞快，听着耳边呼呼的风声，感觉像是在骑一匹快马。不过，李刚并不情愿别人叫他"一中的陈真"，因为那个在电视剧中扮演陈真的演员，长得实在是很丑。

　　李刚问刘英："你说我是一中的陈真，是不是觉得我长得丑？"

　　刘英说："我没有说你长得丑，我只说你长得像陈真。"

　　刘英说着话又笑起来。这次她望着李刚笑，笑得李刚浑身痒痒，像是生了虱子。李刚把他的自行车扶起来，看了看刘英，刘英还在笑。李刚这才注意到刘英穿着一件咖啡色的风衣，脖子里很随意地围着一条淡紫色的纱巾，这使她的脸看上去红彤彤的。李刚发现刘英长得很好看，眉眼清秀，如果刘英在县城的大街上走，街上的很多女孩子都比不上她。

　　李刚说："我问你叫什么名字，你不说，光是笑，你笑起来那么甜，就像吃了蜜似的。你不知道你这样笑，笑得人心里痒痒。"

　　李刚这么一说，刘英就又抱着胸脯笑，笑得像唱歌一样。李刚站的地方地势高一些，他看着刘英的身子映在水库的水面上，就像刚刚从水库里

爬出来的一条笑鱼。

李刚说:"原来你一个人在水库边上溜达,既不是要跳进去,也不是想心事,是到这儿来笑。你笑起来好像一条笑鱼。"

刘英说:"是吗?笑鱼?你在说什么呀?"

李刚说:"这个水库里有一种鱼叫笑鱼,它会笑,个头长得很大,像个小孩子似的,有时候它会从水库里爬出来。"

刘英惊叫了一声,朝水库里看了看,又缩了缩身子,她对李刚说:"你在吓我,你这个人真坏。"

刘英愣了愣又说:"我还是头一次听说笑鱼呢!"

李刚看着刘英吓得缩着身子的样子,就说:"你怕什么呢,笑鱼又不吃人。再说了,它长得还很漂亮呢!"

李刚说着话,自己忍不住扑哧一下笑出声来。刘英看李刚笑,从地上拾起一块土坷垃朝李刚扔过来。第一下没有击中李刚,刘英又从地上拾起一块土坷垃扔第二下。李刚站在那里不动,任刘英用土坷垃扔他,可是刘英朝李刚身上扔了五六块土坷垃,却没有一块击中他,刘英有点生气。

李刚说:"你生气的时候,比没有生气的时候更好看。"

刘英被李刚说笑了。李刚看着刘英笑,看了一阵子他又说:"你一个人在这里笑吧,我的肚子都饿了,我要回去吃饭,吃了饭我还要上课呢!"

等李刚骑了车走出去好远了,他听见刘英在身后说:"我是农机厂的。我叫刘英。"

过了三四天,一天傍晚,刘英就到学校里去找李刚。李刚夹着教案从教室里出来,看见刘英站在他的宿舍门口,老远就朝着李刚笑。李刚上课的教室离他的宿舍不远,中间隔着一片小树林,他朝宿舍走过去的时候,学生们都站在教室门口,目光齐刷刷地望着刘英。李刚能够感觉得到,他的学生非常注意刘英的来访,或者说他们把刘英的到来当成了一个事件。学生们会在心里比较刘英和李刚的那个护士姑娘,哪个高一点,哪个矮一点,那个胖一点,那个瘦一点,哪个更漂亮,或者哪个不够漂亮。因为过去那个护士姑娘也到学校来找过李刚,那次护士来的时候,情景和现在几乎是一模一样的:护士站在李刚宿舍门口,朝着李刚笑,李刚的学生都站在教室门口望着她。

这次，刘英穿着一件浅蓝色的对襟夹袄，一条黑色的直筒裤，她站在那里看起来很苗条。当时还有一些夕阳的余晖散布在校园里，刘英的身后是灰色的房子和刚发了新叶子的树木，可是夕阳的余晖使它们改变了颜色。刘英站在这样的背景中笑，给了李刚一种恍惚如梦的感觉，一方面他觉得刘英笑得很灿烂，另一方面他又觉得刘英的笑容像隔着一层彩色的纱布似的，明明是真实的却给人留下虚假的印象。

刘英笑着对李刚说："我到学校里来找你，是不是对你影响不好？"

李刚说："没有没有，什么影响啊！"

停了一会儿李刚又说："我的那些学生，他们只是好奇，他们都喜欢看漂亮姐姐。"

李刚的宿舍里又脏又乱，早上起床的时候，被窝也没有整理，屋子里有一股人身上的油腻味儿。李刚向刘英摊开双手，意思是他的宿舍太脏太乱了，接待像她这样的漂亮姑娘实在是不好意思。李刚的宿舍里只有一张床，一张写字台，一把椅子和一个木箱子，其他基本上还是他学生时代用的零碎东西。现在，那把椅子上还放着一些脏衣服和几本书。李刚想把椅子上的东西收拾一下，好让刘英坐下来，可是这个时候他却看见刘英在为他整理床铺。刘英把被子叠得有棱有角的，然后还把枕头拿起来，放在叠好的被子上。做完这些，刘英就坐在李刚的床上。李刚只好把椅子上的东西拿到一边，自己在椅子上坐下来。李刚看到刘英的脸和耳根有一点发红。

刘英就笑。刘英说："我今天来，是想请你去看电影。"

李刚问："什么电影啊？"

刘英说："是日本电影《追捕》，这个电影我已经看过一遍了，可是我还想看第二遍。我最喜欢看杜丘骑着马带着真由美飞跑那一段。"

刘英又笑着说："陈真，这个《追捕》你看过吗？"刘英不喊李刚的名字，却喊他做陈真，这让李刚也笑起来。

李刚笑着说："看过。"

刘英说："那你还想不想看第二遍？"

李刚说："那我们就去看吧！"

李刚从学校食堂里打了饭，两个人就在宿舍里吃。电影院离学校很

近，他们吃饭的时候，就能听到电影院那边传来嘈嘈杂杂的人声。整个吃饭的过程中，刘英一直在说农机厂的事，说车间里她的那些姐妹。不过在李刚听来，与其说刘英在说她与那些姐妹的友谊，还不如说她是在声讨她们。刘英说车间里和她同组的姐妹共有六个，除了她之外，其他的五个人有两个是碎嘴子，有一个是小心眼儿，有一个非常自私，还有一个又胖又丑却爱炫耀自己穿的衣服质地好款式新。李刚觉得，刘英在姐妹们中间人缘不好，或者是她因为长得漂亮遭到了她们的妒忌。

后来，刘英突然问李刚："你今年多大了？"

李刚说："二十二。"

刘英说："我比你大三岁，我已经二十五了。"

李刚说："是吗？看不出来。"

刘英又说："我是农机厂的临时工，我不是正式的。"

李刚说："噢。是吗？"

刘英说："我家是十里坡乡的，你知道十里坡吗？那里是一片盐碱地。我从小就干农活儿，干得我的手指头都变粗了。我从小的理想就是不干农活儿，出来当工人，后来我爸爸托了人，我就去了农机厂。"

刘英伸出手来让李刚看。李刚抓住了刘英的手，李刚说："现在你的手指头已经不粗了，你的手很软乎。"

刘英作出想把自己的手抽回去的样子，可是她的手被李刚抓住不放。李刚一直捏刘英的手，刘英就说："你抓住我的手捏来捏去的，姑娘的手是不能被别人捏的，你捏了我的手，以后你要叫我小姐姐。"

李刚捏住刘英的手说："好，我叫你小姐姐。"

他们看完电影，天下起了小雨。李刚把上衣脱下来，两个人顶着李刚的衣服，跑回了学校，蜗在李刚的宿舍里。到了夜里十点钟，雨还是没有停，李刚就扒开窗帘往外看，看看雨有没有停下来的意思。李刚看着外面的雨丝说："小姐姐，雨好像没有停下来的意思，可是我这里又没有雨伞。"

刘英坐在椅子上，两手放在写字台上正在摆弄李刚的同学写给他的一封信，她把那封信反过来正过去的就像在手掌里摊煎饼。刘英说："小陈真，你的意思是不是要撵我走啊？"

李刚有点局促，他勉强笑笑说："我不是要撵你走，我只是说外面一直

在下雨。"

刘英说:"那你的意思是不是让我不要走了,让我住在这里?"

刘英说完就笑。刘英用一只手捂着嘴,望着李刚笑,这让李刚不知所措。李刚不明白刘英到底是什么意思,他问刘英:"你真的要住在这里?是真的吗?还是在逗我?"

刘英并不回答李刚的问话,她还在笑。她说:"你……害怕了?"

李刚说:"我……为什么要怕?"

刘英笑着说:"我是逗你的。"

刘英还在摆弄着写字台上那封信,她拿着那封信对着灯光照了照,好像要照出信里面的什么东西来。李刚一直站在窗前,从背后看着刘英,他觉得刘英的肩背显得瘦小,她的发丝在灯光下微微地抖动。李刚的心怦怦地跳,他的手掌心也出汗了。他朝着刘英慢慢地走过去。

刘英突然说:"这是谁写给你的信啊?男的还是女的?我能看看吗?"

李刚说:"是我的一个男同学。你想看就看吧,没有什么秘密的。"

刘英把信从信封里抽出来看。看完那封信,刘英问李刚:"小陈真,说实话,你有没有女朋友?"

李刚说:"算是有,也算是没有。"

刘英抬起脸来望着李刚。李刚又说:"我们来往都三四个月了,我常常到她那里去,可是她对我好像没有太多的感觉。"

刘英说:"那你呢?你对她有没有感觉?"

李刚说:"可能是有吧!"

刘英说:"她长得很漂亮吧?"

李刚说:"也算不上漂亮,还可以吧!"

刘英说:"那她一定也是一个大学生吧?"

李刚说:"她不是大学生,她是一个中专生。"

沉默了一会儿,刘英又对李刚说:"小陈真,知道吗?我老早就认识你。"

李刚也笑着说:"不会吧?你怎么会认识我?就因为我长得像陈真吗?"

刘英说:"农机厂就在南关,你知道吧?我们的车间有一扇大窗户,那个窗户正对着水库,我们经常看见你骑着自行车从水库边走过去,有时候

又看见你从水库边走回来。那里的路不平，骑车有点儿颠，你骑车的时候就像是骑一匹马。我们那些姐妹里面有人知道你是一中的老师，是一个大学生，我们就暗地里叫你一中的陈真。"

李刚又笑："敢情我的绰号是从你们车间里传出来的。"

刘英说："你整天骑着自行车从水库边走过来走过去的，我们就猜你去干什么。我们组一共六个人，有三个人猜你的家在南面，你走过来走过去的是回家去；还有三个人猜你到那边去，是为了你的女朋友。"

李刚还在笑："小姐姐那我问你，你是前面那三个人中间的一个，还是后面那三个人中间的一个？"

刘英说："鬼心眼儿不少，不告诉你。"

刘英说了这句话，就突然打住了。李刚坐在刘英的对面，望着刘英。李刚发现刘英的眼睛藏在刘海儿的后面，有点儿躲躲闪闪的。原来刘英总是在笑，她笑的时候眼睛望着李刚，她的眼睛眨巴眨巴的好像要对李刚说什么。但是，现在刘英已经好一会儿没有笑了，她低着头，偶尔她的目光会碰到李刚的目光，她就会很快地躲开。

后来，刘英起身到窗户那儿，她像刚才李刚所做的那样，扒开窗帘往外面看，看外面的雨有没有停下来的意思。可是刘英把窗帘放下之后，却没有离开，她站在窗户旁边，很长时间没有动弹。停了一阵，李刚就觉得刘英好像是在哭，因为她渐渐地把脸埋到阴影里去，而且肩膀还微微地动了几下。李刚也站起身来到窗户边，扳了一下刘英的肩膀，他对刘英说："小姐姐，你怎么了？"

李刚看见刘英的眼睛在灯光的暗影中闪动了几下，他又说："你怎么了？小姐姐，你好像不开心。"

停了一会儿，刘英用手指抚弄了一下刘海儿，她说："我想起了我小姨。"

刘英说："我小姨只比我大四岁，我们俩长得也很像，一起出去的时候，人家都认为我们是姐妹呢！我小姨死的那天，像今天一样，下着小雨，一直也不停。我记得他们把她放在一张小床上，把她的脸和脖子盖起来。当时我就站在旁边，站在窗户旁，我不敢看她，就去看外面的雨。"

李刚说："那时……你小姨还很年轻吧？"

李刚又去扳刘英的肩膀,他把刘英的肩膀扳过来,放在自己的肩头,刘英就拿自己的脸和头发蹭李刚的脖子。李刚双手从刘英的腋下穿过去,然后在她的腰肢上扣住。就这样,李刚把刘英紧紧地抱在怀里。

李刚轻声说:"小姐姐,你不要想这些伤心的事了……外面还在下雨,你想这些事就会不开心,我要看你开心的样子。"

刘英也用双手勾住了李刚的脖子,她抵住李刚,还在喃喃地说:"我小姨是'扎猛子'死的,她死的时候只有二十五岁,和我现在一样大。你知道什么叫'扎猛子'吗?噢,你不知道……小姨把一根井绳勒在脖子里,井绳从身后绕过去,再拴在脚腕上,然后用力一蹬腿,小姨她就走了。"

刘英说:"'扎猛子'的人腿只要蹬出去,想再蜷回来都不可能,只有打定注意要死的人才会'扎猛子'。他们说,'扎猛子'的人会还魂,她是为哪个人死的,她就会回来缠住那个人。"

刘英又说:"小姨长得好看,皮肤很白,她的手和脚都很小,根本不像下地干活的人。那时候,小姨不想下地干农活,她想到公社供销社去站柜台……后来,她真的去供销社站柜台了,可是两年以后,她却'扎猛子'死了。"

李刚问刘英:"你的小姨是因为哪个人去死的?"

刘英却没有再说下去。李刚听见刘英在他的怀里喘息着,然后他听见刘英小声对他说:"小陈真,姐姐回去了。"

刘英说完,就从李刚怀里挣脱出去。李刚没能够拦住她。刘英拉开门,走进雨中。李刚在她的身后追了一段路,他看见刘英在雨中跑起来,她像只绵羊似的在雨中跑,好像她要是停下来,李刚就会吃了她。

几天之后,李刚收到了刘英写来的一封信。刘英在信中约李刚某天晚上到城南的水库那儿去,说有事情要和李刚谈一谈。李刚骑自行车去水库那里的话,也就三四里路,用不了十分钟,可是刘英的这封信,却在路上走了四天。李刚看到信的时候,刘英约他的那个时间已经过去一天了。李刚吃了晚饭后,只好到农机厂去找刘英。

刘英的宿舍里住了四个人,说话不方便,李刚就把刘英约出来,到水库那儿去。李刚注意观察了一下,发现刘英的情绪还是不错的,她看上去挺高兴。李刚向刘英解释说,他收到她的信时已经错过了约定时间,可是

刘英不相信。

刘英说:"你肯定是丢下我去找你的女朋友了,我哪有你的女朋友重要?"

李刚就笑笑说:"小姐姐,你要和我谈什么事啊?"

刘英说:"没有事就不能写信给你吗?"

李刚没想到刘英这么回答他的话,他只好说:"当然能写信给我了,我愿意看到你的信。可是你在信中说有事情要和我谈呢!"

李刚觉得刘英是一个情绪变化很快的人,一会儿高兴,一会儿又不高兴了,那个下雨的晚上也是这样。李刚想从刘英脸上看出点什么来,可是他看不清她的脸,那天晚上没有月亮,风也有点儿凉,四周的黑暗让李刚把刘英的肩扳过来。李刚一只手扶着自行车把,一只手扳住刘英的肩,他们靠在一起走路。

他们走到水库的堤坝上,刘英望着水库里灰亮亮的水面,对李刚说:"你听到过笑鱼的笑声吗?"

李刚说:"我没有听到过笑鱼的笑声,也没有见到过笑鱼,只是听别人说起过。你今天要和我谈笑鱼的事情?"

刘英用手指戳了一下李刚的脑门儿说:"小陈真,你骗我,这水库里哪有什么笑鱼?水里只有一种会叫出声的鱼,是娃娃鱼。我问过别人了,可是他们说,娃娃鱼的叫声根本不像是笑声,而是像哭声,像孩子在哭。"

刘英又用手指戳了一下李刚的脑门儿,说:"你说的笑鱼是怎么回事?"

李刚笑着说:"我不知道,笑鱼的事我是听别人说的。"

李刚说完,松开了自行车把,让自行车倒在地上,然后他就把刘英抱住了。李刚的双手扣住刘英的肩,让她不能够动弹。他亲了亲她的头发,又低下头去亲了亲她的耳朵和脖子,这个时候他感到她的双肩在发抖。李刚问刘英说:"你是不是有点冷?"

刘英说:"有一点。"

李刚把自己的上衣扣子解开,用两扇衣襟包住刘英的肩和背,他又亲了亲她的头发和脖子,问她:"还冷不冷?"

刘英说:"还有一点。"

李刚看见在他们旁边的水库堤坝上,有一个打麦场,打麦场上有两个麦秸垛,他拥着刘英,往打麦场那边走过去。在一个麦秸垛跟前,他们停下来。李刚又看见面前那个很大的麦秸垛被烧柴或者喂牲口的人掏了一个洞,那个洞能够挤得下他们两个人,李刚拥着刘英,钻进了那个洞。在洞里,他们闻到了温热的麦草香味儿。两个人半躺着依在暗乎乎的麦秸上,四条腿都露在洞外面。李刚伸出手来,去掏刘英的身体。

刘英喘着说:"小陈真,你的手在干什么?"

刘英又说:"你这么流氓,你还是学校的老师呢!"

李刚说:"小姐姐,你的奶好大。"

刘英说:"你女朋友的奶大不大?"

李刚说:"我不知道。"

刘英说:"你没有亲过她的奶吗?"

李刚说:"没有。"

刘英说:"你也没有摸过她吗?"

李刚说:"没有。"

刘英说:"她从来没有让你摸过吗?"

李刚说:"没有。"

……

刘英说:"你能带我走吗?"

李刚说:"带你走?去哪里?"

刘英说:"随便哪里都行。"

李刚说:"恐怕不能。我还要教书呢!"

刘英说:"你会娶你的女朋友吗?"

李刚说:"我不知道。"

刘英说:"你会娶我吗?"

李刚说:"我……不知道。"

后来,李刚和刘英是被一个叫王大亮的人叫出洞来的。王大亮五十来岁,是李刚父亲的好朋友,比李刚父亲年岁小一些。前些年,王大亮常到李刚家里去,找李刚的父亲下象棋,李刚叫他"大亮叔叔"。李刚的父亲是一个臭棋篓子,总是输给王大亮。王大亮赢李刚父亲赢得不好意思,再到李

刚家里去的时候就买些东西，一块猪头肉，二斤花生米什么的。后来，王大亮做了农机厂的厂长，忙得很，就很少再到李刚家里去了。

可是在李刚认识刘英的这些天里，他从没有想到过刘英那个厂的厂长就是王大亮。也就是说，李刚和刘英有一些关联，而刘英和王大亮有一些关联，李刚和王大亮也有一些关联，李刚忽略掉了生活中这些蛛丝马迹的联系。直到王大亮把李刚和刘英从麦秸垛那个洞里叫出来，李刚觉得头有点儿大了，那些已有的关联突然间扭成了一个结。

王大亮手里拿着一个装了四节一号电池的手电筒，他走到麦秸垛那儿的时候，手电筒并没有亮；他走路蹑手蹑脚的，没有弄出一点声音，洞里面的李刚和刘英根本觉察不到他的到来。他在离麦秸垛一丈远的地方站定，把手电筒对准麦秸垛的洞口之后，才猛地摁下开关，一道强烈的光柱射在李刚和刘英身上。

李刚和刘英惊魂未定，他们听见王大亮高声说："出来！给我出来！都给我出来！"

李刚和刘英从洞里出来，站到王大亮面前。王大亮拿手电筒照了照刘英的脸，然后又照了照李刚的脸。王大亮照刘英脸的时候，李刚看见刘英头发上沾着好多碎麦秸，但他不知道自己的头发上是不是也沾着碎麦秸。

王大亮用命令的口气说："你们俩，跟我回厂里去。"

王大亮说完，自己前头先走了。刘英跟在王大亮的身后。李刚推了自行车，也跟上了他们。但是，李刚拿不定主意要不要跟着王大亮到他们厂里去。李刚想，王大亮是农机厂的厂长，刘英是农机厂的职工，他们都应该回到厂里去，可是我李刚为什么要跟着他们去农机厂？不过，李刚这样想着的时候，他们三人都已经进了农机厂的大门。

王大亮让刘英回宿舍，把李刚带到自己的办公室。在办公室那张宽大的写字台旁边，王大亮一把抓住了李刚的衣领子。王大亮吃的胖，块头很大，他抓住李刚的衣领子往上提，几乎把李刚提起来。李刚以为王大亮要揍他，但是没有，王大亮提了他一阵子又把他放下了。

然后，王大亮就在屋里转圈子。转了几个圈子，王大亮脱下来一只皮鞋拿在手里，那只皮鞋在李刚头上比划了几下，但还是没有落下来。王大亮光着一只脚站在地上，开始用手里的那只皮鞋砸写字台，砸得咣咣响。

王大亮说:"你小子有本事,搞女人搞到我厂里来了!"

王大亮还是用手里的那只皮鞋砸写字台,砸几下,说一句话,然后再砸几下,再说一句话。皮鞋底儿上的泥块都震下来,崩的满屋子飞,其中有一小块泥巴击中了李刚的额头。李刚觉得很委屈。

李刚说:"谁搞女人了? 搞女人你也管不着!"

王大亮说:"好,好,我管不着你,那我去告诉你爹,让你爹修理你!"

王大亮拿皮鞋砸了几下写字台,又说:"你爹告诉过我,你有对象了,是个护士,可是你还在外面搞女人。你年纪轻轻的不学好,你等着吧,我去告诉你爹!"

王大亮砸着写字台,吼道:"小杂种你等着,我让你爹修理你!"

过了一些天,王大亮并没有对李刚的父亲说什么,这个事情也就慢慢地搁下来。李刚再没到农机厂找过刘英,刘英也没有到学校找过李刚,他们两个人断了联系。只是李刚有时候会想,刘英还会不会在农机厂呆下去? 王大亮会怎么修理她呢?

有一天,李刚的一个大学同学张洪宝突然来访。张洪宝在邻县的一所中学教书,和李刚来往密切。他是李刚所有的同学中遇事最认真的一个人,性格内向,其貌不扬,大多时候非常容易激动。

张洪宝见了李刚,显得很兴奋,脸都涨红了。他第一句话就说:"李刚,你认识不认识一个叫刘英的人?"

李刚迟疑说:"认识,怎么了?"

张洪宝跑得满头是汗,他来不及坐下,就急迫地说:"那个刘英,她写信给我,她要和我约会,约会地点是我们两县交界处的十八里桥。现在时间也快要到了,我不知道该不该去赴约?"

李刚马上想到前些天刘英翻看过张洪宝写给他的信,但他怎么也想不到刘英会写信给张洪宝,还要和张洪宝约会。李刚说:"刘英要和你约会? 可你们还不认识呢!"

张洪宝抹着额头上的汗珠儿说:"刘英在信中对我说,她好像活在地狱里,活得很受罪,她要找一个人嫁掉,要远走高飞。她还说她知道我是一个好人。反正我还没有女朋友,不妨见她一面。"

张洪宝又说:"她还在信中夹寄了一张照片,我看她长得挺漂亮。我

想,这个事儿一定和你有关,是你把我介绍给她的吧?"

李刚说:"她在我这里看到过你写给我的信,记住了你的地址。别的我就不知道了,我也不知道这是怎么回事?"

李刚说这话的时候心里有些发虚,他不知道应该不应该把他和刘英交往的事告诉张洪宝。一会儿功夫,李刚的脑子里又蹦出王大亮的影子来,还有麦秸垛什么的,乱七八糟。心里这样一搅,李刚的脑门上也渗出了一些汗珠儿。

刘英约张洪宝的时间是下午两点,可是张洪宝找到李刚的时候,已经快到中午了。张洪宝要是赴约的话,骑自行车赶到十八里桥还需要一个小时。所以张洪宝一直追问李刚,他到底是去见刘英,还是不去?

李刚脑门上的汗老是下不去,所以他听到张洪宝追问见不见刘英,心里就发火。李刚说:"王八蛋!我怎么知道你去见还是不去见?"

李刚又说:"你这么远跑过来,高兴得鸡巴朝天,不就是为了去见她吗?"

张洪宝赔着小心说:"李刚,你是不是不同意我去见她?"

李刚说:"你想见她就去见,我管不着。不过我得告诉你,刘英的作风有问题,她可能让人睡过。"

张洪宝的脸一下子涨红了,他结巴着说:"你,你,怎么知道她作风有问题?不会是你小子把她睡了吧?"

李刚一下跳起来,抓住了张洪宝的衣领子,朝着张洪宝的脸上打了一拳。李刚这一拳打得很重,把张洪宝的鼻子打出了血。张洪宝找了些卫生纸擦鼻子,又用水洗了一阵子,然后坐在那里不说话了。

最后,张洪宝还是决定去见刘英,不过张洪宝动身去十八里桥的时候,已经是下午两点多了,加上他路上需要的一个小时,等他赶到约会地点,应该在三点半左右,也就是说,过了刘英约他的时间一个半小时。不知道,刘英还会不会在那里等他?

那天下午,张洪宝没有再回到李刚这里来,他去了十八里桥之后,就直接回到邻县去了。张洪宝回到邻县给李刚写来一封信,说他那天下午并没有见到刘英。张洪宝赶到十八里桥的时候,天下起了小雨,而他却没有带雨衣。他只好躲在路边的一家汽车修理铺里,张望着外面的雨。他没有

看到刘英的影子。他问汽车修理铺的师傅，一个多小时以前，他们有没有看到桥头上有一个年轻的女子，像是在等人。几个师傅说，十八里桥上来来往往的人不算少，他们没有注意到有没有一个年轻的女子在那儿等人。

后来，张洪宝把十八里桥两端桥头上的三四家铺子找了一遍，他甚至钻到桥下，把桥墩子那儿也找了，没有发现刘英。那时候，张洪宝的衣服已经被雨淋湿了，他有些冷，一阵一阵地打着哆嗦。他有一种感觉，这一次没有见到刘英，以后就再也不会见到她了。所以他把刘英寄给他的照片从怀里掏出来，塞进了桥墩的石头缝里。

又过了一些日子，李刚去镇上看他的女朋友，回来的时候，在城南水库的堤坝上看到一个年轻的女人，他觉得那个女人像是刘英。刘英穿着一件浅蓝色的风衣，走路很轻的样子，像是在飘。但他看到刘英的时候离刘英还很远，等他走到水库堤坝上，刘英已经飘到了农机厂的门口，他只确切地看到了她的背影。

在以后的很多年里，李刚的脑海里一直留存着刘英从水库堤坝上飘过去的身影。之所以这样，是因为当时李刚看到刘英的时候，水库堤坝上的桃树全都开花了。水库堤坝上是一片桃树林，以前李刚从没有注意过，他从桃树林里走过很多次，知道那里有一些树，却没有想到过那些树是桃树，也没有想到过有一天它们全都会开花。桃花一开，水库堤坝上是一片粉红。

到了李刚三十八岁那一年，他作为省报的资深记者，去采访省农科院的一个会议，在那里遇到了一个酷似刘英的女人。实际上，说那个女人酷似刘英并不确切，因为在李刚的印象里，刘英还是二十五岁时的模样，而会上那个女人已经四十出头了；不过，刘英也应该是四十出头的年龄，四十出头的刘英就会是这个模样。

李刚查了一下会议名册，那个女人的名字叫刘美，是一个很出名的养殖专业户，她作为养殖专业户的代表来参加这个会议，正是李刚和刘英那个县里的人。在一次饭后，李刚把她堵在餐厅门口，脸上挂着笑容跟她打招呼。

李刚问她："你是不是刘英啊？"

刘美愣了一下，然后很冷淡地说："不是。"

李刚也愣了一下,他又问她:"那你认识不认识刘英?"

刘美反问说:"你是谁?"

李刚故意说了一个另外的名字,李刚说:"我是小陈真啊!"

刘美上下打量李刚两眼,然后就低下头走开了。这件事让李刚耿耿于怀,他觉得整个事情好像有点蹊跷,刘美对他说话的态度让他越发感到不安。会议期间,李刚一直很注意刘美,在会场上他也盯着她看,像是要从刘美的眼神里看出点什么来。可是,刘美一直用目光拒绝着他,甚至躲避着他。

不料会议结束的那天,刘美背着行李在宾馆门口拦住了李刚。她直截了当地对李刚说:"我知道你是谁,你叫李刚,以前我姐姐向我提起过你,我一直记得。可是,你怎么不知道我姐姐她早就不在了?"

李刚嗫嚅着说:"你说刘英不在了……是什么意思?"

刘美慢慢地说:"就是……她不在了。她'扎猛子'了。"

李刚站在刘美面前,突然间有些手足无措。他望着刘美那张酷似刘英的脸庞,那张脸显得异常疲惫。他觉得他不应该和这个女人站在这个地方,他已经没有什么话可以说了。于是,李刚就自言自语地说:"真是的。怎没会?我没有想到。"

李刚说者话,转过身去,打算离开这个名叫刘美的女人,可是他走出去几步之后又折回来。他问刘美:"刘英她……是什么时候?"

刘美说话仍然很慢,她的声音也显得疲惫。刘美说:"已经很多年了,就是她认识你的那年春天。我姐姐走的那天,天下着小雨,一连下了两天都没有停。我姐姐那个时候还很年轻。"

李刚说:"可是,她为什么要这样?"

刘美说:"反正你也知道,她和王大亮……她走的时候肚里怀着孩子。"

刘美又说:"王大亮也已经死了好多年了,他是得肝癌死的。"

这个时候李刚又想起来,他曾经在那个水库的堤坝上看到的是刘英的身影。那时满堤坝的桃树都开了花,一片粉红,刘英穿着一件浅蓝色的风衣,在桃树林里飘啊飘。

仿　佛

　　这篇被我命名为《仿佛》的小说，主要情节围绕我的祖先刘思让和刘权展开。小说的素材来源于以下两个方面。首先是一批文字材料，它们包括：一，清朝咸丰年间曹州（今山东菏泽）人士笑笑林所著民间史书《灵肉无踪》，这是一本写土匪的书，手抄本，颜体小楷，全书约 13 万字，成书于同治 6 年（1868 年），它的原件现在藏于山东省曹县图书馆。二，我父亲的回忆录《一生有悔》，28 万字，写作时间是 1996 年 9 月至 1997 年 3 月；当时我的父亲身患绝症，身体极其虚弱，思维也很混乱，他的写作一直有我弟弟参与其中；我弟弟甚至在 1997 年 3 月到当年 6 月父亲去世的这段时间里，经常躲开父亲的病床，对已定稿的《一生有悔》进行大量的删改和增补，所以严格说来，这册回忆录还有第二个作者——我的弟弟刘照华。三，李纪钊写于 1998 年夏末的小说《武劫考》，这篇小说很短，只有不足一万两千字，发表后从未引起过批评家的注意。以上这三件文字材料，在我写作的时候都摊开在写字台上，一些书页的边角已经被我翻弄得卷了起来。《仿佛》另一方面的素材，来源于我父亲的口头讲述。

　　1998 年夏天，我依据父亲的口头讲述，写出了这篇小说前几个章节的初稿，但随着写作的进展，我越来越觉得现有的素材不能支持我对小说的整体构想。我的写作只好停下来。过了一段时间，我打电话给刘照华，说我准备写一篇有关刘思让和刘权的小说，想让他打开家里的保险柜，取出我们父亲的回忆录《一生有悔》。我这样做是因为父亲的回忆录里面，有专门的几个章节写到了刘思让。这个时候，我已经得到了笑笑林著《灵肉无踪》的复印件，拿它和父亲的口头讲述比较一下，我觉得父亲的回忆录对于我的写作来说必不可少。一开始，刘照华不乐意把父亲的作品交给我，他在电话中吞吞吐吐，说《一生有悔》某几个章节还是残缺的，他想进一步

修补修补。在我的坚持下,最终刘照华才答应下来。我能够摸清刘照华的心理,他因为当初参与过父亲的写作,所以觉得独自拥有对父亲回忆录的保存权、支配权甚至于修改权。现在,我们的父亲去世已经一年多了,我很怕刘照华会把父亲的回忆录改得面目全非。早在 1997 年 3 月至 6 月父亲病重的那几个月里,他不就已经那么做了吗?那时在家乡菏泽,我们的父亲陷入了昏迷状态,他瘦得几乎只剩下一个内脏充水的大肚子,两只手不停地抓着身旁的空气。我们姐弟几个从医院里搞了一张家庭病床,日夜守候在父亲身边,准备陪他一起熬过最后的时刻。父亲在昏迷中念叨着他每一个孩子的名字,可是这时候我们时常看不到刘照华的身影。刘照华躲在邻居家一间堆放杂物的房子里,偷偷修改父亲的回忆录。邻居家的那间房子因为里面吊死过一个 19 岁的女孩,多年来都没有住过人。房间里堆放着木料、谷秆、残破的器皿、一些闲置的旧家具和一大堆陈年树叶,窗户也被碎砖封死,只在中间留下一洞巴掌大的窟窿,外面的光线射进来,打在一只豁了口的土陶面缸上。刘照华坐在窗户下面,膝盖上放着写满字迹的十几本稿纸,那就是父亲的回忆录《一生有悔》。刘照华右手握着一支黑色的圆珠笔,左手不停地蘸着口水和翻动纸页,他的笔尖在父亲的字迹间肆意游走,在我看来那就像是马蹄践踏幼小的庄稼。刘照华的头和半边身子顶着俯射下来的光线,使他的头发、眉毛、胡子和上身穿的毛料西装看上去就像洒了一层白霜。一些喜欢阴暗和潮湿的小虫子在枯树叶堆里爬来爬去,发出细微的沙沙声响。这间房子里充满了陈腐的空气,在这里面时间也是粘稠的。刘照华蹲在那里似乎已经很久,这样的情景使我想起了1860 年的刘思让。

父亲说刘思让是一个矮子。他就像一个十三四岁的孩子一样,身材单薄瘦小,头发稀松,面色腊黄,长着下吊的嘴角和上翘的鼻子,一脸哭相,但刘思让臂膊健硕,双手修长,十指灵活而富有弹性,他喜欢一窜一跳地走路,两只长臂大幅度甩动,在前胸和后背乱舞。父亲在描述刘思让的时候,言语意味复杂,对我们这位祖先既崇敬又褒慢。同我一样,我的父亲肯定没有见到过刘思让或者哪怕是一张刘思让的画像,所以他对祖先的描述来自于揣度,让人无法信以为真。父亲说,1860 年的某一天,刘思让穿着一身破旧的青布衣裳,手里拿着一条榆木打狗棍,一路走走停停,步行

半个月来到河南商丘。他以每月 20 个铜钱的价格,在商丘东城门外租了一间废弃的民房住下来,以讨饭和替人干点零活维持生计,业余时间则著书立说,就这样开始了长达八年的古怪的写作生活。40 岁的刘思让脊背便开始佝偻,手上起满了老人斑,眉毛变长,眼皮下垂,看起来老态龙钟。其实从那时起,他的真正生活才刚刚开始。刘思让的身材萎缩得更加瘦小,他仍然穿着那身洗得发白的青布衣裳,就像一只家猫一样蜷在窗台下面。一张只有三条腿的木桌子上铺满了裁好的劣质宣纸,我的祖先常常用左手的三个指头端着长烟斗,右手握着小狼毫毛笔,轻轻晃着脑袋,口中念念有辞,烟嘴被他的牙齿咬得吱吱作响。窗外院子里长满了水曲柳、葡萄藤、蔬菜、蒿草和紫丁香,阳光在树叶和草尖上跳跃,蜜蜂蝴蝶以及各种各样的蠓虫围着紫丁香花飞来飞去,而房间里异常宁静和孤寂,刘思让咬烟嘴的吱吱声引来两只棕毛老鼠,它们站在谷杆铺成的地铺上,盯着刘思让的后背,一条暗红色的家蛇吊在漆黑的房梁上。我的祖先被虚无和幻觉所左右,他的笔尖时常模糊了时空的观念。

1996 年春天,距我的父亲确诊为肺癌大约还有四五个月的时间,父亲有可能感觉到了身体的某些变化,他的情绪容易波动,行为也有点古怪。当时刘照华写给我一封长信,信中谈到父亲的异常。他说一段时间以来,我们的父亲常常在厕所里一蹲就是一两个小时,谁也不知道他在那里面干什么。刘照华曾经怀疑父亲因为便秘在厕所里受罪,但后来一些细节证明并非如此。还有就是夜深人静的时候,刘照华在信中说,我们的父亲喜欢披衣坐在床头,双手抱着膝盖,黑暗中对母亲讲他少年时代曾多次被一截树桩绊倒。父亲的声音绵软细长,就像一个絮絮叨叨的老太太,一遍又一遍地说那截树桩。过了一些日子,父亲开始在茶余饭后对每一个出现在他身边的人讲述树桩的故事。父亲说的大约是 1934 年至 1936 年间的事情,那时我的爷爷已经客死他乡。父亲跟着我奶奶居住在他的出生地一个名叫旧刘庄的村子,每天去一个名叫王集的村子读私塾。刘照华在信中描述说,本世纪 30 年代的鲁西旷野荒芜破败,但阳光像大朵大朵的白棉花一样洒下来,我们的父亲背着粗棉布书包,从旧刘庄一条灰暗的小街里走出来,他望望白花花的太阳光,打了一个响亮的喷嚏。我们的父亲走路时一窜一跳的,两只细胳膊大幅度甩动,由于书包的背带太长,沉重的书

包不停地砸着他的腿弯。刘照华说，旧刘庄和王集相距三华里，有一条很平很宽的官道相通，但官道在两个村子之间拐了一道90度弯。父亲的记忆就在这条道路的弯处。如果你能够飞起来的话，父亲总是这么对人说，停在高空里往下看，就会看到那条拐弯的官道像一把直角拐尺。一把直角拐尺。父亲接着说，学堂里的先生手里就拿着一把直角拐尺，先生是世界上最慈祥的人，但他喜欢一边笑眯眯地望着你，一边用直角拐尺打你的手心；先生喜欢用直角拐尺打人，虽然那样用起来很费力。不知从哪一天开始，刘照华在信中描述说，我们的父亲像是很偶然地发现，上学的路还有另一种走法，那就是在被父亲形容为直角拐尺的官道拐角的内侧，有一条偷懒的人踩出的小道。那条小道只有几丈长，我们的父亲就像跟谁赌气似的，开始走那条小道，但正是那一天，他被小道中央一截高出路面半尺的树桩绊倒。这就是父亲反复讲述的有关树桩的故事。从此以后直到父亲被迫中断学业的两年间，几乎每一天父亲都要走那条小道，而每一次都被那截树桩绊倒。父亲爬起来拍拍身上的泥土继续走路，一点也不觉得有什么奇怪。对此，刘照华有着自己的看法，他说事实上，我们的父亲决非因为想抄近路才走那小道，那条仅有几丈长的小道近不了多少，唯一的解释只能是：父亲走那里是为了被绊倒。

在这篇有关祖先刘思让和刘权的小说真正开始前，我必须冒着破坏小说结构的危险，继续谈一谈我的父亲。同时，出于技术上的考虑，一些有经验的读者很快还会发现另外一点，就是我的小说在不断重复。不过我认为，这样的重复对于一篇意图明确的、虚构的小说是有必要的，对于迷恋幻想故事的读者也是能够接受的。接下来，仍然说1996年春天的事。看到刘照华的长信以后，我专程赶往老家菏泽看望父亲。父亲瘦了很多，正像刘照华说的那样，他的行为有点古怪，具体说来就是父亲的举止神态中有一丝惊慌、一丝小心翼翼，甚至还有一丝让人同情的自卑感。也许真的是父亲预感到了死亡的脚步已经迫近，而他还不曾有足够的准备？当晚，父亲、我和刘照华三人坐在院子里喝茶，月光明亮，夜色沉静，凉风舐着茶杯上的热气，我们的父亲半躺在一张竹制躺椅上，背对着月光，他的脸看上去灰暗阴沉。我和刘照华坐着马扎，坐在父亲的对面。刘照华不停地给父亲续着茶水。那个夜晚给人的印象，似乎父亲感到自己已经很老了，所以

要向我们交待一些重要的事情，有几次父亲喝茶的时候咽出尖锐的响声，让我们以为他马上就要开口说话了，但是没有，父亲放下茶杯之后，仍然半躺着，明亮的月光从他的鼻尖上切过去。两只眼睛周围形成两片边界模糊的暗影。那个晚上父亲什么也没有说，甚至居然也没有提到关于树桩的故事，我和刘照华盯着蜷在躺椅上的父亲。在我的回忆中，我们父亲的身体像清瘦的虫子一样绵软，软得几乎融化在竹篾子上。

我从老家返回济南之后，紧接着父亲却写来一封信。就是在这封信中，父亲第一次提到我们的祖先刘思让，在这之前我根本没有听说过刘思让的名字，更不知道我是他的第六代孙子。父亲在信中很突兀地说，1860年，刘思让经受一场大灾难之后背井离乡，躲在河南商丘东郊外一间破旧的民房里，使用独特文体写作他一生中的唯一著作。刘思让坐在窗前思考，他思考的方式是仰起头盯着漆黑的房梁，用力咬着长长的竹制烟斗，双脚在地上搓来搓去。刘思让花了8年时间写作那本书，每天写作的时间至少在两个时辰之上，在那张只有三条腿的木桌子下面，坚硬的土地被他的脚掌磨下去一个深坑。父亲说我们家族的每一代掌门人都知道这件事，现在到了应该让我知道的时候了。但是，刘思让究竟写了一本什么样的书，这本书叫什么名字以及它现在流落在何方，却成为一个最大的悬念。不管怎么说，父亲说刘思让结束了我们的祖先原有的生活方式，诱发出我们的家族成员骨子里潜在的幻想和语言天才，从此以后，家族中每一代人都有一位痴迷于幻想狂欢，一生和文字纠缠不休。父亲在信中说这些话时，并不知道我已经偷偷地开始写小说，那时我写了一些纯粹虚构的短篇小说，发表在几家不太出名的杂志上。当然，读者已经知道在几个月之后，我的父亲也开始了他自己的写作生活，还有我的弟弟刘照华，他像一只桑蚕趴伏在父亲的回忆录《一生有悔》的纸页上，吞食那里面的文字。如此看来，父亲对我们家族的男人看得很透，他的"每一代人中都有一位""和文字纠缠不休"的断语也很有道理。但是关于刘思让，父亲在信中只说了这么多。

河南人马修升任曹州（今山东菏泽）都司之后不久，就三番五次光顾刘思让的茅舍，而那时刘思让只不过是一个落第秀才。马修第一次叩响刘思让的柴门时，是一个初夏的早晨，他穿了一身青布便衣，脚上的马靴沾

满了晨露、草屑和泥土,轻风掀动他的衣角,隐隐看见一根挂在腰间的马鞭。他侧身站在门阶上,倒背双手,初升的太阳拉长了他的影子,也使他的身材显得更加瘦削挺拔。马修说话的声调温文尔雅,他拱手对前来开门的刘思让说,在下是曹州都司马修,早已听说道兄写得一手好字,冒昧造访。刘思让略一迟疑,将马修领进了院门。这是我父亲讲述的刘思让和马修初次会面的情景,刘思让的故事也从这一天开始。父亲说马修瘦高个头,面色白净,宽额头,深眼窝,他是我们家族应该永远记住的人。

1996 年 8 月,我父亲在济南的一家医院里被确诊为晚期肺癌。得知自己的病情以后,父亲并没有表现出惊恐和绝望,倒是显得相当平静,也不希望别人过多地谈到他的病,他好像很容易就接受了眼前的现实。他坚持不住医院,只愿意和我一起住些日子。但是那些天,父亲做事有些慌张紧迫,甚至走路和吃饭时也是这样,就像时时处处在提醒着自己:时间已经不多了。几天之后父亲做出了一个决定,他要利用死之前的这段时间撰写回忆录。这时,父亲的身体也开始发烧。父亲沉湎于回忆录的构思中,他坐立不安,不断地在房间里转圈或者自言自语,他的写作冲动和他体内的低烧一样连绵不止。有一天,父亲把我叫到晾台上喝茶,他坐在一把折叠椅上,摇着一把纸扇,我坐着马扎,坐在他的对面。那晚有月亮,父亲背对着月光,他的脸投在一片阴影里,五官看上去有点儿神秘莫测,这让我想起几个月前在菏泽,父亲、我和刘照华一起在院子里喝茶的情境。那一次,父亲显然是打算向我们说点什么的,但他始终没有说。现在,父亲终于要说了,但父亲的话几乎和他要写的回忆录无关,他说的是我们的祖先刘思让以及刘思让的胞兄刘权。父亲的讲述含含糊糊断断续续,他的话就像几把散落在簸箕里面的豆子。1858 年,刘思让和他的胞兄刘权在追逃中狂奔。19 世纪中叶的鲁西原野上,到处是未被开垦的荒地,我的父亲说,刘思让和刘权奋力奔跑,但他们就像两只早已被圈在猎枪准星中的狼。父亲用双手的拇指和食指弯成两个圆圈套住眼睛,借以辅助语言制造他想要的气氛。在荒蒿和青纱帐中,父亲说,刘权无法施展他的盖世绝技"草上飞"功夫,因为他必须把瘦小的刘思让挟在腋下,以防近在咫尺的敌人用标枪刺中他。

父亲说刘思让对马修的造访一开始就有所提防,他认为这位绿营军

官的来访绝对是黄鼠狼给鸡拜年。当时,刘思让的胞兄刘权统领着一支声势浩大的队伍盘踞在东乡羊山,这支队伍近 8000 人,号称"青红帮",刘权就是青红帮的帮主。马修的身份,使刘思让无法不把他的来访和刘权联系起来。那个初夏的早晨,刘思让为一身便衣的马修打开了院门,领着他往堂屋里走。院子里和墙根处长着一团一簇的短秧拉拉草,那上面还挂着大滴大滴的露珠,刘思让走路看着自己的脚尖,他看见一些肥大的草叶被他的脚尖踢倒,露珠洇在他的千层底布鞋上。马修走在刘思让的一旁。在迈过堂屋的门槛时,刘思让看了看马修的马靴,他的动作再次迟疑了一下。马大人是曹州都司,刘思让说,而在下不过是一个穷秀才,实在是受宠若惊啊!说话间,刘思让被自己家的门槛绊了一跤,他趔趄几下,双手扶住门板,同时嘴里大声吆喝着什么,那是他在吩咐内人为马修倒茶。刘思让请马修坐在正堂左侧的一把破旧的太师椅上,自己坐在右侧马修的对面,就像一个真正的主人和一个真正的客人所做的那样。我的父亲说,马修叩开刘思让的柴门之后,并不有意隐瞒自己的身份,另一方面他的识书达理和善解人意也使刘思让没有理由不接受他。这样,这个绿营军官第一次来访就成为刘思让的坐上客。父亲说重要的是马修为刘思让带来了礼物,他的礼物是明朝苏州人士祝允明的真笔字帖《黄庭经》,还有他自己的两幅临帖,是文征明的《赤壁赋》和董其昌的《梅花诗》,这使一生迷恋笔墨的刘思让喜虑交加。父亲说,那天马修离去之后,刘思让将珍藏多年的宋代真帖从房梁上取下来,和马修的礼物放在一起,钻研至深夜才上床歇息,他展转反侧,彻夜难眠。

马修每隔十天半月便来拜访刘思让,每一次都穿着同一样式的青布便衣,黑色马靴,腰间插着一柄马鞭。他把一匹毛色油亮的枣红马拴在村头的槐树下,倒背着双手走向刘思让的家门。刘思让已经认得军用马靴踏在门前硬地上的咚咚声响,听到这样的声响他就知道马修来访了。不等马修弄响院门,刘思让就从房里迎出来。刘家豢养的一只青毛家狗也认得马靴的声音,它听到动静总是抢到刘思让的前头,用它的尖嘴拱开柴门。两个月之后的某一天,刘思让把来访的马修留下来吃饭,他宰了一只鸡,又从地窖里拿出一瓶存放了 16 年的曹州老窖,和马修对饮。正是中午时分,夏天里最毒烈的太阳当空照着,猪羊鸡犬都躲到屋檐和树荫下去了,村子

里非常安静，偶尔听到村头槐树下枣红马的一声嘶鸣，那声音竟像犁子一样犁过屋顶和墙头。刘思让和马修坐在正屋当门一张八仙桌的两侧，每一次干杯时，两人都抢先把酒杯举过头顶。刘思让的老婆和他10岁的儿子躲在另一间屋子里，隔着门帘的窄缝凝视着酒桌上这一对性情中人。10年之后，刘思让的儿子来到河南商丘东郊外一间破旧的民房里，那一天他肯定想到了刘思让和马修在一起喝酒的情境。不过那时候，刘思让已经不在人世，先是他死在那间房子里的地铺上，然后他身上的肉被老鼠啃得精光，骨头也全被野狗叼走了。刘思让的儿子什么也没有得到，他只在那张三条腿的木桌子上面，找到了几根已经被咬断的竹制烟斗。现在，刘思让和马修把酒杯举过了头顶，他们相见恨晚，对酒当歌。不知不觉中，夜色来临了。刘思让离开酒桌，从房梁上取下他过去的时日创作的各种字幅，他吹掉那上面的尘土，然后把这些字幅铺在地上，请马修一起玩赏并指点一二。刘思让席地而坐，高大的马修则半跪下去，双手按住字幅，嘴里啧啧有声。马修面色白净，额头宽广，目光深邃，灯光下能够看到他的几根白发。此时看上去，马修比刘思让略大三五岁，但他脸上所多出的几条细密皱纹中凝聚着更多的智慧。马修的双手白嫩细腻，十指的指甲泛出白里透红的健康光泽。他的手指在洁白的宣纸上游走弹动，显得绵软而从容。当晚，马修在刘思让家中歇息。刘思让把老婆和儿子赶到另一间屋子里，自己则和马修同床共眠。第二天一大早，他们又结伴同行，两人一起骑着那匹枣红马远走80里外的定陶县，拜会民间书法大师牛千古。

我的父亲说，刘思让于仲秋季节上山之前最后一次见到马修，两人之间曾有一次彻夜长谈。那还是在刘思让的家里，刘思让和马修晚饭时喝了一点酒，他们两人的面颊都有点潮红。刘思让掌了灯，和马修一起坐在窗前的一张小桌子旁，开始了他们之间的谈话，但是他们交谈的话题难以揣想，因为，我的父亲形容说，他们把声音放得很轻，两人咬着耳朵，语调低沉短促，只有交谈的双方才能够听得见。夜半三更，从窗外望过去，刘思让和马修的身影呈"入"字形印在窗纸上。夜风不识诗书，裹着尘屑从房顶和山墙两旁溜走，窗纸上两个不眠人的影子看起来壮硕而孤独。父亲说1858年深秋的这个夜晚，刘思让和马修的长谈至少不会与诗书有关。父亲认定，那天夜里，看起来情绪平静的马修其实已经怀揣曹州府的密令，

那张纸上面有知府大人的亲笔签字，密令命令刘思让作为说客，亲上羊山青红帮大本营劝说他的胞兄刘权招安。至少，父亲是按照这种思路向我讲述的。天亮时分，马修终于彻底打消了刘思让的疑虑，成功地做通了落第秀才的思想工作。至于马修许了什么样的条件，我的父亲分析有两条：第一，马修保证无论结果怎样都不会伤害刘权；第二，一但劝降成功，刘家二兄弟的官职奉禄不会落空。朝露淋淋，刘思让和马修约好了再见。

刘思让骑着马修的枣红马上路，他肩上的褡裢里装了几张烙饼和捎给刘权的礼物——几捧晒好的柿饼。刘思让从自己的村子旧刘庄出发，一路上他要经过柳林、沙土、陶镇、东阿等好几个镇子，最后到达羊山。在经过上述那几个镇子的时候，刘思让让枣红马放慢步子，从挂着幌子的商店和插着遮阳伞的水果摊前走过，他勾着头坐在马背上，一身灰衣服使他的脸色看上去发黄。就像我们通常在电影和电视中所看到的一样，镇子上晃动着很多闲散的人，他们看见一匹高大的枣红马从小街的一头走过来，那上面坐着一个穿灰衣的不明身份的人。刘思让因为一心想着招安的事，所以两道眉毛拧到了一起。但是对于马背上的路途来说，羊山并不遥远，第二天中午时分，一座黑黢黢的山头耸立在面前。刘思让牵着枣红马上山，经过岗哨三番五次盘问，终于进了山寨。岗哨把他带到一间带回廊的房子跟前，这里是刘权的寝房，门前站着两个丫环。此时，刘权正在寝房里小憩，刘思让的小嫂子们围坐在寝房外间厅内说笑。一个丫环进屋通报，刘思让蹲在门前的石阶上等候，他听到屋里房厅内的说笑声，不知道是不是应该向这些小自己好多的女人问好请安。片刻之后，穿着白马裤和白缎子夹袄的刘权从门里走出来，他身材高大，皮肤黢黑，走路时踏得青石地板咚咚作响。刘权看见瘦小的兄弟蜷在石阶上，嘿嘿笑了两声，算是打了招呼，然后他把刘思让领到了另一间带回廊的房子。兄弟间也已经有很多日子不见面了，相见则心有灵犀，无需更多的言语，刘权不问刘思让此行的目的，吩咐使唤人为刘思让泡了一杯浓茶，等待他的兄弟首先开口。而刘思让呢，他是第一次来到刘权的山寨，处处感到新奇陌生；同时他还感到，在这里他的胞兄有着至高无上的权威，心里不尽涌起一股豪情。只是想起马修交给他的任务，一时不知如何面对刘权，话该从哪儿说起？

刘思让犹疑间，忽然听到有人高喊报信，一个身穿黄马夹的兄弟闯进

房来,跪在刘权跟前,这人称:官兵五万人已经密不透风地包围了羊山,他们由曹州都司马修统领,因为他们的麾旗上绣着大大的"马"字,这些人正在兵分八路,朝山寨进攻。刘权听罢此言,沉默良久,他意味复杂地看了刘思让一眼,然后一边命令部下守住山门和关口,一边在房子里走来走去。但事实上,一切都已来不及了,眨眼之间山下杀声一片。刘思让感到脚下地动山摇,他看见房梁上的尘土正在纷纷飘落。原来在另一间房子里说笑的几个年轻女人,现在都从屋子里跑出来,她们四处逃窜或大声尖叫。刘权也迅速跑到户外,站在旗台上朝山下观望,他看见马修的刺眼的黄色三角旗帜已经漫山遍野,站在刘权身后的刘思让看到了同样的情景。刘思让还看到,一匹健壮的枣红马嘶鸣着从马厩里弹出来,闪电似地向山下冲去,那是马修的坐骑,它去找它的主人了。此时夕阳西下,山下似乎比山顶昏暗了许多。马修的五万官兵在集体发出的震耳欲聋的喊杀声中杀红了眼,一个又一个山寨兄弟倒在血泊中,血腥味像黄昏的潮气一样从山脚下升上来。刘思让看着刘权伟岸的身躯像一座塔矗立在他的面前,这让他觉得,只要有刘权在,一切都没有问题,但他的胞兄壮硕的臂膊却软绵绵地下垂着,腮边也正在缓缓流动着两行清泪。夕阳斜照着刘权的侧面,使他的耳朵和头发看上去发红。

　　一部分官兵冲上了山顶,很快寨门也被攻破,官兵的身影在山寨里闪动,女人们也被砍杀了。绝望中,有人仍在等待刘权发出战斗命令,但此时刘权却对他的贴身随从们说:弟兄们,逃命吧!说话间,刘权从一个兄弟手里接过一把马刀,他右手举着马刀,左手却顺势将刘思让挟在腋下,招呼他的随从准备突围下山。刘权再次高喊:逃命吧,弟兄们。就是这样,刘思让在刘权的腋下,他感到刘权的臂膊有力地钳着他的腰,他觉得这样甚至是很舒适的,他们兄弟二人将以这样的方式离开羊山。但刘权腋下的刘思让还是挣扎了一下,他搬着兄长的肩膀说:放下我吧,让我死在这里,你自己逃命去。刘权哼了一声:放下你,谁来替我侍候老娘?一些官兵冲上来,刘权开了杀戒,几个随从活动在他的两翼,他们渐渐杀出了一条血路。刘思让听见刘权的大刀耍起来呼呼生风,冲上来的官兵要么被它断成两截,要么被它削下脑袋,鲜血溅到了刘思让的脸上。由于视角特别,这样的经历是一生难忘的。刘思让觉得自己很难分辨出官兵与山石树木的不同,在

他的眼里，除了刘权的高大身体以外，山里的一切都让人眼花缭乱。一颗已经离开了它的身躯的官兵脑袋在刘权的脚前滚来滚去，伴随他们朝山下冲出了一箭地之远，那脑袋的五官最后变得血肉模糊。在刘权的身后，官兵的尸体躺成了一条蜿蜒山路。有好几次，刘权的随从用身体挡住了刺向刘权或刘思让的弓箭、标枪，或者用头颅顶住劈向兄弟二人的大刀，结果刘权的随从们一个一个倒下了，他们勇敢无畏的身体和官兵的尸体混在一起。最终冲下山来的只有刘权和刘思让兄弟二人，当他们的脚踏在平原上的时候，天色已经黑尽了。

这就是1996年的那个酷夏，我父亲口头描述的有关我们祖先刘思让的一些事。当然，父亲的讲述远不如我写下的这几段文字清晰，他的话是含糊、暧昧和断断续续的。读者还记得，当时是在济南我的居所，我和父亲两个人在晾台上喝茶，父亲坐在一把折叠椅上，摇着一把纸扇，我坐着马扎，坐在父亲的对面。父亲背对着月光，所以月光从两个侧面把他的脸雕刻得楞角分明，他不停地摇着纸扇，仿佛要把记忆和零碎的月光搅到一起。我觉得我的父亲坐在幻觉中，他的话无法让人信以为真。比如说，1858年的中秋刘思让骑着马修的枣红马去羊山的一些细节，我的父亲又是怎么知道的呢？还有另外一些值得注意的地方：父亲的讲述从"刘思让骑着马修的枣红马上路"开始，变得敷衍了事，他总是在关键的地方一笔带过，甚至是很多细节前后矛盾，给人的感觉似乎他心里并不想说这些事，或者随时随处都打算不负责任地把刘思让的故事结束掉。不过在我的小说中，父亲讲述时的缺陷已经得到了很大程度的弥补。在1858年之前和之后的那些年里，还有很多事情可以进入我的小说，容我慢慢写下去。但是，1996年那个有月亮的晚上，我的父亲摇着纸扇，已经把刘思让的故事结束掉一次了。父亲说，冲下山来的第二天，刘权就开始发烧，但他们始终摆脱不掉官兵的追击。官兵就像趴在青纱帐中的蛤蟆，随时都会蹦出来。后来的几天中，刘权的身体越来越虚弱，有时候刘思让不得不背着刘权行走。父亲形容这种情景时说，刘思让背着刘权，就像一只蚂蚁背着一只马蜂。7天之后，在一座废弃的破砖窑里，刘权因高烧深度昏迷，死在刘思让的怀抱中。

我的祖上那个叫刘权的人，我对父亲说，为什么要做一个土匪头子

呢?父亲并不回答我的话,他只是朝我挥了挥手,意思好像是说"行了行了你不要问得太多"或"真是一言难尽啊"。这当然还是在我家晾台上喝茶的那一次,当时月亮已经下山,茶也泡得没了颜色,父亲挥了挥手,起身到屋里去了。一段时间以来,父亲再也没有提起过他的少年时代和一截树桩的故事,再也不无缘无故到厕所里呆一两个小时,自从他被确诊为肺癌以后,这些已持续了几个月的习惯很快被戒掉了。父亲变得喜欢独处和沉默。既然刘权已经占山为王,过了几天我又对父亲说,他的弟弟刘思让怎么一直是一个穷苦秀才呢,这是不太符合生活逻辑的。父亲还是像几天前那样朝我挥了挥手,一脸不耐烦的神情,但是紧接着他就说话了。你懂什么呀,你根本不懂。他恶狠狠地对我说。我父亲说我什么也不懂的时候,他正坐在客厅的沙发里,手里拿着一本线装的《古今全像小说》,他把书慢慢合上,又对我说,你不懂。我知道在很多情况下,父亲连着两遍说"你不懂"的话,那其实是要说一些别人不知道内情的事。父亲要求我为他点燃一支烟,我的读者都知道肺癌病人是不允许抽烟的,但我还是满足了他的要求。这也是我看到的父亲抽的最后一支烟。父亲开始说话了,但他并没有回答我"刘权为什么做土匪"以及刘权做了土匪"刘思让怎么还是一个穷秀才"的提问,而是再一次提起了1858年仲秋刘权和刘思让在追逃中狂奔的事。

我的父亲说,他们从羊山上冲下来的第二天,刘权就开始发烧,高烧使他身上没有一点力气,他的双臂就像面筋一样软软地耷拉着。刘权已经无力举起手中的马刀,遇到追击的官兵时,兄弟二人唯一的办法就是逃跑。青纱帐却在退缩,荒地上的野高粱和蒿草都变黄了,很多秋庄稼也已经被收割,大片大片的土地裸露出来,刘权和刘思让在旷野上奋力奔跑,但他们就像两只早已被圈在猎枪准星中的狼。几天之后,刘权再也走不动了,他躺在一洞破砖窑里,大口大口地吐出浑浊之气,但他似乎仍能看见自己的两条长腿在奔跑,它们脱离了他的身体,像两个孩子一样并肩疾进,它们一直跑啊跑,跑向了很远很远的地方,把他的身体留在了原处或悬置在半空中。我们的祖上刘权在生命的最后时刻,梦见自己的双腿仍在狂奔不止。那时,他的脉搏正在不断地微弱下去,从四肢一点一点地缩回心脏,就像时光在他身上退守。对于羊山山寨的意外失守和8000弟兄阵

亡，刘权至死没有说一句责备刘思让的话，他望着跪在跟前的身材瘦小的兄弟，内心里充满了同情和关爱。我死后你远远地离开曹州，刘权对他的兄弟说，从此以后忘掉我，忘掉青红帮，也忘掉那个叫马修的人。你一定要答应我一件事，刘权盯着刘思让的眼睛说，不要寻找马修企图报仇，永远不要这么做，想也不要这么想，不然的话你的结果会更惨，你根本不是他的对手。刘权告诉刘思让，在某某某某地方，埋着几百两银子，他让刘思让把银子取出来，带着老母和妻小远走他乡。刘思让点着头，答应了刘权的话，他双膝跪地侍弄着奄奄一息的兄长，为刘权擦去了最后两枚眼屎。我的父亲说到此处苦笑一声。曹州是一个英雄辈出的地方，只可惜山外青山楼外楼，刘权最终还是栽在了河南人马修的手里。父亲长长地叹了一口气。

刘氏家族接连好几代人，我的父亲说，要么横尸旷野，要么客死他乡，没有一人是死在自己家里和自己床上，刘权也不例外。父亲说这话时身体颤动了一下。当时，他斜靠着沙发的扶手，一支胳膊肘支撑着身体的重量，随着身体的颤动，胳膊肘从沙发扶手上滑下来，他的身体失去了平衡，一只脚高高地抬起来。父亲是用自己的话刺疼了自己，他想到了自己的病以及远离家乡的处境，我估计父亲当时想到了这一点：他会不会像那些祖先一样客死他乡呢？仅仅过了两天，父亲就回到老家菏泽去了，临走的时候他对我说，他要死在自己的家里和自己的床上。直到父亲走后，我才深深体味到了他在沙发上身体失去平衡时的心情。不过当时，我的父亲把身体摆摆正，看起来心情很快平静下来，他继续说着1858年仲秋的事。我们的祖先刘权躺在一孔废弃的破砖窑里，身体下面铺着一些蒿草和地瓜秧，他的白马裤和白缎子夹袄被尘灰和汗渍染透，已经变成泥土的颜色。刘权的双腿肿胀得很粗，皮肤上起满了褐色的斑点，脸和脖子潮红，他看见自己的脚尖不停地勾动，似乎就是走路时的样子。从1840年开始，18年来刘权的双脚就像碾碎羊山上的石头一样踩碎了所有的日子，如今它将追随已故的亲人们而去了。刘思让听见刘权的喉咙里咕咕作响，他俯下身去，把耳朵贴在刘权的嘴唇旁。他听见刘权的声音像是从很远的地方打着滚儿跑过来。实际上，刘权是在念叨一个人的名字，不过他这回念叨的人不是马修，而是"四婶"。刘权咬着刘思让的耳朵，他是这么说的：还记得四婶

的模样吗?刘思让说:记得。我也记得,刘权说,她长得好看,她的名字叫葛长菁。刘权就像唱戏的人用气声念台词似的,艰难地吐出了上面这些话。刘思让把刘权的头揽入怀中,小心翼翼地抱着它,半个时辰之后,刘权死在刘思让的怀抱中。不过,我的父亲没有让刘权死得那么快,他把半个时辰拉得很长,父亲说,在刘思让抱着刘权头颅的半个时辰里,兄弟二人没有再说一句话,破砖窑里出奇地寂静,他们都能够听到对方的喘息声。但是,沉默湮没不了实质性的东西,这一句还是我父亲的话,父亲说实际上那半个时辰里面刘权和刘思让共同进入了对于葛长菁和对于1840年的回忆之中。小说写到这里,我觉得很有趣,这是一个有意思的循环,比如说吧:1998年我在小说中写到1996年生了癌症的父亲,1996我父亲坐在我家的沙发上讲述1858年的刘权和刘思让,1858年我的祖上刘权和刘思让在一个破砖窑里回忆他们1840年的四婶,而这个"四婶",一个活到1840年。活了19岁的名叫葛长菁的美丽女人,158年后成为我这篇小说中仅有的女性角色。

刘权的1840年

1840年以前的一些年里,刘氏家族人丁兴旺,四世同堂,这个大家庭拥有家庭成员21人,长工和家丁10人,女佣6人,房屋48间,肥沃耕地260亩,良种马12匹,耕牛18头,成材树木990余棵,家禽家畜日用家什杂物不计其数。那时,刘家大院坐落在村子最中央的位置上,大门两旁分别有两棵老柳树和两只石狮子,门是朱红色的,门上有铜制的黄灿灿的门鼻儿。刘家大院南北长36丈,东西宽20丈,占地12亩,它的门楼和房子又高又大,这使得周围别人家又低又矮的房子看起来像是鸡笼或狗窝。刘家院子里栽满了柳树,一到春天,大团大团的柳絮随风起舞,竟是一派大雪纷飞的景象。刘权80岁的老爷爷最喜欢柳絮,这个季节里他总是坐在躺椅上,坐在阳光下,看柳絮飘飞,笑逐颜开。院子里不时走动着鸡鸭猫狗以及强壮的家丁和年轻的女佣,让这个大大的宅子充满活力。刘权的父亲站在老爷子身旁,他看上去40岁上下,老成持重,俨然是这个大家庭未来的掌门人。

刘权的父辈兄弟四人,四个兄弟依仗家境殷实、略通诗书和为人谦和,把方圆几十里最为出名的四个美丽女人悉数娶到家中。其中,四叔相

貌身材尤为出类拔萃，被四里八乡有姑娘待嫁的人家盯得无处躲藏，最终东乡葛家庄19岁的美女葛长菁一枝独秀，入嫁刘家做起了四婶。迎娶葛长菁那天是一个金秋的凉爽的日子，刘家大院的门脸上贴了大幅的对联，家丁和女佣的脸上也都喜洋洋的。刘家雇了一顶八抬大轿，两支响器队，浩浩荡荡一大队人马，把葛长菁从葛家庄抬了来。刘家大院门口的两棵老柳树上，各缠有一挂三万响的爆竹，娶亲的队伍刚回到村头，爆竹就被点燃了，直到新郎新娘拜完天地高堂进了洞房，爆竹还在咚咚哐哐地响，被炸碎的彩色纸花飘满了大街小巷。葛长菁下轿的时候，刘权正站在轿门的斜对面，他看见轿门布帘轻轻一挑，一双穿着尖尖红鞋的小脚从轿子里伸出来，然后是红缎子裤，红缎子夹袄和红盖头。葛长菁身材娇小匀称，她的身体像水一样被包在一身红缎子里面轻轻晃荡，两个伴娘从两旁扶着她，她们走过铺在地上的红毡条，碎步轻移悄无声息。刘权的四叔站在毡条的另一端，胸前佩戴着一大朵红色的绢花，他脸上的笑容就像彩色纸花一样翻飞飘动。

四叔和葛长菁的新婚很快过去了，转眼到了来年的春节。一家人忙忙活活准备过年。大年三十上午，刘家的老爷爷坐在正堂屋当门的太师椅上，抱着一根长长的烟嘴，看着他的儿子、孙子、重孙子们还有家丁和女佣在大院子里走来走去，家禽家畜欢快的叫声此起彼伏，院子被扫把打扫得很干净，太阳光像大朵大朵的白棉花一样洒在上面。刘家老爷爷心里高兴，不时地嘿嘿笑出声来。但是，在厨房那边的小院子里，已经发生了大家都不愿意让老爷爷知道、也是大年里不应该发生的事：葛长菁突然哭哭啼啼独自一人回了娘家葛家庄。葛长菁的这一行动，打了四叔和刘家一个措手不及。其实，葛长菁逃回娘家的原因说起来也很简单，她只是和她的大嫂发生了一点口角。根据刘权的母亲后来回忆，她和葛长菁发生口角的起因是一只鸡。当时，刘家的女眷们都在帮着女佣忙年，刘权的母亲在院子里拖着扫把打扫卫生，葛长菁则在厨房门外的案板上剁肉馅。此时，一只母鸡大摇大摆地走过来，走到刘权的母亲面前，在刚刚打扫干净的地上拉了一摊屎。婊子鸡，刘权的母亲骂道，你不在窝里呆着，跑到外面来瞎折腾。葛长菁认为大嫂是在骂她。因为在这之前，厨房里的两个嫂子曾经形容厨房门外的葛长菁，说她剁肉馅的样子和菜刀快速砍在案板上的声音

都像是母鸡啄米。葛长菁听到刘权母亲的骂声之后并没有做出强烈反应，也没有还击，而是慢慢停下了手中的活计，肩膀一耸一耸地哭起来。刘权的母亲没有注意到葛长菁在哭，此时她已经扔掉扫把到堂院里去了。厨房里的女眷和女佣看见葛长菁捂着脸哭，但没有人走过去对她说点什么。葛长菁哭了大约两袋烟工夫，仍然没有人到她身边去，或者对她说点什么，她只好自己止住泪水，到卧房里收拾起一只包袱，挎着它回了娘家葛家庄。

　　16岁的刘权在村东的柳树行里看到过双眼红肿的葛长菁，他看见盘着发髻穿着大红绵袄的四婶碎步急走穿过柳行子。刘权猜出葛长菁是要回娘家葛家庄的，因为她的胳膊弯里挎着一只蓝色的包袱。刘权也知道大年三十葛长菁不应该回葛家庄，她这样的行为很不吉利，但是他并没有阻止葛长菁走路，而是在她的身后跟着她。刘权不打算对他的四婶说点什么，也不打算为她送行，他只是要这么跟着四婶走一段路。葛长菁发现刘权在跟着她，就故意停下来，回头用眼睛狠狠地挖刘权。刘权也停下来，站在离葛长菁一丈远的地方，与葛长菁对视。葛长菁再走路时刘权还跟着她。你跟着我干什么，19岁的葛长菁对16岁的刘权说，你的个子那么高，走路一晃一晃的，跟在我后面像什么样子。刘权不说话，还跟着葛长菁。你的母亲不是一个好人！葛长菁说，你的四叔也不是什么好东西。葛长菁又说，你们家没有人能容下我。这时，他们已经来到了柳树行子的尽头，葛长菁看到了一棵百年大树，她便倚在树干上再一次哭起来。刘权看葛长菁倚在树上抹泪，自己便蹲在路边，仍然离她一丈远。葛长菁哭得时间久了，刘权就轻轻吹起了口哨。多年以后刘权开始后悔，他应该在那棵百年大树底下劝阻葛长菁留下来，那样做了他的四婶就不会死，而那一年她只有19岁。你也不是什么好东西，葛长菁哭了很长时间以后又对刘权说，你这么大一个人，跟着我干什么？葛长菁说完这句话，就沿着大路朝葛家庄的方向走去。刘权不再跟着葛长菁，他看着她的后影，看着清冷清冷的空气中突然冒出的一股小旋风跟着她走了很远。不久之后，刘权发现葛长菁变成了一个红点。

　　刘权的四叔穿了一身新衣服和一双新鞋，看起来就像半年前的那个新郎官，他牵着一匹枣红马出了大门。这时，刘权吹着口哨从街筒子里晃

过来，正好被他的四叔撞见，四叔就问他，有没有在村东的柳树行子里看见过他的四婶？刘权说没有，我又没到柳树行子里去，怎么会看见她呢？再说了，她到哪里去只有你才会知道。刘权的四叔说，她到葛家庄去了，她和你娘生气，就一个人去了葛家庄。今天是大年三十，不能让她在娘家过年，说什么也要把她追回来，刘权的四叔看了看天色说，到葛家庄20里路，她现在走不到家，我骑马追她去，天黑前一准回来。刘权的四叔用一种很笨拙的方法上了马，他在马背上回头又对刘权说，天黑前我一准回来。刘权的四叔上马时，刘权看见他穿了一双新鞋，那是一双千层底黑呢子面的布鞋。刘权知道，这双鞋出自葛长菁之手。但也许是刘权的四叔到马槽里牵马时不太小心，那双鞋洁白的千层底上沾了些马粪。

　　傍晚时分，刘权的四叔被葛家庄的人用一张小木床抬了回来，他的肚子上插着一把短刀。刘权的四叔一点也不显得痛苦，他的两只手轻轻按在肚子上护着那把锐器，两只眼睛盯住四寸长的棕色刀柄，神情专注，就好像那把插在肚子上的短刀是他玩出来的一个小小把戏。别把我的刀子拔出来！刘权的四叔喊道。在被家人扶到床上时，刘权的四叔两手扶着刀柄连喊两声，别拔刀子，别把我的刀子拔出来。家里的人让刘权的四叔躺在床上，把他的鞋子脱掉，刘权看见四叔的新鞋上仍然沾着马粪，不过那些马粪都已经被风干了。接下来，刘权的四叔开始叙述所发生的事，他的语调很平静，就像他说的事发生在别人身上。刘权的四叔说：从葛家庄回来时，我们两人走了万福河河堤上那条路，我牵着马，她骑在上面。那时候太阳快要下山了，我对她说咱得快点走，要不就赶不上吃年夜饭了。我们两人说着话走上了万福河的河堤，那时离开葛家庄才刚刚二里路。在河堤上，我看见树底下站着两个蒙面人，蒙在他们脸上的布一半青一半红，他们叉着腰站在那里，每人手里拿着一把短刀，分明是要等着我走近他们。我一看心中知道不好，我遇见青红帮的人了。我牵着马回头就跑，但只跑了七八步，那两个蒙面人就一齐窜上来，他们一个人搂着我的后腰，另一个人往我面前一站，我就觉得肚子一凉，看见站在我面前的那个人把刀子插在我肚子上。刘权的四叔说到这里戛然而止。他的手还在扶着肚子上的棕色刀柄。后来呢？围着刘权的四叔的人问他，葛大姐呢？刘权的四叔翻了翻眼皮没有回答。葛家庄过来的人替刘权的四叔回答说，葛长菁现在在

葛家庄，看起来她并没有伤着筋骨。刘家的男人们凑在一起商量了一阵，决定立即将刘权的四叔送往县城救治。于是，大家重新把刘权的四叔抬到当担架用的那张小木床上，四个人抬着他连夜赶往县城。

很快，葛长菁被她的弟弟葛长贵护送着回到婆家。葛长贵牵着一头驴，他的姐姐葛长菁骑在上面。刘权没有看见下午四叔牵走的那匹枣红马，四叔和葛家庄的人也没有再提到那匹马，大概它是让劫路的青红帮抢去了。葛长贵脸色铁青，傍晚时分影影绰绰的光线在他脸上投下一片一片的阴影，他把那头驴拴在刘家大院门前的老柳树上，然后扶着他的姐姐从驴背上跳下来。葛长菁整了整衣襟，走进刘家大院，刘家的女眷和女佣一下子都从房间里跑出来，朝葛长菁拥过去，她们脸上的神情表明着：她们中的每一个人都想上前和葛长菁说话或者甚至是扶她一下，但她们中每一个人又都在犹疑着这样做是否恰当？葛长菁从她们的目光中间走过去，她迈着碎步，低着头，垂着眼睑，就像做了错事的孩子那样。刘权看见葛长菁身上、脸上和手上没有任何伤痕，神情恬静，头发也纹丝不乱，好像在她身上以及在四叔身上什么事情也不曾发生。最终，葛长菁还是被她的姐妯们搀扶起来，几个女人一起径直走向她的卧房。不过，葛长菁在进门前脚步迟疑了一下，用眼睛的余光看了看刘权。这时刘权正站在一间房子门前的砖阶上，他发觉他的目光和葛长菁的目光擦肩而过，同时刘权还发现，这时的葛长菁已经不是村东柳树行子里的葛长菁了，她换了一身衣服，她身上那件大红绵袄被一件相同式样的绿袄代替了。两个时辰之后，葛长菁自缢于卧房中。

1840 年以后

刘权的四叔因失血过多和脾脏破裂，于大年初一上午死在县城一个红伤大夫的家门外。为了在大年里给红伤大夫消除晦气，刘权的爷爷不得不在治疗费用之外另付给他一百两银子。大年初五傍晚，刘权的四叔和葛长菁刚刚下葬的第二天，葛家庄的 20 辆牛车一气拉来 500 多号人，把刘家大院围得水泄不通。葛家庄的人认为葛长菁死得不明不白，他们要为此讨个说法。葛家庄的人说，大年三十傍晚，葛长贵把他的姐姐送到刘家来的时候，葛长菁连一根头发也没有少，可是两个时辰之后她就上了吊，所以刘家要对葛长菁的死负责。所谓对葛长菁的死负责，就是刘家必须向

葛长菁的娘家即葛家庄赔银子割地。葛家庄的人高举着火把，要刘家的掌门人出来说话，不然他们就会把刘家的房子全部烧掉。刘权80多岁的老爷爷怕有闪失，只好让家丁搬来梯子，竖在院墙里面，他爬上梯子，隔着墙头和葛家庄的人说话。刘家老爷爷大声叫喊：葛家庄的亲家，你们听着，我是法镇（刘权的四叔）的爷爷。法镇他先死在县城，媳妇心疼才上了吊。事情明摆在眼前，俺们刘家从来也没有亏待过葛大姐啊！外面葛家庄的人不满意刘家老爷爷的话，他们一边喊着骂人的话，一边把火把高高地举起来。刘家老爷爷双腿索索发抖，但是声音洪亮有力，外面的火把照亮他的脸，使他的白胡子看上去发红。刘家老爷爷又说：天大的事也终有一了，有俺们旧刘庄的老少爷们在，有大清朝的法律在，我可要事先声明一条，杀人和放火都是死罪。

葛家庄的人没有理会刘家老爷爷说的话，很快他们撞开大门，冲到院子里来，他们先是砸碎了水缸面盆等所有瓷器，然后翻箱倒柜拿去了细软衣物，牵去了良马耕牛，捆去了家禽家畜，临走还放火燃烧了房屋。刘家老爷爷在院子里双膝跪地，仰天大笑，最后他自己钻进着了火的房子里自焚了。这是刘家1840年事件中第二个暴死的男丁。从此以后，刘家和葛家的官司长达两年。为了能赢得这场官司，或者说为了从一个方面证明自家的冤屈，刘权的爷爷在曹州府衙门附近租了一间民房住下来。但是两个月之后，刘权的爷爷暴病而死。这又是一个开始，在此后两年的时间里，刘家所有的成年男丁一个接一个暴死，他们每一个人都死在曹州府衙门附近租来的那间民房里。最后一个死在那间房子里的人是刘权的父亲，他死后被老鼠啃去了鼻子。但是，官司终于被刘家赢下来，他们从葛家庄要回了被抢去的钱、牲口和布匹，共计：铜钱十五贯，耕牛一头，丝绸四匹。这是那一年的冬天，半个冬季没有下雪，土地都被冻裂了，一连半个月不停的东北风刮得天空有些发黄。刘权的母亲解下蓝棉布的头巾，把十五贯铜钱包起来，牵着那头牛回到了旧刘庄。人们看见刘权的母亲已经变成了一个老太婆，她的左手挎着一只蓝色的小包袱，右手牵着一头牛，牛背上驮着四匹丝绸布料，牛屁股后面跟着身材矮小的刘思让。那时候，刘家的人只剩下了刘权、刘思让和他们的母亲，而刘权呢，他早已在1840年那个意外的春节之后不久离家出走。

我的弟弟刘照华告诉我说，我们的祖上刘思让为自己设计了一种最好的生活方式，那就是在有生之年里去写一本书。当然了，关于刘思让，刘照华未必比我知道得更多，他只是在转述我们父亲的话罢了。我们的父亲在他去世前的某一天里，对刘照华说过下面这些话，他说大约是1859的某一天，刘思让在河南商丘街头以算命先生的身份出现，要写作一本书的打算便已经产生了。那时，刘思让戴着一顶破旧的麦杆草帽，蹲在大街上朝阳的一侧看自己的脚尖。阳光被草帽筛过之后，变得像金光闪闪的豆子一样在他的肩头跳荡。一只大腹便便的蚂蚁从他的脚尖开始爬行，然后越过他的脚踝到达膝弯。刘思让没有注意到那只蚂蚁，他搂在怀里的算命幌子也已经歪倒在一旁，他的双手插在黑棉布夹袄的袖筒里，陷入复杂玄妙的未来写作的构思中。这一天黄昏，刘思让爬起身来拍了拍屁股上的尘土，脸上满是虚构和创作的冲动，他伸出脚来踩了踩算命幌子，把它留在大街上。就这样，商丘城里很多算命先生中最后来的一个，倒是最先一个消失了。

　　上面这些话，是刘照华在京沪线上一列火车的硬卧车厢里告诉我的。那是1998年的春天，我们的父亲去世不到一年，我的《仿佛》的写作还没有开始，刘照华因为生意上的事拉着我去了南京。他倒并不是考虑我会在生意上帮他什么忙，主要目的是想让我散散心。自从我们父亲去世以后，我的情绪一直不好。那时候，我和刘照华坐在火车车厢里，望着车窗外鲁南和苏北地区的农田，车速很快，窗外的树木、房子和立在田野里的农民一晃而过。麦子已经成长起来，但还没到收获季节，大片大片的麦田连在一起，看起来像绿色的湖水一样。一路上，刘照华在不停地说话，我觉得他说话的声音已经和火车行走时发出的"哐啷哐啷"的声音粘在一起。刘照华说，1860年春夏之交，商丘东郊外一间民房的院子里，蔬菜和蒿草正长得茂盛，刘思让刚刚开始的写作却遇到了技术上的困难，他不得不暂时停下写作，离开商丘远上东北长白山，为他虚构的写作寻找真实感受和现实依托。很明显，刘照华仍然是在复述我们父亲对他说过的话。读者都还记得，我的父亲在他去世前的几个月里，写了一本名为《一生有悔》的回忆录，在整个写作过程中始终有刘照华的参与，所以他肯定对刘照华讲到过很多事情，自然也会讲到刘思让去长白山寻找写作状态时的情景。我的父

亲对刘照华说,刘思让一路向北,沿着平坦宽阔的官道急步前行,身后飞扬起一溜尘土,他走路时往前探着脑袋,两条长臂大幅度地甩动,由于两只脚倒换的频率太快了,他走路的动作就像电视上的快放镜头一样缺乏真实感。那时候,正赶上麦子成熟的季节,田野里很多农民在收割麦子。由于麦子的成熟从南方向北方渐次递进,推进速度竟与刘思让北上的脚程相吻合,所以两个月之后走过了山海关,刘思让仍看到很多农民在田野里收割麦子,就好像这个麦收季节粘在了他的脚板上。深秋时节,刘思让从长白山开始返回,那时来自西伯利亚的寒流正由北方向南方推进,它的推进速度再次和刘思让南下的脚程相吻合,所以伴随刘思让的漫长行程,一路上大雪由北向南飘飞不止,似乎一场大雪整整下了三个月。这次长白山之行的季节假象,使刘思让对时间和空间产生了很深的困惑。

在去南京的路途中,坐在火车里看着春天的鲁南和苏北地区的田野,心中想象着我的祖先刘思让步行在清朝的官道上一路朝北,并且撞上了一个季节挥之不去的假象。我就这样看着车窗外,在火车的高速行进中,想象着那个身材矮小、双臂修长健硕的人,正在沿着田间土路向与我相反的方向急步行走。这是一个感觉上的奇迹,这个奇迹是刘照华创造出来的。我知道刘照华有这样的才能,什么事情经他的嘴说出来,往往就能深入人心,比如说我后来读到的父亲的回忆录《一生有悔》,它经由刘照华的修改而变得更具有阅读价值了。当时,在去南京的火车上,刘照华因为不停地说话,嘴角泛出一些白沫。有时候,他会用舌尖把它们舔掉,但过一会那些白沫又冒出来。我想刘照华真是不应该做什么生意,而应该找一份专门靠说话挣钱的工作。让人吃惊的是,关于刘照华的生计问题,这么大的事情竟被我胡乱猜中,这次南京之行过去几个月以后,刘照华突然放弃了已经做得不错的生意,在他33岁的时候招聘去了菏泽地区艺术馆说唱团,做起了一个煞有介事的鼓书艺人。同时,他还利用业余时间,为说唱团以及同属于艺术馆的豫剧团写作剧本。从个体户到艺术家,我们老家的县电视台曾以此为专题报道了刘照华的事迹。那么,刘照华为什么要在33岁的时候改行?他怎样博得了艺术馆领导的信任从而受聘于说唱团?他是什么时候偷偷学会说大鼓书的呢?有关这些情况,我将写进另外一篇小说,现在让我们回到火车上去吧!

几天之后刘照华再次谈到长白山，还是在京沪铁路线一列飞快行进的火车上，这次方向倒了过来，我们离开南京要回济南。在南京的几天，我们住湖南路附近的一家宾馆，玩了玩中山陵、夫子庙以及玄武湖，并且一到吃饭的时辰就像疯狗一样拚命寻找鲁菜馆，除此之外，我并未看到刘照华做什么生意，他甚至没有给什么人打过一个电话。因为在南京什么事情也没有做，所以这次南京之行给我的印象，只是一去一回两趟火车上的路程。对于刘照华来说，他这次去南京，似乎仅仅为了要在去和回的火车上两次谈到长白山。我的读者也可以认为我和刘照华从未去过南京，我之所以这样写南京呀火车呀的，是因为我想让我的小说在叙述上充满动感。不管怎么样，刘照华说，他于1997年的深秋也就是南京之行半年前，去了一趟东北长白山。刘照华开始说他去长白山的事了。我和刘照华坐在火车的硬卧车厢里，坐在车窗下，看着外面的田野，和来时所见到的一样，麦子已经成长起来，大片大片的麦田连在一起，看起来像绿色的湖水一样，偶尔有一片菜花地夹在麦田中间，黄颜色的菜花被太阳晒得放光。刘照华穿着一件黄颜色的灯芯绒休闲西装，领带的结打得很粗，并且歪向一边，他说话的时候，声音中带着很深的自虐味道。

　　刘照华说他是帮朋友处理一批旧织袜机去了长白山，我们姑且听他。1997年深秋，刘照华从山东菏泽出发，坐了28个小时的火车来到吉林四平，然后又展转十多个小时，最后停在长白山区一个名叫高岗的镇子上。那时，长白山实际上已经进入了冬天，从山坳里吹过来的冷风足以让一个来自黄河南岸的人感到刺骨的寒冷。刘照华竖起衣领，两只手袖在衣袖筒里，臂弯里吊着的旅行包在他腿边荡来荡去。在刘照华到达高岗之前，已经有两个做山货生意的河南人住在镇政府招待所里，刘照华来到高岗之后，也住镇政府招待所，住那两个河南人的隔壁。两个河南人中有一位瘦高个头，面色白净，宽额头，深眼窝，戴一副窄边眼镜，大约三十七八岁。另一位又黑又瘦，神情木讷，看起来像是"眼镜"的随从。这两位在刘照华到达高岗的当晚就闯入他的房间，教给他玩一种扑克牌游戏。他们三个人一开始就打得火热，没有初次相识的拘谨，他们围坐在床铺上，把三屉桌的一个抽屉扯出来扣在他们中间，腿上盖着洗得发乌、印有小红字"高招"（高岗镇政府招待所）字样的被褥，一直玩到凌晨4点多才上床休息。但

是,刘照华躺在床上仍然无法入睡,他觉得这种游戏深深地伤害了他。他披衣下床,打开了窗户,寒气立刻像烟雾一样扑进来,使他打了一连串寒噤。窗外的长白山,无边无际的林海雪原在夜色中若隐若现。事后,刘照华常常回忆高岗的那几个夜晚和罕见的牌局游戏,他渐渐悟出,对于某些人来说,"眼镜"教他的扑克牌游戏很像毒品,你明知道它会伤害你,可是你仍然会深陷进去而不可自拔。刘照华认为,每一个像他那样心胸狭窄和心灵敏感的人都会如此。这个游戏还有一个漂亮的名字:警察与匪帮。

"警察与匪帮"的打法与70年代流行在山东的四人牌局"三五反"极为相似,由通常被称为"大鬼"和"小鬼"的两张印着小丑人的花牌领衔,加上5、3、2共同组成主牌,其余则为副牌。主要赢牌手段是,"台上"的一方往往通过"吊主"损耗对方兵力,而"台下"的一方则在战斗中伺机得分,最后以"台下"一方得分多少计算输赢。但由于这种牌局由三人组成,比起"三五反"来少了一人,所以敌我双方总是二比一,一人单帮的称为"匪帮",两人一伙的称为"警察"。刘照华认为,被称为"警察与匪帮"的三人牌局其实是很常见很普通的扑克牌游戏,它的不同凡响之处在于一种蛮不讲理的计算输赢的方法:一局结束,赢了的那一方是这一局的输家,输了的一方才是这一局的赢家,即,如果这一局中"匪帮"赢了,"警察"输了,那么最后结果就是"匪帮"输了"警察"赢了,反之亦然。赢就是输,输才是赢。

和我的想像一样,刘照华在高岗的那几天里根本没做什么织袜机生意,那两个河南人也是,他们好像把值钱的山货忘到了脑后,三个人在招待所里不分昼夜地玩"警察与匪帮"的游戏。但自始至终,刘照华无法转过游戏中那个"弯儿"来,明明是我赢了,刘照华说,几乎每一局结束的时候他都会高喊,怎么又输了?怎么我又输了呢?他们重新洗了牌,码在他们中间,六只手在上面乱舞。刘照华不肯输掉手中的牌,尽管他知道那意味着赢下这一局,但他就是不肯输掉它们。纸牌再次码起来,它们的背面是一种鲜红的颜色,边角上还印着"郑州新华印刷厂"的字样。"眼镜"不怎么说话,他总是笑眯眯地看着刘照华。"眼镜"的手白嫩细腻,指甲泛出白里透红的健康光泽,它在摊开的纸牌上面游走弹动,显得绵软而自信。这双手使刘照华终生难忘,因为他的手无法像它那样从容,他的手指不停地发抖。每一局他都想赢下来,但每一局他都输了。刘照华在高岗和两个河南

人玩一种叫做"警察与匪帮"的扑克牌游戏,玩了差不多四天四夜。第四天夜里,他们正杀得昏天黑地,却因为莫名其妙地少了一页"小鬼"而没能继续下去。深夜,他们无法使用一副缺页的纸牌,更不可能弄到一副新牌,大家只好不欢而散。第五天一大早,做山货生意的河南人还在酣睡,刘照华却悄悄离开了高岗镇。半年之后,刘照华在南京到济南高速行进的火车上告诉我说,玩那种叫做"警察与匪帮"的扑克牌游戏,你必须具备一种素质,就是要按捺住一种心境,笑眯眯地看着你的对手,并且设法让他去赢下手中的牌,因为根据规则,只有对手赢牌才真正意味着你的胜利。道理就是这么简单:你可以放纵你的对手,让他一路狂奔,你自己可要沉住气,因为对手早已成为你圈在准星中的狼。你如果能够做到这一点,刘照华说,你将和我遇见的河南"眼镜"一样,你们都将是那种能够成就大事业的人。

我和同乡李纪钊在山东曹县图书馆第一次看到《灵肉无踪》藏本,是1998年的夏末。那时,这篇叫做《仿佛》的小说我已写出前几个章节,刘照华也已答应把我们父亲的回忆录《一生有悔》交给我。我回菏泽取《一生有悔》的手稿,正巧与李纪钊同路,当时李纪钊和我的想法差不多,大家磨拳擦掌地表示要写出几篇好看的小说来,他回家乡曹县是为一篇写旧时"戏班"的小说搜集材料。李纪钊陪我在菏泽呆了一天,第二天我们搭乘一个小时的汽车去了曹县。曹县县志办公室一个叫赵大龙的人负责接待我们,这是李纪钊早已安排好的。赵大龙开着一辆老掉牙的军用吉普车,在县城尘土飞扬的街道上七拐八转,转到一处非常幽静的院子里。赵大龙介绍说,这里是曹县图书馆的古籍部,很有可能找到李纪钊需要的"旧戏班"的材料。这个院子里只有三间房屋,是那种仿古建筑,青砖,绿色和金黄色的琉璃瓦,屋脊上站着一溜使枪弄棍的小武士。进了院门到房子之间是一段砖铺路,但是砖面上和砖缝里长满了青苔,看起来这里鲜有人至。就是在这个院子里,我和李纪钊看到了署名笑笑林的《灵肉无踪》。

《灵肉无踪》全书约13万字,小楷抄本,字体清瘦缱绻。我们看到它的时候,它被锁在装有玻璃门的书柜里,看上去是厚厚一大摞发黄的宣纸。因为我们是县志办公室赵大龙的客人,所以被获准打开书柜玻璃门拿到它。赵大龙介绍说,根据当地史志部门的考证,此书作者笑笑林系化名,他

的真实姓名应为刘思让，山东省定陶县人士，生卒年月为1826年至1868年。《灵肉无踪》的成书年月为1860年至1868年。赵大龙是曹县史志方面的第一号专家，他的话应该不会有什么问题。但除此之外，赵大龙对《灵肉无踪》何以流落至曹县图书馆，竟然一无所知。他对作者刘思让也所知甚少，甚至说不出刘思让的体貌特征，这一点他根本无法和我的父亲相比。当然，赵大龙也不知道我的父亲，更不知道站在他面前的我就是《灵肉无踪》作者的第六代孙子。李纪钏同样被蒙在鼓里，后来当我告诉他我和这本书的作者笑笑林即刘思让的关系时，李纪钏根本不愿意相信。但在当时，李纪钏被《灵肉无踪》的内容或文字深深地吸引了。我记得那大约是上午十点光景，曹县图书馆古籍部的房子采光不太好，阳光穿过木质窗棂，在地板上和书柜上打出规格不一的方块，但阳光打不到的地方却显得光线暗淡，李纪钏蜷伏在房子最暗的一个角落，他把刘思让的书摊开在一个低柜上，把自己的脸埋在书页里。那时，赵大龙站在被分割成方格子的阳光中，轻轻地晃荡着一条腿，显得无所事事，而我呢，我站在李纪钏身后一丈远的地方，靠着一个大书柜。房间里的空气有点潮湿，有点酸酸的味道。我想到了刘思让蹲在130年前的商丘东郊一间民房里写作《灵肉无踪》时的情景，他蹲在那间房子不大的窗户前，一边看着窗外一边把长长的烟嘴咬得吱吱作响，窗外院子里长满了水曲柳、葡萄藤、蔬菜、蒿草和紫丁香，阳光在树叶和草尖上跳跃，蜜蜂蝴蝶以及各种各样的蠓虫围着紫丁香花飞来飞去，而房间里异常宁静和孤寂，只有地铺上两只灰毛老鼠和房梁上一条暗红色的家蛇陪伴着他。在我的感觉中，曹县图书馆古籍部那间房子外面，树叶间依然闪动着130年前的阳光碎片，而我竟然这样奇妙地和刘思让的《灵肉无踪》相遇了。

我和李纪钏靠着赵大龙的面子，将《灵肉无踪》暂时带出了图书馆。当天晚上，我们花了整整一夜的时间，躲在宾馆里分别阅读了刘思让这本文体介于话本和史志之间的著作。李纪钏意犹未尽，半个月之后，他又根据《灵肉无踪》所述史料，加上他自己奇异的想象和虚构，在济南写出了短篇小说《武劫考》。现在，我的小说《仿佛》的写作正在进行中，刘思让的书和李纪钏的小说放在我的书案一头。在对这两种材料的反复翻阅中，我发现尽管它们的文体相去甚远，但文本气质和对于真象的认识却非常接近。两

位作者都以幻想作为文章的基调,故事结构也有着千丝万缕的连系。实际上,是他们两人共同创作了一个复仇故事,为此在两文的前半部分,他们都花费大量笔墨讲述两个家族怨结世仇的复杂经过,在这方面两文做得同样精彩。当然由于文体的差异,《武劫考》更具有可读性,这篇书卷气十足的小说不但在情致上弥补了《灵肉无踪》的不足,而且也使我对于《仿佛》的叙述有了肆意伸展的余地。

《灵肉无踪》故事梗概

道光年间,曹州境内的羊山上盘踞着号称"青红帮"的 8000 名恶匪,他们的首领名叫马修。马修深谙当时已濒临绝迹的盖世武功凌霄剑法和紫霞神功,并因此独霸武林十数年。此人性情古怪,恶贯满盈,羊山周围数百里的百姓和中原一带正直的武林中人提起他无不噤若寒蝉。道光 20 年(1840 年),因为叙述起来甚为繁琐的原因,马修率领 500 名脸上半青半红的蒙面恶匪血洗定陶县旧刘庄刘员外家,共计烧毁房屋 17 间,砍杀男丁 12 人,抢走女眷 1 人,良马耕牛 9 匹,家禽家畜细软衣物不计其数。80 岁的刘员外被大火活活烧死。血光刀影中,刘氏家族的嫡孙刘权和刘思让饶幸得以逃生。血劫发生后,少年刘权远走长白山拜师学武,寻机复仇;刘思让则流落河南,下落不明。

刘权先去山西中条山找到了他父亲的同窗李承宗,当时此人正跟随在太行山区赫赫有名的扬州大侠充任军师。刘权到达中条山时,天气已渐渐暖和起来,厚及膝盖的积雪早已化作清水滋润了土地,山坡上覆满了嫩草和野花。经过两个月风吹日晒的野外生活,16 岁的刘权已经变得衣衫褴褛,面目黢黑,他跪在李承宗跟前,就像一个从地狱里爬出来的人。李承宗听完刘权的遭遇长叹一口气,然后写了一封亲笔信,将刘权推荐给自己的师傅、已隐居多年的长白山双瘼大仙。刘权马不停蹄又一路寻北而上,直奔东北的长白山区。在路上,刘权疾步如飞,他的身后扬起了一些尘土。由于刘权两只脚倒换的频率太快了,所以他走路的动作看起来就像梦中的小人儿一样没有真实感。此时时令正值麦收季节,田野里很多农民正在忙着收割麦子。由于麦子的成熟从南方向北方渐次递进,推进速度竟与刘权北上的脚程相吻合,所以两个月之后刘权过了山海关,仍看见田野里人们收割麦子,似乎这个麦收季节粘在了他的脚板上。这种季节挥之不去

的假象使刘权迷惑不解。

　　就这样，刘权成了长白山双瘊大仙的最后一个徒弟。在双瘊大仙的调教下，刘权夏练在伏，冬练三九，十几年的光阴在双瘊大仙的手掌中、在刘权的刀枪剑棍下，一晃就过去了。一个春天里，武艺高强、举止优雅的成年刘权告别师傅下山了。在长白山皑皑白雪中师徒二人挥手话别，他们都洒下了依依不舍的泪水。刘权一路南下，看到了与十几年前北上时完全不同的另一番景致，好像眼前的世界已经不是十几年前的世界了，自己也获得了新生，他觉得很过瘾，忧郁的心境为之一振。一天黄昏，刘权来到山东长清境内的灵岩寺，他不愿早早歇脚而想继续奔赶一段路程，也好早一天看见仇人马修如何变作他的刀下鬼。天色暗下来时，刘权发现春野竟如此沉寂和空旷，如此让人孤独和寂寞。这种心境越来越不可救药，对于刘权难得的兴致来说无异于佛头着粪。复仇心切的刘权引颈长啸一声，随后施展无上轻功跃上路旁的密林，如一只黑色大鸟踏林梢狂奔，掀起的阵风扬动树叶如滚涌的沙尘。

　　踏上曹州地界，刘权在一家小酒馆里无意中听到一个坏消息：青红帮已在多年前被官兵歼灭，作恶多端的马修也已被碎尸万段，青红帮以及马修早已成为一个传说。刘权不可能接受这种说法，或者说他惧怕这种说法成为事实。本来，青红帮和马修已被歼灭，这与刘权追求的目标是一致的，然而正是这种一致性，才使他的生活目的和种种努力显出巨大的虚无和空幻。这等于说，刘权为了复仇十几年来潜心苦练，学成归来后却发现仇人不在空无对手。刘权宁可相信马修和青红帮仍然在江湖为非作歹祸害百姓，只不过他们作恶的手段更为隐蔽罢了，所谓被歼灭的说法只是人们眼见的一种假象。刘权觉得这个世界奇怪无比，你总是跟不上它的节拍，似乎有看不见摸不着的东西在阻隔你，怎么撞击你都撞不进去，最终被搁在这个世界的外面。你是一个天外来客似的局外人。刘权用两坛杏花村酒灌得自己酩酊大醉，没有人猜得出那一夜刘权究竟想了些什么，他心事重重地坐在灯下，抽出梅花宝剑反复擦拭，最后终于忍不住失声痛哭。第二天天刚微明，一夜未眠的刘权拔剑出鞘，直扑羊山山寨而去。

　　远远望去，通往羊山山寨的峡谷犹如一只巨兽大张的嘴，似乎准备随时吞吃下任何送上门来的东西。峡谷里山石怪异，杀机四伏，刘权的心怦

怦直跳,握着梅花宝剑的手攥出了汗。由于峡谷狭长窄细,两旁的石壁又高又陡,里边光线暗淡,影影绰绰看不清前面的道路。但最终,刘权并没有遇到任何抵抗,径直进入羊山山寨。他豪气万丈,纵身跃入山寨大厅,在半空中他的衣袂猎猎作响。刘权在大厅中央站定,目力所及一片狼藉。厅内灰尘弥漫寂寥无声,许多尸骨身首异处。在一个角落里,半青半红的面具和白森森的头骨竟排放了一大堆。另一个角落里,堆成小山的尸体也早已腐烂,只剩下黑衣裹着的尸骸。这些人看上去死前痛苦不堪,他们的身体像蛇一样蜷成了一个团,骨头弯曲变形。大厅北墙中央有一个石台,坐在台上石椅里的人,头被斜砍下半个,显然他就是青红帮帮主马修。马修的上半身斜扑在身后的石墙上,一只手撑着墙壁,他想站起身来还击但未能来得及。袭击者似从天而降,身法之快让刘权望尘莫及,青红帮竟没有一点反击的迹象。现在,大厅里的这一切都已被蒙上了厚厚的灰尘。刘权看着眼前的景象,在大厅里徘徊,突然间胸闷难喘。后来,他在一块灰黄的墙壁上发现了用剑刻下的一行瘦骨嶙峋的字:杀青红帮于道光21年仲秋。这一行字告诉刘权,当他拿着山西李承宗的亲笔信一路北上,去长白山寻找双瘭大仙的路途中,马修就已经变成刀下鬼了。刘权看完这行字狂叫一声,吐出一口粘腥的乌血。

《武劫考》片断

刘权最终战胜了精神的幻灭。他独自一人,在万般寂寥的羊山山寨盘桓数日,用山鸡和野蘑菇补养自己虚弱的身体。一天深夜,他悄悄离开羊山山寨,再次前往山西中条山,拜会父亲的生前好友、威震中原的李卫民大侠的儿子李承宗。此时,李承宗正力不从心地苦苦支撑着父亲留下的巨大产业。由于他从小厌弃武功,改祖行而攻读诗书,虽满腹经纶,但仍不免被武林人士唾骂嘲笑为废人。怀才不遇的李承宗与刘权一拍即合。他们决定重建"青红帮",由刘权出任"帮主",李承宗为"军师"。李承宗弃家业而不顾,率领全部家丁跟随刘权来到山东曹州,住进了羊山山寨。从此以后,青红帮帮主刘权和军师李承宗开始招兵买马。他们还重新布置了羊山山寨的大厅,修复了峡谷里各处被破坏的机关,并在峡谷口竖起一块醒目的石碑,上面刻着五个猩红的大字:青红帮总坛。

李承宗抱着干一番大事业的雄心,出谋划策,积极与刘权相配合。在

短短的两年内，刘权昼伏夜出，辛勤奔波，不知采用了什么手段和方法，在中原各地设立青红帮的众多分坛，使青红帮拥有了任何武林派别都无法相比的雄厚实力。不但江洋大盗、占山为王的黑道人士纷纷归降，就连众多侠名远扬的武林世家、僧人道士也甘心成为刘权的属下。刘权继承了原来青红帮的神秘特点，让他的弟兄一律戴着半青半红的面具，穿一身黑衣。一时间，中原武林到处都有青红帮在活动。由于过去的青红帮臭名昭著，再加上一身神秘的装扮，现在它虽然没有什么劣迹，但仍使武林风声鹤唳，人人自危。李承宗野心勃勃，试图劝说刘权依仗自身的强大实力，铲除那些不肯或不屑与青红帮合作的派别，从而一统天下。刘权坚决拒绝了他。刘权盯着李承宗，嘴唇鼓了鼓欲言又止。

武林正道人士再也无法忍受青红帮的不断发展壮大了。这些人认为，对青红帮如果再听之任之，待它羽翼丰满，恐怕整个武林将永无宁日。强烈的责任感使他们忧心忡忡，甚至茶饭不思。用各种各样的字体写成的宣纸和草纸的信件，像雪片一样在众多武林派别之间飞来飞去，这些武林派别的头目正在研讨对付青红帮的有效手段。咸丰8年（1858年）仲秋，由少林寺、五台山、武当山等出头，联合了武林所有非青红帮势力，约定与青红帮决一死战。

决战的前几天，急不可耐的武林人士就早早到齐了。敌我双方以一条小河为分界，在羊山峡谷口的开阔地带排好阵势。双方实力相当，箭在弦上，空气紧张得似乎能拧出水来。刘权闭门不出，把自己反锁在一间阴暗潮湿的石屋子里，等待着决战日的到来，外面的一切都由李承宗来料理。敌我双方都不断地朝着对方的阵地喊话，他们信誓旦旦，都认为自己一方是在捍卫武林尊严。为了激昂士气，青红帮的两个分坛坛主持剑割下自己的头以示忠诚。小河的对岸也不例外，进行了大体相同的仪式。特别值得一提的是洛阳的曹璐大侠，他明白目前局势严重，为了不动摇自己的决心，他效仿古人，离家时亲手杀死了自己的妻子和儿女。双方都有些按捺不住了，大家的眼红得滴血。

决战日是一个好天气，天上万里无云，没有风。战旗密布，它们像红高粱一样插在地上，士兵们的盔甲闪着碎光。刘权从山寨里走出来，眼睛红肿，脸色有些苍白，不过精神很好。立时，青红帮将士欢声雷动，口号声一

阵高过一阵。青红帮将士一律戴着半青半红的面具,穿一身黑衣,他们在山坡上和峡谷中站成了几个声势浩大的方阵。刘权久久注视着他的部下,面色略显犹疑。很快,对方的头面人物少林方丈、武当掌门、五台山住持也姗姗聚齐。士兵们把箭搭在弓上,大刀和长矛高高举起,他们的喊杀声震得脚边的石头发抖。敌我双方对峙,大战一触即发,此时,刘权突然仰天大笑,笑声中他分明知道自己的生命快要完结了,一个宏大的心愿也即将了断。刘权毅然命令手下点燃了事先埋满山坡、峡谷里的炸药包连环阵,只听得爆炸声响成一片,很多条细烟柱汇成一条巨大的烟柱,摇头摆尾地升上天空。由于炸药威力太猛,被掀起的土石把一切都掩埋了,青红帮就是这样在一瞬间再次覆灭。上万名青红帮弟兄的肉体化作了泥土,硝烟弥漫中,他们的血还在石缝间汩汩流淌。刘权的笑声像硝烟一样徘徊在山坡上和峡谷中,久久不肯散去。停留在山下的武林各派人士和勇猛的士兵们大为震惊,他们不知道究竟发生了什么。爆炸过去之后,更显出大地的沉寂。山下的人还没有解散他们的战斗方阵,他们拿着大刀和长矛,呆呆地站在那里,直到夜幕徐徐降临,笼罩了四野。

在《灵肉无踪》的前言和正文部分,化名笑笑林的刘思让毫不避讳地声言,这是一本虚构的书,对于书中所言事体,看官大可不必信以为真。对于"真实性"的问题刘思让有着自己的看法,他在书中写道,每个人都生活在随时空不同而不断改变的幻象中,并被幻象所左右,所以历史上最尊重事实的写家也只能够做到一点,即尊重写家本人此时此刻的内心真实。李纪钊在小说《武劫考》中一边援引《灵肉无踪》的史料,一边也在叙述的间歇声称:史家是不负责任的代名词,他们只不过凭借叙述手段、口气以及虚设的情感,让读到的人信以为真,但他们没有理由比别人对真相知道得更多。

从《灵肉无踪》的被发现以及《武劫考》的写作时间来看,很显然,我父亲从没有读到过这两个文本,因为他在1997年的6月14日就已经去世了。现在,任何出自我父亲他老人家之口的言论皆无对证,这一点正像我们面对《灵肉无踪》的作者刘思让时一样。所以说,我父亲在回忆录《一生有悔》中对于刘思让和他胞兄刘权的叙述,有可能和刘思让在《灵肉无踪》中、李纪钊在《武劫考》中对于刘权的叙述一样远离事实。实际上,我父亲

自己也承认这一点,他在《一生有悔》中写道,过去已经发生的事我们无法了解,未来可能发生的事我们也不能预知,而眼前正在发生的事又往往一闪即逝,所以从某一个方面来说,幻想和揣度就是事实。

1998年秋天,在写作小说《仿佛》的过程中,我无法静下心来阅读父亲长达28万字的回忆录《一生有悔》,只能就书中有关祖先刘思让和刘权的章节有选择地阅读。但在有关两个祖先的叙述中,《一生有悔》的作者竟然推翻了他在两年前对我的讲述,让刘权在那座破砖窑里发了几天高烧之后重新站了起来。《一生有悔》中写道,作者的父亲认为,1858年刘权因为在被马修的追杀中狂奔,连续多日高烧不止,最后死在一座废弃的破砖窑里。而作者的二叔的见解则有所不同,他认为高烧并不足以使刘权毙命,最终刘权又站了起来。从各方面的情况分析来看,作者觉得他的叔叔更有道理。所以,我的父亲就从这个地方接着写下去了,他写道:刘权躺在一孔废弃的破砖窑里,身体下面铺着一些蒿草和地瓜秧,他的白马裤和白缎子夹袄被尘灰和汗渍染透,已经变成泥土的颜色。刘思让听见刘权的喉咙里咕咕作响,他俯下身去,把耳朵贴在刘权的嘴唇旁。他听见刘权的声音像是从很远的地方打着滚儿跑过来。实际上刘权是在念叨一个人的名字,不过这一回他念叨的人不是仇人马修,而是"四婶"。刘权咬着刘思让的耳朵,他是这么说的:还记得四婶的模样吗?刘思让说:记得。我也记得,刘权说,她长得好看,她的名字叫葛长菁。说完,刘权轻柔舒缓地吹了一口气,然后他竟像死去一般沉沉睡去。第二天一大早,高烧像黑夜中的影子一样退掉,刘权精神抖擞地从破砖窑里走出来,那时初升的太阳刚好照着他的鼻尖,突如其来的新生使他欣喜若狂。追兵已不见踪影,刘权和刘思让又可以上路了。

我的父亲在回忆录中叙述刘权和刘思让的事,使用文字很不节俭,他在此处不厌其烦地描写兄弟二人在旷野中狂奔。父亲写道,离开那孔破砖窑之后,刘权和刘思让一路朝着正西方向奔逃。两天之内,他们就经过了银乡、柳林、沙土、东阿等好几个镇子,当然他们根本不敢从镇子里经过,为了躲开可能出现的危险,他们只是站在田野或路口朝着镇子张望罢了。但是,马修决非等闲之辈,他布下的追兵似乎总能够闻到刘权和刘思让的气味。虽然官兵已经有好几天没在眼前出现了,但是走在路上甚或在田野

里耕作的每一个人都令人生疑。比如说吧,在梁山县后集村村东六里叉路口,有一棵长了几百年的老槐树,树下两个农民正在歇晌。刘权和刘思让匆匆经过树下时,刘权向那两个歇晌的农民借火,那两人定睛看了看刘权之后,竟从腰间抽出了短刀。刘权这才知道他们是马修的便衣。说时迟那时快,刘权纵身一跃飞到了那两人身后,用紫霞神功正反两掌拍在他们的背上,那两人口吐鲜血栽倒在地。但是,事情远非这么简单,凭着多年的绿林生涯,刘权断定在整个曹州地界所有交通要口、驿站客栈甚至每一个村庄,到处隐藏着马修的便衣刀客。明枪易躲暗剑难防,一不留神就会惨遭暗算。事已至此,要想活命只好远走他乡了。

万不得已,刘权和刘思让只好青天白日躲在青纱帐里,一人放哨一人歇息,天一擦黑再继续赶路。这天夜里,刘权和刘思让约摸赶了120里路,饥渴难忍时,他们打算在一棵大槐树下吃些东西补充脚力。这时已是凌晨五更,曙色朦胧,长途奔走的疲惫使他们警惕松懈,两个人都沉沉睡去。凌晨的寒意丝毫没有搅扰刘思让的睡梦,在短暂的睡眠中,他的梦却绵延细长。刘思让梦见了自己的童年时代所走过的一条路,那条路在某个地方拐了一个直角形的弯。如果你能够飞起来的话,刘思让在梦中这样想着,从半空中往下看,那条路拐弯的地方就像是一把直角拐尺。在梦中,刘思让看见自己绕过了那把直角拐尺的顶尖,开始走顶尖里边的小道,那是一条被偷懒的人踩出来的短短的小道。但正是这一行动,使他被小道中央的一截树桩绊倒。刘思让看见自己爬起身来,拍拍屁股上的尘土,一点也不觉得有什么奇怪。但是在梦中,他看见自己反复被那截树桩绊倒。等到刘思让从梦中醒来时,太阳已经升得很高了,他想了想梦的内容,不禁惊出了一身冷汗。他用力摇晃躺在自己身边的人,他以为那个人一定是刘权,但那人竟没有一点反应。原来躺在刘思让身边的是一具死尸,它和另一具死尸头顶头一起趴在地上。就在前一天,刘思让曾经见过这两个人,他们是马修的便衣刀客,他们装扮成歇晌的农民坐在大树下企图刺杀刘权,结果反被刘权用紫霞神功正反两掌将他们放倒了。刘思让又抬头看了看槐树,发现这棵大槐树他也还认得。这里正是梁山县后集村村东六里叉路口。刘权和刘思让一夜间走了120里路,天明时却又回到了原来的地方。此时,刘权也从尸体的另一侧醒来。刘思让对他的胞兄说,哥,我们

走了一个 120 里路的大圆圈。

我父亲继续写道，刘权认为大圆圈的出现与梁山、东阿一带的路和地形有关。你不必放在心上，刘权对他的弟弟说，可能是我们还没有摸清梁山县的地形。刘权自己没有把那个 120 里路的大圆圈放在心上，他拽着刘思让的胳膊来到一片地瓜田里，用手挖出生地瓜来填饱肚子。然后，他们找到一条土岗子，在土岗子向阳的一侧半躺下来，开始等待黑夜的再次降临，以便他们继续追赶路程。但是接下来的第二天凌晨和前一天一样，他们约摸赶了 120 里路之后，重新回到了梁山县后集村村东六里叉路口，回到了那棵几百年的老槐树底下。第三天依然如此。写到此处我父亲情不自禁，字里行间竟然显露出幸灾乐祸的得意之色，他称我们的祖上刘权和刘思让遇上了"鬼打墙"。三天之后，刘权坐在那条大土岗子下面，终于找到了他们两人老转大圆圈的症结所在，他发现三天来他们就像推磨一样从出发开始就一直偏左，所以不管走了多远的路最终还是在原地打转转。浪迹江湖的刘权很快就有了灵感，他撕下白缎子夹袄的两只袖筒，把它们盛满沙土后再扎上口，分别捆在自己和刘思让的右腿上。这样一来，他们的右腿失去了力量，就再也不会走出向左转的大圆圈了。黑夜降临，刘权和刘思让右腿捆着沙袋，再次从梁山县后集村附近的一片地瓜田里出发了。果然他们没有再走圆圈。他们走过了单丘、拳铺、双河等等镇子，几天之内一路直抵定陶县。依照刘权的盘算，他们准备路经曹县飞奔中原重镇河南商丘。夜深人静的时候，田野里秋色暧昧，潮气熏人，刘权和刘思让走得很快，弓着背，他们在夜色中辨认着田埂行走，就像是两只在玉米叶梗上有力爬动的虫子。这时刘思让觉得，从他们已经过来的几个镇子和一路上的情势看，来自官兵的危险好像已被他们躲开了。

这一天凌晨，刘权和刘思让靠近了一个村子。连夜的奔走使他们又渴又饿，筋疲力尽。刘权想摸进村子，弄些干粮和盘缠。刘权把他的想法告诉了刘思让，刘思让决定和他的胞兄一起进村。两人朝村子走去时，刘权不禁悲从中来：那么多财宝和女人都扔在了羊山上，这些天来却像兔子一样被人追杀，如今还不得不去做些小偷小摸的勾当，想想昔日的荣华和今日的惨景，真是虎落平川任狗欺啊！刘权情绪低落之下，扯着他的胞弟坐在了街边的碾盘上。在黎明前恍恍惚惚的夜色中，刘权看见，刘思让瘦弱

的身体就像一个意念戳在碾道里。

刘思让屁股刚刚沾上碾盘,就好像一下子再次进入梦中,他觉得这个碾盘和碾道曾经是那么熟悉,熟悉得仿佛自己的屁股也才刚刚离开过它。刘思让使劲拧了一下大腿,然后前后左右四处张望了一阵,发现这个村子不是随便哪一个村子,它正是自己的家乡旧刘庄。刘思让清了清嗓子,自言自语地说:这里就是旧刘庄。哥!停了一下,刘思让又低声对刘权说,这里是旧刘庄。刘权闻听此言大叫了一声,他就像突然明白过来似的,跳起来,然后在原地转了一圈。此地不可久留,刘权对他的胞弟说,必有重兵埋伏。接着刘权吩咐刘思让,让他去家里看一眼妻子和儿子,自己则去他们的母亲那里,给她老人家磕一个响头,然后他们再按照已经计划好的路程,一起逃奔河南商丘。

刘思让气喘吁吁地跑回家。他在打开自己家的柴门时,立时想到了几个月前马修第一次前来拜访他的情景。那时,身着青衣便服、身材挺拔瘦削、面色白净细腻的马修,站在柴门外打拱作揖和他说话,声音温文尔雅。前去开门的刘思让看到陌生的马修,捏着门栓的手略一迟疑,但他还是为马修打开了门。那是初夏的早晨,院子里的地皮潮乎乎的,插花似地长在院子里和墙根下的短秧拉拉草上面挂满了大滴大滴的露珠。刘思让领着马修往堂屋里走,他低着头,看见一些肥大的草叶被马修的高腰马靴踢倒,那些露珠哗哗地滚落下来。几个月已经过去了,现在刘思让想到这些倍加伤感。《一生有悔》写到此处,我的父亲笔锋一转,大谈起 1859 年我们的祖上刘思让在河南商丘街头晒太阳时对于时间的困惑。父亲写道,那时刘思让戴着一顶破旧的麦秆草帽,蹲在大街上朝阳的一侧看自己的脚尖。阳光被草帽的缝隙编织过之后,变得像金光闪闪的豆子一样在他的肩头跳跃着。一只大腹便便的蚂蚁从他的脚尖开始缓缓爬行,然后越过他的脚踝到达膝弯。但刘思让并没有注意到那只蚂蚁,他搂在怀里的算命幌子也已经歪倒,他的双手插在黑棉布夹袄的袖筒里,陷入了对于时间的深深困惑中。我的父亲写道,刘思让觉得时间既可以像他的算命幌子一样歪倒扶它不起,也可以像他的腿一样任意弯曲。每个人都生活在随时空不同而不断改变或不断重复的幻象中,并被这样的幻象所左右。在时间面前一切都不真实;时间本身也是一种不真实的东西。

我父亲谈完时间之后，刘思让已经站在自己家的房子里，他掩上房门后轻轻地闭了一会眼睛。刘思让的妻子和10岁的儿子惊魂未定，他们根本没敢掌灯，他们披着衣裳，影影绰绰地站在屋子一角，不知道应该做些什么。刘思让想走近儿子，拍一拍儿子的脑瓜，但他只是这么想想，他的身体仍然靠着房门。正是这时候，屋里的三个人同时听到了大街上和院门外很多人跑动的声音。那种声音很杂乱，也很单调，是很多人跑动时发出的"咚咚"的声音。刘思让心灰极了，他心想他和刘权终于还是中了马修的埋伏。现在夺门而出已经不可能了，那样身强力壮的官兵会把他拦腰抱住或一刀刺穿。情急之下，刘思让双手握紧了顶门棍，并且高高地扬起来，只要官兵一冲进来，他的武器就会砸下去。这样想着的时候，第一个冲进门来的人已经被刘思让打出了脑浆，那人的身体往前顶了一下，然后像一条盛满重物的麻袋一样脸朝下摔在地上。其他的人也已经冲到院子里，他们的脚步声急切零乱，喊杀声此起彼伏。但是，刘思让很快便扔掉了顶门棍，脸色煞白地看着那个躺倒在屋当门的，他发现那具脑浆迸飞的尸体不是别人，正是自己的胞兄刘权。

院子里安静下来，外面的人似乎知道屋里发生了什么，他们有意等待着。刘思让跪在刘权身旁大约一袋烟工夫，然后抱起他的胞兄走出了屋门。他觉得刘权的身体太重了，那重量几乎要把他压垮。刘权的一条腿还拖在地上，他的鞋根在地上划出一道浅浅的印子。此时天色已经大亮，新生的太阳照到了刘思让的鼻尖，使他的鼻子有些发痒。刘思让抱着刘权的壮硕身躯，狠狠地打了一连串的喷嚏。二十几个官兵围成一个半圆形站在院子里，他们手里挑着的灯笼还没有来得及熄灭，在他们中间，站着面无表情的马修。马修仍然穿着一身青衣便服，脚蹬高腰马靴，在晨光中显得瘦削挺拔。刘思让吃力地走到马修跟前，把刘权的尸体砸在了马修脚下。然后，他低着头站在那里，他看见院子里的地皮潮乎乎的，踩在马修高腰马靴下面的短秧拉拉草已经发黄了。

依照我父亲的叙述，《一生有悔》中的马修没有把刘思让交给曹州府问罪，而是感念诗书同道之情，放了刘思让一条生路。马修对曹州知府言称，刘思让大义灭亲，亲手棍杀胞兄刘权，为民除害，无罪而有功，但刘思让仍然抛妻弃子，从此远走河南，终生未归故里。

大约在我的小说写到"梁山县后集村村东六里叉路口"的时候，刘照华接到一个从河南郑州打来的长途电话。对方声称自己姓马，和刘照华有过一面之交，虽然只有一面之交，但当时却一见如故，他盛情邀请刘照华挤出时间去郑州游玩。如果刘照华能够去郑州的话，那个人在电话中许诺说，他将会在著名的二七广场和刘照华会面，因为他的家就住在这个广场的旁边。那人还说，刘照华手里有他一张名片，任何时候到了郑州都可以打电话给他。当时，刘照华已经放弃了经营多年的生意，一心一意地做起了菏泽地区艺术馆说唱团的鼓书艺人。在那个值得记住的电话打来之前，刘照华正靠着自己家里的一张大桌子，背诵大鼓书《说唐》中"夜打登州小罗成"的台词，所以接电话时他有些心不在焉，哼哼哈哈地接受了郑州人的邀请。放下电话刘照华才想起来，这个郑州人名叫马奔。刘照华的确曾经见过他。那是1997年的深秋，在长白山一个名叫高岗的镇子上，他们一起住在镇政府招待所里，马奔教他玩一种叫做"警察与匪帮"的扑克牌游戏。

　　从郑州打来的这个长途电话，给刘照华的生活带来很大震动。实际上，在高岗镇经历的事才刚刚过去一年多，刘照华不应该忘得这么快。当天晚上，经过长时间的失眠，刘照华认为马奔以及马奔的电话都是命中注定的。他决定在一场重要的演出活动结束之后，就去郑州会一会马奔。在刘照华的想象中，一天深夜他坐上了济南开往西安的515次直快列车，于第二天凌晨5点到达郑州。当他赶到二七广场时，晨曦已经爬上他的额头。这个不大的广场在刘照华的眼中显得狭窄简陋，灰灰的二七纪念塔的尖顶上挂着被附近高大建筑割碎的晨光。刘照华看见二七塔下面有几个晨练的人，而马奔就站在他们旁边。马奔穿着一件深颜色的长风衣，衣领子竖起来，头颅藏在衣服里。他倒背着双手，站在两栋楼房之间一块发亮的天光的背景中，这使他的身材更显得瘦削挺拔。刘照华的脚步迟疑了一下，然后他迂回到广场的一侧，开始从侧面接近马奔。刘照华觉得这样的方式应该更适合自己，他眼睛盯着马奔的侧面，一步一步地靠近这个河南人。这是一个初冬的寒冷的早晨，刘照华呼出的热气在他的鼻尖处变成了一团团的白雾。

　　但是，如果刘照华真的去郑州会一会马奔的话，他必须在这之前找到

马奔送给他的名片,因为那上面印着马奔的电话号码。在那个失眠的夜晚过去之后,刘照华开始翻箱倒柜地找那张名片。他没有放过任何一张硬硬的纸片。他的手指从那些印着张三李四名字的纸片上滑过去,眼前却是1997年深秋长白山之行的一些情景。当时,刘照华和马奔以及马奔的同伴住在高岗镇政府招待所里,他们连玩了四天四夜名叫"警察与匪帮"的扑克牌游戏,这种牌的具体玩法前文已有所交待。四天中,刘照华输掉了所有的牌局,为此他曾经遭受了巨大的精神幻灭。第四天深夜,他们的牌局不欢而散,因为他们手里的54张牌中莫名其妙地少了一张,而且少掉的那张牌的重要性使他们无法随意用一张纸片来充替。刘照华记得,高岗那个寒冷的夜晚,和现在他所做的一样,他和马奔在招待所的房间里翻箱倒柜地找那张丢掉的纸牌。为了找到那张牌,他们砸碎了三屉桌的一只抽屉,还把印有小红字"高招"(高岗镇政府招待所)字样的被褥撕破了。后来,他和那个叫马奔的人来到大街上。马奔企图买到一副新牌,但时置深夜,高岗镇上一片漆黑,所有的小店都已经打烊了。刘照华和马奔在高岗镇的街口上站了一阵,刘照华站在马奔的侧面,他们两人都不说话。寒气像烟雾一样扑过来,刘照华不停地打着寒噤。远处的长白山,无边无际的林海雪原在夜色中若隐若现。

刘照华始终没有找到马奔的名片,因此他想去郑州会一会马奔的计划只好暂时搁一搁了;如果马奔不再次打电话给刘照华的话,刘照华根本无法找到他。回忆总是靠不住的,刘照华对自己说,回忆像女人一样靠不住。也许,马奔压根儿就没有送过名片给他。那些天刘照华面临着一场很重要的演出,他把一天中最好的时间都给了大鼓书"夜打登州"。他围着自己家里的一张桌子转圈,非常投入地背着台词,但在某些时候,比如说在背到一个段落和另一个段落的衔接处时,他就会停下来,略略歪着头站一阵子。实际上,刘照华是在等待电话铃声突然震响起来,他等待着那个名叫马奔的人再次打来电话。在刘照华的感觉中,马奔是从人海中翻出来的一个小气泡,它突然间冒出来,然后突然间又消失了,刘照华等着这个小气泡再次从人海中冒出来。

最后,刘照华等到了一个从济南打过来的长途电话,当然这个电话是我打给他的。我在电话中对他说,我的小说《仿佛》已经写完了,谢谢他把

我们父亲的回忆录《一生有悔》交给我当作写小说的素材,它对我帮助很大。还有就是,小说写完之后,我在翻弄《一生有悔》的纸页时发现了一样东西,当时,我把那几摞线装的稿纸拿在手上抖了一抖,结果那张硬硬的纸片就像一只折断的翅膀一样,从稿纸中跌落到了地上。原来它是一张通常被人们称为"小鬼"的扑克牌,它的背面是一种鲜红的颜色,边角上还印着"郑州新华印刷厂"的字样。

制作一张相片的理由

一

石郎在他从前住过的那条街的街角，发现了一家电脑合成相片的小店，店名叫"梦想成真"。石郎在店门外的橱窗前犹豫一阵，最后还是决定进去看一看。很长时间以来，石郎一直喜欢独自在街上闲逛，以前在几家商场或者大型超市里，他曾经见过几台电脑、三两个人为别人修复或合成相片，有时候他站在人家身后，看着显示器里面的人像慢慢地、不易觉察地改变着，或者是两幅单身的人像渐渐地成为一张合影。石郎觉得这真是很神奇。不过在1991年以前，这个城市里似乎还没有这种用电脑为别人制作相片的小生意。

这家小店的店面大约只有十几个平方米，但收拾得十分干净，墙上挂着一些精制的相框，相框里面是神色各异的男男女女的头像，天花板上安装的几盏小射灯的灯光打在那些相片上面，那些相片就给人一种梦幻似的印象。店面的最里端放着两三台电脑，有两个女孩坐在桌前说笑。看见石郎进来，其中一个高高瘦瘦的女孩站起身来。先生您好，瘦女孩对石郎说。小姐您好，石郎也说。另一个胖一点的女孩问石郎，相片带来了吗？石郎说，没有，没有，我只是随意看看。石郎突然有点慌张，他的双手在胸前摆了几下，想从小店里逃出去。我们这儿做得好，这个时候瘦女孩又说，是这一带做得最好的一家，价格也便宜。石郎沉一沉气，说，噢。

似乎是为了印证瘦女孩的话，石郎的目光再次转向墙壁上那些相片，有一面横长的相框吸引了他。相框里面的相片分三个部分。第一部分是一男一女两幅半身的人像，其中男的大约十八九岁，留中分头，一脸稚气；女的年龄则要大得多，看起来至少三十岁出头的样子，她眼角的鱼尾纹已经

相当明显了。第二部分，两幅单身的人像变成了合影，男的发型略有改变，嘴巴上长出来一圈胡须，目光似乎也显得深沉了；女的变得年轻了许多，嘴角挑起来，正在微笑。第三部分，女的靠在了男人的肩头上，他们的面目仍在改变，变成了十分般配的、幸福和满足的一对。总之，如果只看第三张相片的话，就会觉得这是他们的订婚合影相片，想不到会是两张差别很大的相片合成的。

石郎第二次来到"梦想成真"，身上揣了相片。他把相片取出来，放在胖女孩面前的工作台上。当然，这是石郎自己的一张单人半身相片，相片上的石郎很年轻，瘦瘦的，留着板寸头，眼神中散布着淡淡的怅惘，只是在相片的中间，在画中人的脖子下面，有一道横向的折痕。同时，这张相片的图案很淡很淡的，好像是被长时间搁置在了阳光下。这时候，瘦女孩也过来看石郎的相片，石郎就退后一步，站在两个女孩的后面。石郎踮起脚来，身体轻飘飘的，好像悬浮在了两个女孩的肩头上。胖女孩把相片捏起来，看了看相片的背面，背面用自来水笔写着一行字，不过字迹模糊，似乎被水洇浸过。那行字写的是"1990 年 10 月"。

胖女孩说，这张相片很旧了。

石郎说，这是 1990 年拍照的。

胖女孩说，好像被阳光曝晒过。

石郎说，应该是吧！

胖女孩说，先生没有别的相片了吗？

石郎说，是不是这张相片做不出来？

胖女孩说，那倒不是，我们这儿什么样的相片都能做得出来。

石郎说，我没有别的相片了，只有这一张。

这时候，石郎又从身上取出来一张相片，一只手从两个女孩的肩头伸过去，把相片放在她们面前。相片也是半身的，上面是一个梳辫子的女孩，她也很瘦，给人的感觉好像她大病初愈。相片的图案很淡，好像曾被长时间地搁置在阳光下。像刚才所做的一样，胖女孩把相片翻转过来，看了看相片的背面。这张相片也被水洇浸过，有一块一块的污迹，上面的字迹更加模糊不清，好像是"王玲 1989 年秋"。胖女孩很快又把相片翻正过来，他们三个人再次看相片上的女孩。相片上污迹斑斑，女孩的面目似乎隐隐退

到发黄的相纸里面去了,他们看不出她的确切年龄。但有一个地方他们还是能看清楚,就是女孩脖子的一侧,有一块看上去发亮的疤痕,它像一枚树叶子一样贴在那里。

我想把他们合在一起。石郎指了指工作台上摆着的两张相片说。

"梦想成真"的两个女孩好像很了解石郎的心思,她们并没有抱怨第二张相片的质量,也没有再问石郎别的什么,就开始工作了。胖女孩操纵着鼠标,瘦女孩和石郎坐在她的旁边,看着显示器。当然,胖女孩把石郎和那个叫王玲的女孩的两张单身人像做成了一张合影。胖女孩不停地征求石郎对于合影的意见, 然后再根据他的意见进行修改。大约一个小时之后,两个女孩把合成好的大张相片嵌进精制的相框里,把它交给了石郎。

石郎离开"梦想成真",走到街上,觉得街风有点儿冷,他抬头看看天,有一些很细很细的雨丝扎在脸上,他才知道天在下雨,像雾一样的雨。那张相片装在一只塑料手提袋里,石郎怕相片被雨淋湿,就把手提袋的袋口朝下,把它揣进怀里。从今以后,石郎就拥有了这张相片,这是一张电脑合成的相片,是两个人,是两个人的合影。石郎摸了摸怀里硬硬的相框,他感到相框有点儿凉。这里面是一张纸,石郎又幽幽地对自己说。石郎走在街边的人行道上, 他的目光有些散乱。铺在人行道上的方砖已经被雨打湿了,看上去那上面有一些模模糊糊、零零碎碎的树和楼房的影子。树上往下滴着雨水,有一些发黄的树叶子也落下来了。石郎似乎有点儿分不清季节,他不知道这样的风和这样的雨为什么会在这个时候出现,只是觉得自己的皮肤发紧。石郎还是感到身体轻飘飘的,好像他的身体只有皮肤,皮肤包裹着一团空气,他快要从人行道上悬浮起来了。零零散散的一些人从石郎的对面走过来,从他的肩旁擦过去,他们穿着透明的雨衣,或者打着花花绿绿的雨伞,脸上没有表情。石郎停下来,看着从他身旁走过去的那些人,现在他觉得,那些人的脸和他一样,都像一张纸。每个人的脸都像一张纸。

走过几条街,石郎渐渐地接近了一个地方,这地方在一个十字路口,是一个圆形的街心花园。石郎踏上街心花园小径的时候,看见小径的石板地面上积了一汪汪的雨水,草尖和花瓣上挂着水珠,空气里有一丝青草和泥土的甜味。闻到青草和泥土的甜味,石郎身上一下子放松了许多。可是

街心花园正中央的小亭子已经被别人占领了。亭子下面，有一个男孩和一个女孩依偎在一起，他们正在亲吻。石郎本打算要去亭子下面的，现在他停下来了，不知道自己要不要去打扰他们。石郎站在石板小径上，看着男孩和女孩。那个男孩首先发现了石郎，男孩愣了一下，随即女孩也转过脸来，看了看石郎。然后男孩和女孩又抱在一起，继续着他们刚才的动作，似乎故意让石郎目睹他们的亲昵。石郎迟疑了一下，开始绕着亭子转圈。一个圈子又一个圈子，他的步子又轻又慢，就像电影里的慢镜头回放似的。后来，石郎看看男孩和女孩吻得很投入，不再注意他的存在了，他就硬着头皮走进亭子。

这是我的地方。石郎对他们说。

男孩和女孩受到了惊吓，他们慌慌张张地从亭子里逃了出去。在石板小径上，那个女孩差一点滑倒，她的身体已经失去了平衡，要不是男孩抱住她，她就会重重地仰面摔倒。石郎站在亭子里看着他们，他觉得女孩差点儿跌倒在湿湿的石板小径上以及男孩抱住她的这个动作，似乎是从前某个情景的重复。接下来的情景仍在重复从前，石郎看见斜斜的雨丝包围着男孩和女孩，男孩的一条胳膊圈住了女孩的腰肢，他的嘴送到她的耳朵旁，大概他在对她耳语着什么，或者他什么也没有说，只是用嘴唇亲吻她的耳朵。石郎看着他们，一直目送他们离开了这个街心花园。这是我的地方。石郎说。

现在，石郎有机会坐下来了。石郎从怀里掏出那张相片。这是一张八寸的相片，彩色，压无光膜，富有质感。相片右下角，有一行细圆头黑体字："2001年4月9日梦想成真制"。一开始看到这行字，石郎感到有点儿陌生，这行字好像与现实没有关系，他想了好一阵才明白，今天，这个下着雾一样的小雨的日子，就是2001年的4月9日。石郎用一只手拍了拍脑袋，他觉得自己的确把日子过得有些糊涂了。除此之外，相片的左上角和右上角，分别还有两个数字，不过这两个数字隐藏在相片的背景中，不容易辩认出来，好像是02113和03114。石郎认为这两个数字十分好记，因为它们之间似乎有某种根深蒂固的联系。这可能是电脑留给相片的编号。

石郎看着相片上的两个人，相片上那个女孩细细的眼睛也在看着他。女孩脖子一侧那块伤疤清晰而明亮。刚才，"梦想成真"的胖女孩想把那块

疤痕修了去,但石郎没有让她那么做。我第一次看到她的时候,石郎说,她的脖子里就有这块疤。事情已经过去了那么多年,石郎还是想让那块疤痕留在女孩的脖子里。还是让它留在那里吧!石郎说,我想了又想,觉得还是让它留在那里好。这是一个意外。石郎又说。现在,石郎的手指触摸到女孩脖子里的疤痕,他感到那儿有点儿凉,他又去摸了摸女孩的脸,她的脸也是凉的。也许是自己的手指有点儿凉吧,石郎模模糊糊地意识到了这一点。石郎的手指把女孩的脸和身体触摸一遍,才把相片装回到塑料手提袋里去。他将相片重新揣进怀里,望着亭子外面的雨。雨似乎大了些,风也大了些,马路上开始积水,汽车驶过去,积水溅出好远。石郎看到一幢楼房,向风的一面已经被雨水淋得湿重,而背风的一面没有接到雨水,灰灰的显得发亮。那是一幢公寓楼,有一排一排的晾台或者窗子把墙面分割开来,其中有一扇窗子的玻璃上贴着两块红纸,也许那是两个用红纸剪出来的字,石郎看不清楚。石郎的眼睛渐渐地模糊了,什么东西都看不清楚,远处的楼房、树木全是灰蒙蒙的。石郎觉得自己的身体像鸟一样滑翔在空中,在雨雾中穿行。啊,啊,石郎打算像某种鸟类那样叫出声来,但他的嗓子似乎被什么东西粘住了,没有发出声音。啊,啊,啊,啊,石郎在心里说。

第二天,石郎又来到"梦想成真"。这一次石郎是来退货的。天气已经晴朗,可是石郎的脸色阴沉沉的,动作也显得很僵硬。两个女孩都在忙,店里还有别的客人。石郎的相片仍然揣在怀里,他把相片从怀里取出来,放在那个胖女孩面前,同时石郎还要求那个瘦女孩放下手上的工作,过来一起看他的相片。你们仔细看看,石郎说,看看这张相片有什么毛病。两个女孩就俯下身去,很认真的样子,把那张相片审视了一阵,然后她们站直身子,朝石郎摇着头。店里的两个客人现在也在看着石郎。你们再仔细看看,石郎说,看看毛病出在哪儿? 那两个女孩又看了一阵相片,还是朝石郎摇头。这时候石郎有点儿沉不住气,他气乎乎地指着相片上的男人说,我觉得这个人不像我。

我的眼睛没有这么大。石郎说。

鼻梁没有这么直。石郎说。

下巴也没有这么漂亮。石郎又说。

那个胖女孩耸了耸肩。可是,我在做这张相片的时候,根本没有动过

三维。胖女孩说，你的面目怎么可能改变呢？再说了，当时你坐在旁边，每个地方都是和你商量过的。胖女孩又说。

反正这个人不像我，石郎说。

这些还不算，石郎继续说，这张相片最大的毛病还不在这儿。

接下来，石郎说话有点儿结巴，他突然间无法流畅地表达自己的看法了。石郎颠三倒四地说了一些话，他的意思是说，什么眼睛、鼻梁、下巴，这些根本就是无所谓的，是次要的，其实他并不是对这些地方不满意。他也不懂得胖女孩说的什么三维，以前他没有见过。最后石郎说，相片上那两个人头之间有一道缝，那道缝是怎么回事呢？石郎用手指点了点他说的那个地方。相片上的两个人头像靠得很近，但并没有贴在一起，他们中间的确有一道窄窄的缝隙，但不知道为什么，那道缝隙有一点点发亮，和虚虚渺渺的背景有些不同。这个地方有点儿发亮，石郎说，让人觉得很不舒服，它看起来像是一条小路。

你说它像什么？胖女孩说。

像一条小路。石郎说。

你的想法很怪。胖女孩说。

本来嘛！石郎说。

胖女孩又耸了耸肩。

你把那条小路做掉吧！石郎央求她。

可能胖女孩怕耽误自己的生意，就答应了石郎的要求。她让石郎坐下来等等，等她忙完手头的工作，就可以重新为他制作一张相片。石郎坐在一把木椅子上，看着店门外的车辆和行人，他觉得外面热闹忙乱，而他自己坐在这里，显得清冷。外面的阳光也很零乱，似乎天上正在下着阳光的碎片。石郎就这么枯坐着。有一阵，他感觉好像找不到自己的身体了，像做梦一样，他的身体化成了一团水，洇在地板上；或者像是变成了一缕雾，飘散在房间的各个角落。后来他费了好大劲，才挪动自己的手，他用手掐一掐大腿，终于找到了身体。这时候，石郎看见店门外走过去一个人，是一个老人，白发、驼背，穿一身早已经过时的老蓝色中山装。这个人很像是管理员老艾。但如果是管理员老艾的话，不知道他怎么走到这条街上来了？石郎突然有点儿慌张，他的双手在胸前摆了几下，想从"梦想成真"里逃出

去。那个胖女孩却在叫他。胖女孩已经做完了相片,她正在把石郎的相片从相框里取出来。石郎走过去,把胖女孩手中那张硬硬的纸抢到自己手里。算了,算了,石郎说,既然已经这样了,就算了吧!石郎拿着那张相片,匆匆忙忙地离开了"梦想成真",在店门外,他又说,算了吧,算了吧!石郎把相片从中间的地方慢慢地撕开了。石郎撕相片的时候,相纸发出刺刺拉拉的响声。在石郎听来,那声音很尖锐,他像是在撕裂自己的皮肤。

二

有一天下午,玉顶山公墓管理员老艾例行巡查的时候,在一块编号为02113的墓碑前端详了很久。墓碑上刻着"王玲之墓 1967-1990"一行字,墓碑的顶端嵌着一块扑克牌大小的玻璃,玻璃下面是一张女孩的相片。相片上的女孩梳着辫子,眼睛细细的,看起来人很瘦,好像是大病初愈。天长日久,日晒雨淋,相片的图案已经很淡了,相纸有点儿发黄。编号为02113的墓碑和其他的墓碑没有什么不同,管理员老艾注意到它,是因为这块墓碑下面的草丛里,一块石头压着另外一张相片。老艾迟疑片刻,才把石头拿掉,捏起相片。这张相片上面是一个男人,也很瘦,留着板寸头,目光迷离。但男人的这张相片,明显的是从另外一张大一些的相片上撕下来的,撕裂的一边痕迹还是新的。相片也很新,好像刚刚洗出来。管理员老艾看了一阵男人的相片,用舌头舔舔嘴唇,又把相片放回到原来的地方,再用石头把它压好。

半个小时之后,管理员老艾仍在巡查公墓,在公墓另外的一个区域里,老艾看到了一块编号为03114的墓碑,他一下子就愣住了。现在老艾看到的这块墓碑,上面刻着"石郎之墓 1965-1991"一行字,墓碑顶端也嵌着一块扑克牌大小的玻璃,玻璃下面是一张男人的相片。毫无疑问,管理员老艾刚刚看见过这个男人,他的脸型很瘦,留着板寸头。只是墓碑上面的相片,图案很淡,相纸发黄,上面有一些污迹。在相片的中间,在男人的脖子下面,还有一道横向的折痕。同样的,这块编号为03114的墓碑下面的草丛里,一块石头压着另外一张相片,那上面是一个瘦瘦的女孩子。很明显,女孩子的这张相片,也是从另外一张大一些的相片上撕下来的,撕

裂的一边痕迹还很新。管理员老艾刚刚也见过这个女孩子。刹那间,老艾把半个小时之内注意到的两块墓碑联系在一起,这时候他让自己的脸转向一边,去寻找那个女孩的墓碑。实际上,那个女孩的墓碑离这个名叫石郎的男人的墓碑很近,充其量不过 30 米,只是他们两个不属于一个区域,他们中间隔着一条小路。

大约在这一天临近黄昏的时候,公墓管理员老艾把两片被撕开的相纸慢慢地放在一起,他把撕裂的边缝对齐,在四角各放一块小石片。这样,公墓管理员老艾就把那个女孩和那个男人的人头像放成了一张合影。老艾做这个工作的时候,盘着腿坐在两块墓碑之间的那条小路上。山里很安静,只有风声。太阳已经落山了,西边天上有几块云霞,那些云霞把山上的石头染成了金黄色。老艾坐在那里,背似乎驼得更加厉害了,他的白头发被风吹起来,像冬天的蒿草一样一起一伏。老艾长满了老人斑的手摸了摸那个女孩的脸,然后又摸了摸那个男人的脸,他觉得他们的脸有点儿凉。直到现在老艾才注意到了相片右下角的那行字,印的是"2001 年 4 月 9 日梦想成真制"。看到那行字以后,公墓管理员老艾嘿嘿嘿嘿地笑出了声。

三

王玲,山东省济南市人,中专毕业,生前为济南市槐荫区桑下幼儿园老师,寿年 23 岁。石郎,本名石庆军,山东省郓城县人,自幼父母双亡,无业,生前为流浪诗人,居济南市,曾出版诗集《红黄蓝》,寿年 26 岁。二人相识于 1990 年春天。当年秋天,王玲患白血病死于山东省省立医院,又 153 天,石郎割腕自杀。

塞纳河的春天

第二厅的罗歇中尉离开巴黎的营地,搭乘一条市政游艇,沿着塞纳河西行。这是 1917 年 4 月下旬一个晴朗的上午。游艇开到巴黎西郊的时候,阳光似乎比在市里更加充足。罗歇站在甲板上,看到塞纳河北岸那些绿蓬蓬的树木和几幢灰色建筑物在阳光下有些颤动,它们像是立在清澈明亮的水里。游艇上人不多,有一个老人和两个中年妇女站在船尾,身体倚着护栏,看着身后被螺旋桨犁开的河水。五六只燕子追着游艇尾部的几穗流苏,在扇形的水纹上面上下翻飞。这一年的春天,离战争结束还有一年多的时间,巴黎以北各省不断地修筑防御工事,陆地战此起彼伏。可是在巴黎,在塞纳河两岸,春光竟然如此明媚,空气中没有一点儿硝和硫磺燃烧过后的气味。

罗歇刚刚在比利时住了四个月,回来之后,他因为获取了德军的重要情报,受到上司的嘉奖,得到一周时间的休假。现在,站在游艇甲板上的罗歇感到周身有一种摆脱不掉的疲惫,似乎有一股力量从脚底拽住他,使他的双腿觉得酸软和沉重。不过,罗歇已经打算好了,他要利用这一周时间的假期,好好地放松一下自己。

中午,游艇停在离巴黎西郊大约 35 公里的一个小镇的码头上。罗歇就从这里下了船。这个小镇名叫里兹,只有两条街,总共不到一万人口。镇子里显得平和而安静。罗歇靠着开铺子的当地人的指点,来到了紧靠着塞纳河的那条街,这街上有小镇唯一的一家旅馆——里兹旅馆。罗歇在旅馆的楼上租了房间。当然,在旅馆的登记处,他所使用的证件上的名字并不叫罗歇,而是叫亨利杜勒,身份则是巴黎哈瓦斯通讯社的记者。

罗歇在房间里洗了一把脸,换了件衣服,下楼来到餐厅用午餐。餐厅里用餐的人并不多,十几张红木桌子,只有三四张桌子边坐着客人。偌大

的一个椭圆形餐厅显得有点儿冷清，几个穿着白衬衣、打着黑色领结的中年男性侍者，直挺挺地站在餐厅的角落里，无事可干。罗歇挑了一张靠窗的桌子坐下来。这时他才发现，他的邻桌坐着一位金发姑娘。

这个姑娘有着一双大大的、又显得十分忧郁的蓝眼睛，金色的长发拢在脑后，穿一件蓝色上衣，脖子里系着一条和她的头发一样颜色的纱巾。她独自一人坐在那儿，目光有点儿躲闪，她不时地低下头来，望着桌上的盘子，两只手轻轻地扣在一起。她似乎并没有认真看一眼罗歇，或者说没有注意到罗歇已经在她身边不远的地方坐下来。可是感觉告诉罗歇，他们两个人之间，对于对方的出现，双方都十分敏感。有那么一瞬间，罗歇觉得这个姑娘很像他过去见过的一个人，尤其是她的似乎有点儿惶恐的神情和忧郁的蓝眼睛，都像那个他曾经见过的人。不过，这个想法闪过之后，他很快摇了摇头，嘴角上挂着一丝苦笑。罗歇觉得，自己在比利时的那四个月也许过于紧张了，现在还不能够做到完全放松，他不得不再一次告诉自己，他正在一周时间的休假期间，在战事的后方，他到里兹，是来享受生活的。

这样，罗歇一边慢慢地进餐，一边不时地朝那个姑娘张望。实际上，他和她之间的距离至多只有三米远，中间是两张红木桌子的平面，他面对着她。她也不像刚才那样局促不安了，不过羞涩还挂在脸上。当他们的目光相遇时，罗歇举杯向她致意，而她则羞红了脸，不好意思地笑。这一顿饭他们吃了很长时间，直到餐厅里不多的进餐的人都渐渐离去。但是，罗歇并没有去注意别的人，实际上自打他发现邻桌的姑娘以后，餐厅里其他的人都已经不存在了。饭后，罗歇终于站起身走到那个姑娘的身边，向她提议两个人一起喝点咖啡，她点点头，居然同意了。

现在，罗歇和那个姑娘坐在一张桌子旁，他们的距离一下子拉近了很多。两杯热咖啡放在他们面前，咖啡杯是造形别致的银器，罗歇用勺子轻轻搅着杯中的液体，银器便时而发出叮叮的响声。姑娘纤细的手指也轻轻捏着勺子，做得和罗歇一样。交谈中，罗歇知道面前的姑娘名叫莎丽，是巴黎一家商行的女秘书，也是当天上午乘坐市政游艇来到里兹的。莎丽说，巴黎的喧闹浮躁让她无法忍受，奔赴战场之前的大兵在那儿拼命寻欢作乐，恣意放纵眼前生活，而她的父母住在靠近比利时的阿登省，因为离战

场太近她无法回去看望他们。这一次来里兹,计划中有她的女友玛格丽特作伴,但玛格丽特因遭到家人的反对而未能成行。莎丽说话时音调不高,吐字的频率也很慢,罗歇听着莎丽说话,就像夏夜听小河潺潺的流水。

"今天上午,"罗歇望着莎丽的眼睛说,"我们也许呆在同一条游艇上。"

莎丽浅浅地一笑,"也许吧,可我一直呆在包厢里,所以没有见到你。"

罗歇又说:"也许我就住在你的隔壁,我是说在这家旅馆里。"

果然就像罗歇说的一样,莎丽也住旅馆的楼上,就是罗歇隔壁那个房间。楼上那几个房间一律朝阳,推开窗子,就能看到塞纳河堤岸上成行的旱柳和悬铃木、河道里的驳船和游艇,以及半边缓缓西去的浅棕色的河水。

罗歇说,和莎丽一样,他也讨厌巴黎的喧闹和狂热,才来乡下休息的。而且,他也受不了遍布在巴黎所有街道里的那种臭烘烘的气味,从气味上来说,巴黎是欧洲最臭的城市。当然,罗歇告诉莎丽他是哈瓦斯通讯社的记者,名叫亨利杜勃。接着,罗歇像刚才那样望着莎丽的眼睛,对她说:

"见到你,我觉得我的假期也许不像预料的那样平淡乏味了。"

莎丽的双颊羞出两片红云,她望了罗歇一眼,低下头,盯着杯子里的咖啡,然后又慢慢地说,她有一个很年轻的叔叔,就是她父亲的小弟弟,长得非常高大,英俊,才刚刚 26 岁,可他在阿登省的一次战役中牺牲了。这一次,莎丽反过来望着罗歇的眼睛,对他说:

"你长得很像他。"

下午,罗歇和莎丽结伴到镇子上转了一圈。镇子的两条街上商铺林立,街两边还摆着很多露天的小摊,卖一些各色各样的水果和从塞纳河里打捞上来的活鱼。罗歇有意看一看这儿的民风民俗,或者哪怕是仔细闻一闻这儿略带腥味的潮乎乎的空气,但莎丽走得很快,罗歇跟着她的步伐节奏有些吃力。当时罗歇还在想,莎丽走路时那么急切,可是她说话却慢条斯理,简直不像是一个人。莎丽还不停地东张西望,似乎在寻找什么东西,直到他们走进一家专卖根雕艺术品的铺子,她才算安静下来。在那家卖根雕的铺子里,莎丽磨蹭了很长时间,她拿起一件又一件根雕,用纤细的手指摩挲它们。她还向店铺的老板请教了一些问题,比如说这些根胚来自于

什么地方,制作这些根雕的又是什么人等等。最后,莎丽喜欢上了一件名为"小胡子"的根雕作品。这件作品的形象很像一个刚刚学会走路却又很顽皮的小男孩,在他的前面也许有什么东西正在强烈地吸引着他,他打算扑过去,但是有一双大手从后面扣住了男孩的腰,正在有力地拖住他,那双大手似乎是从男孩脚下的土地中突然生长出来的,所以小男孩的前扑动作和那双大手对他的钳制,使得这件作品有着一种内在的张力。可笑的是,小男孩的下巴上长着一小撮山羊胡子,而且那撮胡子还很神气地翘起来,十分逗人喜爱。看到"小胡子",罗歇也笑了,他终于忍不住掏钱将它买了下来,然后送给莎丽,作为他给她的见面礼。

走出里兹那条不算长的街,罗歇和莎丽沿着一条小道来到了塞纳河堤岸上。他们沿着河堤往西步行,离里兹镇越来越远。莎丽的手掌上托着"小胡子",她在不停地笑,笑的样子很开心,还很神气,就像一个不知忧愁的孩子。河漫滩上长满了各种叫不出名字来的小灌木和水草,青草棵里还夹杂着一些野生的玫瑰、鸢尾和郁金香,那些血红、淡紫、浅蓝和白色的小花旁,飞着忙碌的蜜蜂和悠闲的蝴蝶。在这样的情景中,罗歇感到自己的脑子有点儿迷乱,一方面,莎丽让他想到了自己的童年,他在约纳省度过的似乎是一片空白的童年,另一方面,他却不能够知道,身旁这个名叫莎丽的姑娘,为什么要和他走在一起。

但是,罗歇仍然兴致很高。在远离里兹镇大约三公里的地方,罗歇突然无法控制住自己,他停下脚步,把莎丽揽进怀里,俯下身子和她亲吻。然后,他们两个人躺到河漫滩的草丛里,望着天上的白云。罗歇点燃了一支香烟,他吸了浓浓的一口烟雾,再一点一点地把它们吐出来,罗歇吐烟的时候这么想,自己在比利时的那些日子,已经远去了,的确已经远去了。他看见莎丽把一块手帕搭在了额头上,遮住眼睛,她的两只手轻轻地扣在平坦的腹部,她的胸脯微微起伏着,她的脖子又细又长而且像玉一样光洁,她的两片面颊又现出了潮红。他还闻到了来自莎丽身上的一股气味,很芬芳的、不同于玫瑰花香味的体香。罗歇支住身子,用手指尖触了触莎丽的脖子,对她说:

"莎丽莎丽。莎丽。莎丽。莎丽。"

停了片刻,莎丽也像罗歇那样说:"亨利。亨利。亨利。亨利亨利。"罗

歇和莎丽紧紧地抱在一起。

回到里兹镇以后，罗歇和莎丽一起吃了晚饭，然后又沿着塞纳河的堤岸往东散步。大约快到夜半的时候，他们才回到旅馆。旅客都已经入睡了，旅馆里很静。两个人轻轻地上楼，罗歇随着莎丽走进了她的房间。那一晚的月光非常明亮，莎丽房间的窗子大开着，月光就从窗口里泻进来，还有一股塞纳河上飘过来的带一点儿腥味的潮气，随月光一起进来，在房间里弥漫着。罗歇和莎丽站在房间的中央，站在那块被月光照亮的地方，他们一声不响，相互为对方脱去了衣服。在月光下，莎丽白皙得近乎透明的肌肤让罗歇晕眩。他把她抱起来，轻轻地放到床上，他自己高大的身体也贴了上去。

"AHICHLIEBEEICE！"

莎丽搂紧了罗歇的脖子，高声喊叫着。

突然，罗歇感到周身的血液像凝固了一样，一下子僵在那里。许久之后他终于松开了莎丽，跳下床，打开灯，开始慢慢地穿衣服。

"这到底是怎么回事，亲爱的？"莎丽并没有意识到自己脱口说了一句德语，现在她用白色的被单裹住身体，小心翼翼地问罗歇，"你是在逃避什么吗？"

罗歇系着裤带，神色有点慌张，"我出去买包烟，半小时后准时回来。"他顿了顿，又说，"如果我回来时，你还在旅馆，我只好逮捕你，把你送给里兹镇的警察。"

说完这些话，罗歇仔细看了一眼床上的莎丽，他想知道莎丽的反应。他看见莎丽端坐在床上，一只手抓住被单的一角，按在胸脯上，另一只手的两个手指压住嘴唇，似乎是在告诉他，要他安静下来。在灯光下，莎丽裸露在床单外面的肌肤呈现出一种令人迷乱的粉红色。罗歇以为，听了他的话，莎丽的反应会很剧烈，可他看到的根本不是那个样子，他有一种奇怪的感觉，他觉得莎丽很平静，平静得就像一朵粉色的鸢尾花，静静地开放在一片洁白的沙土上。这一瞬间，罗歇又觉得坐在床上的这个姑娘很像他过去见过的一个人，尤其是她的似乎有点儿惶恐的神情和忧郁的蓝眼睛，的确很像那个人。

这到底是怎么回事？罗歇心里这样问自己。

大约一个月前,也就是 1917 年 3 月下旬的某一天,在布鲁塞尔的拉萨尔大剧院里,罗歇奉命逮捕为德国效力的女间谍萨拉。她的代号是"H17"。

　　当然,在布鲁塞尔活动期间,萨拉化名为玛丽,她的身份则是来自巴尔干半岛的舞蹈家。当时,化名玛丽的萨拉在拉萨尔大剧院连续演出十几场,她的舞姿很快震惊了布鲁塞尔的上流社会,很多商贾和政界要员都争着与女舞蹈家玛丽相识。据说,玛丽总是愿意和她所认识的男人们上床,而且,她总是能够在这些大床之间游刃有余。

　　1917 年复活节这一天,《布鲁塞尔日报》用了一个整版的篇幅介绍舞蹈家玛丽演出时的盛况。文章说,拉萨尔大剧院的舞台上飘着一片"淡淡的紫色烟雾","一位东方装束的女郎跳起了富有表现力的印度舞";文章形容玛丽像"微风中的紫罗兰"和"春日下的金环蛇",还有她的"忧郁的蓝眼睛半睁半闭,迷迷朦朦,充满诱惑"。一些观众冲动地高喊着她的名字:玛丽! 玛丽! 玛丽!

　　《布鲁塞尔日报》所描述的这一场演出,当时罗歇就坐在台下。罗歇听到周围的观众高喊"玛丽"的时候,心里有一种怪怪的感觉。他知道在台上跳舞的这个女人并不叫玛丽,而是叫萨拉;也许她连萨拉也不是,而是"H17"。在这之前的几天,"法国第二厅"设在巴黎的总部发给罗歇一些有关"H17"的资料,这些资料说,萨拉是德国海军的"千里眼"和"潜望镜",两个月前,她曾以同样的身份和同样的化名在巴黎演出数十场。资料中还有两份《巴黎日报》,那上面有"H17"在巴黎演出时的情况。令人惊奇的是,《巴黎日报》竟和复活节那天的《布鲁塞尔日报》一样,用"紫罗兰"以及"忧郁的蓝眼睛"等等词汇来描述她。巴黎总部发来的资料还说,"H17"所使用的最具威力的武器就是她的美貌,她不停地和巴黎的一些军政要员享受床第之欢,可是,当她在床上和各种各样的大人物消魂的时候,协约国的很多战舰却正在下沉。法国海军贝特罗号巡洋舰出海不久即遭到攻击,这艘"海上巨无霸"连同舰上的数百名法国水兵一起沉入大西洋海底。贝特罗号的沉没与萨拉有着直接的关系。巴黎总部派给罗歇一个由两人组成的行动小组,交由罗歇指挥,他们三个人负责逮捕萨拉,并把她押回法国。现在,罗歇在台下看着萨拉演出的时候,另外两人正等在布鲁塞尔

东部一条名叫"朗利"的小街上,那儿是萨拉从剧院回旅馆的必经之地,他们就打算在那儿逮捕她。

罗歇记得那天下了小雨,他租了一辆马车去拉萨尔大剧院,从马车里下来,那些细得像雾一样的雨丝密密麻麻地扎着他的脸,让他心里升起一种忙乱的感觉。很多日子之后,罗歇心里这种忙乱的、似乎是细密的雨丝扎着脸的感觉还依然挥之不去,即便是在晴朗的、春风拂面的日子里也是这样,这使他觉得这一年的春天格外漫长。比如说后来在小镇里兹,罗歇和一个名叫莎丽的姑娘走在塞纳河长满各种青草和野花的河漫滩上,那时在他的感觉中,金黄和透明的阳光中就有那种像雾一样又细又密的小雨,下个不停。

当时,罗歇坐在拉萨尔大剧院第二排偏左的一个位子上,从他的位子往台上看,能够真切地看到"H17"上台时迈出来的一条腿。罗歇在心里统计了一下,她上台时总是最先迈出左腿,而且总是把迈出来的左腿在半空中停顿一下,然后才碎步走上前台。罗歇觉得她的腿优美修长,在白色的纱裙里面若隐若现,她舞动时,两条腿搅得纱裙波光粼粼。她穿着一双紫红色的舞鞋,脚很小,平时大概只穿36码的鞋子,这使她的舞姿显得极其轻盈。在罗歇的想象中,"H17"裹在红舞鞋中的10个脚趾,肉色丰满而富有弹性,趾甲上都涂了紫红色的蔻丹,它们就像是10颗熟透的樱桃。但是,这样一双小巧的脚,罗歇在心里想,不知曾被多少男人抚摸过或者亲吻过。大概没有什么男人能够抵御得了"H17"的性感,这几乎是一种宿命。作为她的同行,即便是敌对的同行,罗歇认定她从床上获取情报的才华和她的美貌一样与生俱来,她将被写进他们这个行当的史册中。

实际上,在拉萨尔大剧院,罗歇并非是第一次看到"H17",一周之前,当声称从巴尔干半岛而来的舞蹈家玛丽刚刚来到布鲁塞尔的时候,罗歇就在中心大街的一家珠宝行门口见到过这个女人。那时候,巴黎总部的资料还没有传过来,所以罗歇并不知道他遇上的美人就是"H17"。当然,那天也没有下那种又细又密的小雨,上午10点钟,初春的阳光洒在马路北岸一些商行的门脸和门前的台阶上。罗歇忘了自己为什么站在中心大街的那家珠宝行门口,只记得他看见一辆漆成古铜色的马车停在街旁,马车里下来一位美丽得令人惊悚的女人,还有两个随从跟在她的身后。她穿着

紫色的衣裙，缓步走上了珠宝行门前的台阶。当时，罗歇站在台阶的上端，他俯视着走上来的女人，他先是看到裙裾下面隐隐约约的一双小巧的脚，然后又看到了她的丰满的胸部，她的裙口开得很低，两只乳房几乎要蹦出来。罗歇看见她的左乳上有一颗豆粒大小的黑痣，它点缀在一小片洁白泛红的皮肉中显得是那么神奇。然后，她来到罗歇的近前，离罗歇在一米的范围之内，她的脚步停顿了大约一秒钟，朝罗歇笑了一下。她的笑有点儿奇怪，她笑的时候脸上似乎还满布着惶恐的神情，她有一双忧郁的蓝眼睛，像两眼深深的洞穴，仿佛要把罗歇吸进去。这时候的罗歇突然间感到自己的眼睛湿润了，就要哭起来。

　　拉萨尔大剧院的这个夜晚变得扑朔迷离。演出的上半段，时间过得异常缓慢，剧院里的空气粘稠，在罗歇忙乱的思绪中，外面的细雨和台上的淡淡的烟雾混为一谈。演出的下半段刚刚开始，罗歇突然起身离开了自己的座位，他从侧门走出来，再一次站在细雨中。罗歇扬起脸，闭上眼睛，让那些细小得像蠓虫一样的雨丝扎着自己的皮肤。这样停了一会儿，罗歇迁回到了后台。他从后台一旁的小侧门进去，停在一块帘布的后面，这个地方正巧能够看到台上的开阔地带，看到正在台上舞蹈着的"H 17"。在这之前罗歇还没有过站在后台看演出的经历，所以现在，他所获得的这个角度使他兴奋不已。音乐似乎渐渐进入了高潮，台上的女人正在不停地旋转，她的长长的白纱裙被风鼓起来，像一把撑开的伞，她的修长的腿和小巧的脚急促而富有弹性地倒换着。紧接着音乐戛然而止，舞蹈的女人轻柔地坐在地上，白纱裙的下摆被铺成一个大大的圆形，她的脸也埋进臂弯里。灯光变得暗红，舞蹈的女人裸露在白纱裙外面的肌肤呈现出令人迷乱的粉红色，她就像一朵粉色的鸢尾花，静静地开放在一片洁白的沙土上。

　　剩下的时间过得很快，似乎是在一瞬间，"H 17"的演出结束了。台下的掌声像潮水，一波又一波，幕布合上又被拉开，她只得三番五次地谢幕。罗歇离开那块帘布，潜伏到一条狭窄的过道里，躲到灯光的暗影处。这个过道，是"H 17"下台后回到化妆间的必经之地，罗歇会在这个地方堵到她。这时候，罗歇心里没有意识到自己的行为有悖于事先的计划，计划中，"H 17"将在"朗利"街掉进法国二厅的罗网，事实上在这个晚上，罗歇的两个同事一直等在"朗利"街的细雨中。现在，罗歇站在拉萨尔大剧院后台的

-119-

过道里,他的 10 根手指都在颤抖,头皮一阵阵地发麻。终于,舞蹈的女人出现在过道的另一端,她迈着显然不同于台上的懒散的步子,两只手放在腰际处,她的纱裙出现了透明的效果,背后的灯光勾勒出她身体的柔美曲线,这样的幻景好像是罗歇多年前的一个梦重新向他走来。罗歇张开了双臂,他似乎是想用这个夸张的动作挡住女人的去路,又似乎是要去拥抱她。当她来到近前的时候,罗歇撞上去,把她挤得贴在墙上,两只臂膊收拢圈住了她。

"你是谁?"女人在他的臂弯中仰起脸来说,"我好像在哪儿见过你。"

罗歇的双手还在发抖,它们好像要抓到什么东西,但却抓不住。罗歇索性用两只小臂勒紧了女人的腰,他喘着粗气,自己的身体也弯成了弓,就像要对女人施暴的样子。女人闭上了眼睛,嗓子里发出低低的呻吟声,同时她的身子像一条丰满的蛇一样摆动。罗歇拥着这个女人,感觉像是拥着一条流动的水。片刻之后,罗歇长长地叹了一口气,同时他腾出右手来,用力握紧了女人那只长着黑痣的乳房。她却异乎寻常地迎合着他,她就像一片叶子,遇到阳光的时候急于把自己展开。她的手也开始在罗歇的身上摸索起来,她的手就像精细的犁耙,在他雄性十足的躯体上犁来犁去。她就那样闭着眼睛寻找罗歇的嘴,一只手搬着罗歇的脖颈,把自己的朱唇印了上去。一股甜丝丝的气息马上像小虫子一样爬向罗歇的舌根,他用双手捧着她的头,他的手掌感觉到,在她的后脑勺那儿,有一根动脉正在突突地跳。他把手移动了一下,10 个指头圈住了她的脖颈,她的脖子上,有两根动脉正在突突地跳,对他的手掌形成强劲的冲击力。他们的舌头纠缠在一起。来吧,来吧,罗歇在心里喊道,来吧来吧来吧!

但是,这次长吻似乎耗尽了罗歇所有的精力,他的舌根发酸,眼皮发涩,身体有一种下坠感。接着,他的舌头离开了女人的舌头,身体慢慢地滑下去,在他的身体下滑的过程中,他的双手企图再次抓住女人的乳房,可是这一次没有成功,最后他的两膝着地了,他跪在女人面前,两只手臂无力地抱住女人的大腿,脸贴在她的小腹上。这时候,他觉得自己想要睡觉了,他就要睡去,或者说他就要死去。"你是谁?"罗歇隐约听见"H 17"在说话,"你喜欢我,是吗?"

罗歇提前结束了在小镇里兹的休假,返回巴黎的营地。看到罗歇这么

早回来,他的同事都很吃惊,他们认为他一定遇到了什么不顺心的事。罗歇脸色灰暗,头发乱蓬蓬的,只这么一天的时间,人就瘦下来一圈,他走路的时候两腿发软,似乎他的腿不足以支撑沉重的身体。可是罗歇找到他的上司,要求取消休假,马上投入工作。罗歇企图通过一些新的工作,很快忘掉他在小镇里兹所遇到的事,可是实际上这么做非常困难,他的眼前始终晃动着一个穿着蓝色上衣的姑娘的影子,还有里兹镇那家旅馆房间里水银泻地般的明亮月光,以及来自塞纳河河道里的那种新鲜的腥味。那儿河漫滩上各种各样的水草、野生的红玫瑰和粉色的鸢尾花,在巴黎香榭丽舍大街和耶拿桥,都是看不到的。

三天之后,大约是在傍晚的时候,营地发生了一件事。一个下级军官匆匆来到罗歇的办公室,向他报告说,两个士兵在市东郊的一家旅馆里抓到一个女间谍,她企图从一名骑兵军官那儿窃取情报,结果是自投罗网。当时的情况是这样的,在市东郊红兔旅馆,这个女人和一名骑兵军官住在一个单人房间里。可能那名军官对她的真实身份已经有所察觉,就假装喝醉了。她问他们营驻扎在什么地方,属于哪个师?骑兵军官证实了自己的怀疑,就故意拖住她,设法让一个朋友去找在旅馆门外站岗的士兵。士兵逮捕了她,搜了她的皮包,她的身份证明上写的名字是卡琳娜,可是实际上这肯定是她的化名,也许她的真实姓名他们永远不会知道。另外,士兵还在这个女间谍的皮包里发现了一个蓝皮的小本子。

下级军官把蓝皮小本子交给罗歇,罗歇翻开本子,见上面记有法国部队的番号和一些军官的名字,以及一张巴黎市郊和北部各省的地图。这张地图上,用德语地图中常用的箭头和符号,标有法军各司令部的名称。在蓝本子的最后一页上,有和柏林联系的地址。罗歇把本子合上,然后再一次打开,这一次,他在那一连串法国军官的名字当中,发现了自己的名字:罗歇。自己的名字以及其他军官的名字,都是用那种笔划很细的自来水笔写成的,墨迹发青,字体清爽、乖巧,甚至还有一丝犹疑或者惶恐。看到自己的名字之后,罗歇苦笑了一下,嘴角往上抽了几抽。凭一种直感,罗歇觉得这个被抓获的女间谍可能刚刚出道,还没有多少经验,如果她长得很漂亮的话,就更是可惜。

罗歇随下级军官走出房门,他看见那个女间谍就站在门外的台阶一

旁,两个士兵反扭着她的臂膊。她穿着一件蓝色上衣,由于两只臂膊都被拧在身体后面,这使她的前胸看起来丰满得有点夸张。她的蓝色上衣最上面的两只钮扣已被挣掉,露出里面肉色的内衣。她的身材苗条而又小巧,一头金色的长发盘在脑后,脖子里系着一条和她的金发一样颜色的纱巾。她长着一双大大的、又显得十分忧郁的蓝眼睛,现在她望着罗歇,目光中似乎有一丝恐惧。有那么一瞬间,罗歇以为站在面前的这个女人,就是他在里兹镇遇到的那个名叫莎丽的姑娘,但是很快他又否定了这个想法,这几乎是不可能的事。再说,眼前的女人比那个名叫莎丽的姑娘要矮小得多,也比不上莎丽的皮肤。罗歇还记得,莎丽身上有一股芬芳浓郁的类似玫瑰花香味的体香,而当他走到卡琳娜近前的时候,并没有在她身上闻到那样的香味。她只是长相和穿戴打扮像莎丽而已,罗歇在心里说。可是,那种忙乱的感觉再一次出现了,在这个春天里,在洒满阳光的空气中,罗歇觉得一些又细又密的雨丝扎着他的脸。

"这是怎么回事?"罗歇像是在问自己。

"长官,"那个下级军官对罗歇说,"你要审问她吗?"

罗歇朝下级军官挥了挥手,好像对他的部下站在那儿的样子非常不耐烦。他想朝下级军官发发脾气,但眉头皱了皱又忍下来。这个时候罗歇手里还拿着那个蓝皮本子,他只好又挥了挥手中的本子,对那个化名为卡琳娜的女人说:

"你有什么要说的?"

"这是战争。"卡琳娜耸耸肩,做出苦笑的样子。

但是,她假装出来的勇气很快就消失了。她挣脱扭住她的士兵,扑到罗歇跟前,抱住他的腿,吻着他那双沾满尘土的皮鞋。她的喘息声短促而又混乱,罗歇觉得她呼出的气息有点发凉,那些气体在他的脚面上像虫子一样爬动。

"饶了我吧,看在上帝的面上……我不想死……"罗歇呆呆地站在那儿足足好几分钟,但他一句话也没有说。他也不看俯在他身下的女人,而是把目光投向别处,看着很远的地方。然后,罗歇像先前曾经做过的那样,朝下级军官挥了挥手说:

"好了好了,把她带走,先关起来,明天再审问她吧!"

第二天,在审问卡琳娜之前,罗歇把曾和卡琳娜一起住在市东郊红兔旅馆的骑兵军官叫到自己的办公室,详细询问他和卡琳娜认识以及住在一起时的情况。那个骑兵军官是一个长得很英俊的埃纳省人,说话缓慢温和,虽然他的军衔并不低于罗歇,但因为罗歇是"第二厅"的特工,所以他显得非常配合。骑兵军官说话前,先用手指摸了摸军服上的风纪扣,同时拧了拧脖子,这个动作使他看起来训练有素。罗歇觉得面前这个骑兵军官的长相和神态有点像自己,但又说不上哪儿像,这种感觉闹得他的心有点儿乱。罗歇听来,骑兵军官是这么说的。

　　他和那个名叫卡琳娜的女人,相识在东郊红兔旅馆的餐厅里。当时正值午餐时间,他看见她独自一人坐在一张靠窗的桌子旁,她的一头金发和鲜艳的蓝色上衣引人注目。可是她总是停下来用餐,双手扣在一起,望着餐桌上的盘子,双眼迷离,神情恍惚,或者不如说那是一种无法排解的孤独感。但是她很漂亮,这是毋庸置疑的,她的性感使周围用餐的人不得不检点自己的言语和坐姿。他和她中间只隔着一张桌子,他望着她,觉得她对于他的出现异常敏感。他们的午餐用了很长时间。餐后,他走向她的桌子,俯下身来,问她:

　　"一起喝点咖啡,好吗?"

　　最初她有点惊慌失措,差点扔掉自己手中的叉子,但她很快又镇定下来,朝他点了点头,接受了他的邀请。

　　他们就在红兔旅馆餐厅旁边的咖啡屋里呆了一阵子,然后,还是他的提议,两个人从旅馆里走出来,去了附近马恩河的河堤。他们沿着河堤往东走,堤岸上满是绿得发乌的旱柳和悬铃木,阳光背对着他们,悬铃木的叶子哗哗作响。河漫滩上长满着各种叫不出名字来的小灌木和水草,青草棵里夹杂着野生的玫瑰、鸢尾和郁金香,那些血红、淡紫、浅蓝和白色的小花旁,飞着一些蜜蜂和蝴蝶。她走在他的身旁,他感到身边飘动着一团蓝色的影子,还有从马恩河的河道里溢出来的那种新鲜的腥味。后来,他们就躺在河滩的青草棵里接吻,他的上身俯在她身上,用双手捧住她的头,他感到在她的后脑勺那儿,有一根动脉正在突突地跳,对他的手形成强劲的冲击力。她的双手抚摸他的后背,她的手就像精细的犁耙,在他宽阔的后背上犁来犁去。他们的舌头搅在一起,她用舌尖送给他她的体液,他觉

得舌根那儿有点甜丝丝的。

骑兵军官说，他从这个时候开始怀疑卡琳娜的身份。在这之前，她告诉他说，她来自战火纷飞的阿登省，到巴黎来避一避无处不在的硝和硫磺的气味。可是，他感到她说的法语却没有一点阿登省的拖舌味道，他的家乡就在阿登省的邻省埃纳省，他熟悉那一带的方言以及发音。她有可能是德国间谍，他准备证实这一点。于是，他把她又带回红兔旅馆，两个人去了她租住的单人房间。这个房间在楼上，临着马恩河的河岸，从窗子那儿就可以看到河岸上的树木，还有河道里被树影阻隔得花花斑斑的驳船和游艇。他和她面对面坐在宽大的双人床上，像印度人那样盘起双腿，他们中间放着一大瓶香槟酒和两只高脚酒杯。他像情人那样望着她，或者用指尖抚摸她的胳膊和脸颊。他不停地为她的美貌干杯，为她的年轻和健康干杯，为他们的相遇和相识干杯。那个时候夕阳西沉，阳光通过窗玻璃的反射打在她身上，这使她的肌肤呈现出一种令人迷乱的粉红色。

"往后的事情你都知道了，中尉先生。"骑兵军官突然打住话头。突然到来的寂静却使罗歇吓了一跳，他好像从某个高处掉下来，一下子摔到现实中。骑兵军官说话的时候，罗歇目不转睛地盯着他的脖子。罗歇看见年轻军官的喉结一上一下突突地跳，就像机器中的滑阀，他觉得这样子实在有点可笑。现在，罗歇的手掌朝门口摆了一下，示意骑兵军官可以离开了，可是骑兵军官从椅子上站起来刚刚转过身，罗歇又叫住了他。

罗歇说："难道你没有和她做爱吗？"

"很遗憾，"骑兵军官耸了耸肩说，"没有。"

枪决卡琳娜那一天，是1917年的5月7日，这天气温猛然升上来，巴黎好像一下子进入了夏天。一辆军用卡车离开第二厅的营地，驶往巴黎东郊马恩河堤岸旁的一块荒地，车上站着十几个行刑队的人，卡琳娜蹲在他们中间，双手被捆在身后。在市区的路上，卡车驶过马塞纳大道的一座桥梁时，卡琳娜一下蹦起老高，她企图飞离卡车，跳进塞纳河自尽，但很快就被行刑队的人制服了。

回来之后，行刑队的一名队员告诉罗歇说，5月7日那天酷热的天气使他们的军服都汗湿了，这一天的经历让他难以忘记。行刑队的十多个人，都是年轻力壮的军人，因为战争，他们没有多少时间和女人打交道，他

们中的大多数都没有女朋友。可是在那辆军用卡车上,一个那么年轻漂亮的女人蹲在他们这些人中间,她的双手被缚在身后,使她的胸部看起来丰满得有点夸张。她长着一双大大的、又显得十分忧郁的蓝眼睛,有时候她抬起头来,望着那些年轻军人的脸,好像是在乞求他们。可是不久之后到了刑场,他们的枪口都要瞄准她的胸脯。

卡琳娜穿着蓝色上衣,站在一块茂盛的青草丛里,她的身后是马恩河高高的灰暗的河堤。行刑队十个端着步枪的队员面对卡琳娜站成一排,离她大概只有十米的距离。当行刑官喊出号令的时候,行刑队的这个队员从准星里看到,卡琳娜米黄色的长裤从裆部出现了两条水浸。然后,十名端着步枪的队员一齐开了枪,卡琳娜往后仰躺下去时,似乎专注地看了一眼天上的某一块云彩。可是,卡琳娜倒下去之后,身体还在草丛里扭动,她企图站起来,试了几次都没有成功。行刑官和一两个队员赶紧跑过去,他们发现卡琳娜仰面躺在草地上,她的眼睛还睁着,嘴角里正在流出鲜血,她的嘴唇翕动不止,好像在说着什么。她的腹部和双肩有一些枪眼,也在流血。好几片草叶上挂着血滴。刚才他们发射的那十发子弹,没有一发打中她身体的要害部位。行刑官皱着眉头,骂了一句脏话,他从腰间拔出M1849手枪,照准卡琳娜的左胸开了一枪。

卡琳娜的事情过去刚刚一个星期,1917年的5月14日,另一个为德国效力的女间谍萨拉即"H17",终于落在法国第二厅的手中。不过,对她的审讯过程却相当漫长,直到这一年的10月14日,她才被法国政府执行死刑。10月15日的《巴黎日报》以《随风消失的眼睛》为题,报道了萨拉被处决时的情景。这篇报道里说:"她(萨拉)站在一堵灰暗的墙壁面前,脚下是细细的黄沙,一身白色的囚服依然衬托出她的美丽和性感。她的脸上挂着笑容,让人觉得她不是在面对死亡,而是正等待参加弥撒仪式。一名士兵要给她蒙上眼睛,她微笑着拒绝了。当行刑队的士兵举枪瞄准时,她向他们送去了一个飞吻。枪声响起,在紫色的硝烟中,她缓缓地俯下身去,就如同她在舞台上听到掌声轻轻地俯身谢幕。"

《巴黎日报》所报道的这个场面,第二厅的罗歇中尉并没有看到。早在1917年5月16日,也就是萨拉被捕的第三天,罗歇的尸骨已经去了圣心大教堂附近的蒙马特尔公墓。罗歇因中毒而死。5月10日,枪决卡琳娜之

后的第四天，罗歇接到一封信，信封上没有发信人的地址，也没有邮戳，而且信袋是下午三点钟投入信箱的，通常这个时候并不送信。罗歇打开信封，发现里面没有信，只有六张萨拉的照片，其中的四张是她演出时的剧照，另外两张则是她的全裸照。看到这些照片，罗歇马上觉得事情有点儿怪，或许其中有诈。但罗歇忍不住反复去看那些照片，萨拉左边乳房上的那颗黑痣在照片上依然能够辨认出来，还有她的深深的被灯光打出暗影的乳沟，这让他想起在布鲁塞尔拉萨尔大剧院那个下着细雨的日子。她的身子像一条丰满的蛇一样扭动，她的喘息有一股甜丝丝的气味，她像一片遇到阳光的叶子，乐于把自己展开。在看这些照片的时候，罗歇还有一种预感，他觉得这些照片的到来意味着一种告别，或许，这一次终于轮到他自己了。

"一切都结束了。"罗歇对自己说。

第二天，罗歇病了，起初他以为只是患了普通的流行性感冒，并未在意，但是病情急剧恶化，他不得不住进医院治疗。医生诊断他得了严重的传染病，肝、肺已经遭到损坏。5月14日，萨拉被第二厅拘捕那一天，罗歇在巴黎大学国际医院不治身亡，终年27岁。

罗歇的死，使第二厅遭受了很大损失，因为他在住进医院之前，把所有身边的资料都烧掉了，这里面甚至包括他所掌握的一串德国间谍的名单。罗歇此举让第二厅的长官非常恼火，他们因此相当潦草地举行了罗歇的葬礼。第二厅把罗歇的死讯通知了约纳省他的家人，但是约纳省那边的反应并不强烈，只有罗歇的一个弟弟赶来送葬，他的父母都没有露面。下葬这一天又下了雨，巴黎的街道灰蒙蒙的，十几个送葬的人都穿着黑色的雨衣，他们一律用雨衣的帽沿遮住了眼睛，所以很难看得见他们的表情。运送罗歇去蒙马特尔公墓的是一辆军用卡车，车子已经很破，开得也慢，当这些人来到圣心大教堂附近的时候，车子又坏下来，送葬的人不得不站在雨中等候。他们在雨中等了足足一个小时，几个人都开始骂天气，他们说，这样的天气，真他妈的糟糕透顶。这一天，在巴黎北郊小城尚蒂伊的一间临时牢房里，萨拉咬碎了自己的舌头。

1917年10月14日萨拉被法国政府处决以后，有关她并没有死的传言很多。有人说，和她上过床的男人们买通了行刑队的士兵，向她放了空

枪。也有人说，被处决的只是萨拉的替死鬼，是一名貌似萨拉的女犯人。战争之后，有关萨拉的传言还有很多。比如，1958 年 6 月在布鲁塞尔出版的一份名为《谜中之谜》的杂志，登载了一篇署名巴伊格登的文章，这篇文章对萨拉的生平作了简要概述，然后说，萨拉曾在临刑前给她住在巴塔维亚、只有 4 岁的女儿写下一封信，告诫她的女儿长大后不要追求荣华富贵，平平淡淡就是真正的幸福。然而，她的女儿班达长大成人后仍然"女承母业"，被美国政府招募为间谍，并于 1950 年死于一场蹊跷的车祸。这篇文章说，萨拉还有两个妹妹，其中她的二妹名叫玛莲，于 1917 年的春天被德国情报机构招募为间谍，经过短暂的训练之后，玛莲化名卡琳娜潜入巴黎。可是，玛莲仅仅为德军工作了不到一个月的时间，就在刺探盟军军事情报时被法国第二厅拘捕，在这一年的 5 月 7 日，她被枪决在巴黎东郊马恩河堤岸旁的一块荒地上。据说，行刑队往玛莲的身上射进了 11 颗子弹。萨拉还有一个妹妹，也就是她的三妹，名叫莎丽，少年时代在慕尼黑接受教育。18 岁时，她只身一人闯到巴黎学习雕塑，后来留在巴黎工作，成为一家实力雄厚的商行的女秘书，而且作为一个女雕塑家，她在巴黎的艺术家圈子里已经小有名气。然而到目前为止，还没有任何资料能够证明莎丽曾经从事过间谍活动，但她却和她的两个姐姐一样，在 1917 年的春天死于非命。这一年的四月下旬，在巴黎西郊小镇里兹，莎丽赤身裸体被人扼死在一家旅馆房间的浴缸里。莎丽的死，成为一战中发生在巴黎及其附近地区的无数疑案中的一个，至今无从入手破解。署名巴伊格登的文章又说，当年，里兹镇的警察发现莎丽时，她的尸体已经高度腐败，呈现出花花斑斑的粉红色。警察们还在她的尸体上发现了一件名为"小胡子"的根雕作品，是一个长着翘胡子的小男孩的形象，但没人知道"小胡子"对于莎丽或者说对于她的尸体意味着什么。现在，这件名为"小胡子"的根雕作品藏在里兹镇的博物馆里。文章还说，里兹镇的这家博物馆，大概算是全法国最小的博物馆了。

潘渡的石匠

县　志

　　山东省梁山县潘渡镇历史上曾出过三个有名的石匠，他们的名字是潘玉柱、陈宝山和李进。梁山县县志上说，这三个人同年同月分别在潘渡的前街、东门外和西门里出生，具体的年份是清朝乾隆六年（公元1742年）。他们的一生都生活在乾隆年代。石匠们出生在隆冬腊月一个大雪飞扬的日子，可以想象得出，那些天，地上的雪越积越厚，渐渐地深没膝盖，树和房子上也压满了积雪，它们的轮廓在雪的背景中几乎隐去。人们都在准备过年，各家房子上面的烟囱都冒着浓浓的炊烟，但是因为大雪天人们都躲在家里，而且到处一片银白，所以镇子里显得非常安静。婴儿潘玉柱、陈宝山和李进躺在他们母亲温暖的怀里，在三个父亲的注目中，嘹亮的哭声像房子外面的雪花一样飘在潘渡镇几条胡同里。

　　"前街那一个叫潘玉柱，"潘渡的男人们对他们的老婆说，"东门外那一个叫陈宝山，西门里那一个叫李进。"

　　他们在说这话的时候，脸上带着不意觉察的笑意，两腮的肉动得有点儿特别，那似乎是些许对于新生儿的惊喜。可是那个时候，他们还不会知道三个婴儿长大成人以后，会给小小的潘渡镇扬名，并且因此留在县志里。

　　从潘渡的历史上看，在潘玉柱、陈宝山和李进三石匠之前，只在清太祖天命年间出过一个有点儿名气的石匠，这个人名叫潘大年。当然了，在潘玉柱、陈宝山和李进三人出生的时候，潘大年已经死去80多年，连他的骨头恐怕都要烂掉了，但潘大年是第一个被写入梁山县志的石匠。

　　潘大年是潘玉柱的祖先，他的墓碑修在东门外二里路的潘家坟场里，

上面刻着"石匠潘大年"五个大字。墓碑是用上好的细青石洗成,石料采自四十里之外的梁山,懂得石料的人一眼就能看得出,那种青青的底色中隐约有暗红纹络蜿蜒其间的细青石,只在梁山上才有。潘大年的后代们说,墓碑上那五个字出自当时的梁山七品县令之手,别的人恐怕写不出那么遒劲有力的字来,不过墓碑上并没有书者的落款,县志里对此也没有记载,因此,县令手书的说法无法考证。尽管如此,这么好的一块墓碑,在潘渡却是极其罕见,它不但对潘大年的后代,而且对后来的石匠都构成了存在的意义。

潘玉柱、陈宝山和李进自小就成为好朋友,他们一起玩耍,一起割草拾柴,一起读了三年私塾,因为家境贫寒,又一起辍学。三个人玩到15岁那一年,身体就几乎和成人一样高了。潘玉柱更是长得高大粗壮,满脸浓密的络腮胡子开始变黑变粗,说话的声音像敲响洪钟。陈宝山面皮白净,眉目清秀,很像一个书生,有人说他是一个美男子,其俊美的面目完全可以把名戏子白秀才比下去。只有李进略显瘦弱矮小,不过,他身上也有其他二人比不上的地方,那就是李进有一双最为细长灵巧的手。这么好的身体、英俊的脸和灵巧的双手不是白白长出来的,从这一年开始,潘玉柱、陈宝山和李进知道替自己和家里的大人想事情了。有一天他们凑到一起无事可干,突然间谈起了一个共同感兴趣的话题,并且立即决定了一件事:大家都要像潘大年那样,做一个石匠。

一些日子之后,潘玉柱、陈宝山和李进相约来到了潘大年的墓碑前。是在春天里,没有风,阳光在草叶上跳着,田野里的土踩上去非常松软,庄稼和青草的甜味在鼻尖前漂动。三个少年在潘大年的墓碑前围成一个半圆形,潘玉柱站在中间,陈宝山和李进分列两边。他们就这样站了一阵,之后由潘玉柱领头,三个人用半生不熟的动作,分别为潘大年磕了三个响头,当他们站起身来的时候,膝盖上都沾着潮湿的泥土。这是一个仪式,表明他们真的要开始做石匠了。

潘玉柱望着墓碑,像是在对躺在地下的潘大年说话:"我们三个人要做潘渡最好的石匠。"

陈宝山和李进也跟着说:"我们要做最好的石匠。"

康庄戏台

潘玉柱、陈宝山和李进作为三个石匠出名，是在 10 年之后。10 年中他们三人形影不离，吃住都在一起，手上的技术也在不断长进。当时，山东西南地区的梁山、郓城、菏泽、定陶及鄄城各县，都留下了他们的踪迹。三个石匠的名声越来越大，童叟皆知。很多孩子受他们的影响，愿意长大做一个石匠。有一首儿歌是这样唱的，"筛箩箩，打网网，长大当个好石匠。一三起，二五起，气死梁山潘陈李。"这首儿歌流传至今。

三个石匠合作，干了很多出名的石筑工程，比如单县的石牌坊、菏泽县万福河的相夫桥和定陶县的仿山碑林等等。其中，整体上能够代表三石匠技术水平的代表性作品，还要算是菏泽县的康庄戏台。

康庄戏台落成在菏泽县县城东关外，因一个上千人的大村庄"康庄"而得名。据菏泽县县志记载，康庄戏台由康庄大地主康绪良出资修建，高达两丈九尺，长宽各为两丈六尺和两丈三尺。戏台坐北朝南，造形别致，搭建牢固，工艺精细，顶棚用黄绿双色的琉璃瓦，脊沿探出来，有飞鸿之势。台基、侧墙和四根立柱都用采自梁山的细青石砌成，每一块细青石上还都雕着龙飞凤舞的图案。其中从后台看左手第一根立柱的最下面一块石料上，刻着一些字：

康绪良乾隆三十二年造

石匠潘玉柱陈宝山李进

后来，大约是 1967 年前后，康庄戏台毁于"红卫兵"之手，石料被移走或者毁坏，但现在戏台的遗址还在。1998 年，由作者的弟弟刘照华个人出资，依照原貌重新修复了康庄戏台。那一年，随着戏台的修复，刘照华也由一个商人改行做了"戏子"。当然这是几句题外话，有关刘照华改行的事，作者将写成另一篇小说。需要提及的是，刘照华在整理戏台遗址的时候，发现了一杆精细的石制烟斗，上面刻着三个字，是"陈宝山"。那几年，人们热衷于收集文史资料和发掘文化遗产，在几个地方，都发现了同样的刻有"陈宝山"字样的石制烟斗。因此有传说认为，当年，在三石匠的每一个石筑工程中，陈宝山都藏有这样的一个烟斗。他这么做是为了给自己留下名

声,所以又可以这么说,陈宝山是三个石匠中最为精明的一个。

郓城县县志上说,乾隆年间菏泽县富人康绪良出资修建康庄戏台,是为了他的好友白秀才。白秀才是郓城县人士,他是山东西南地区地方戏两夹弦的创始人。当时,白秀才是那一代梨园中最红的红人。康绪良酷爱白秀才的戏,两个人很快交成密友,白秀才渐渐成为康府的座上宾。康绪良决定专为白秀才修造一个戏台,一来是尽朋友之谊,二来自己看戏也方便,这样他便从梁山县请来了三个有名的石匠潘玉柱、陈宝山和李进。康绪良对三石匠的要求是,他想要的戏台,其高雅气派和坚固要在方园五百里之内独一无二。

这是在乾隆三十二年一开春,石匠潘玉柱、陈宝山和李进来到了菏泽县东关外康庄,吃到康绪良一桌上好的酒席。酒足饭饱之后,三个石匠有一点飘飘然,他们用灵活但略显粗糙的手抹着嘴角的油,对康绪良说一些恭维的话。当康绪良要求即将修造的戏台要在方园五百里之内独一无二的时候,潘玉柱代表石匠们向康绪良表态,他说:"那是当然的,您说的没错。"

停一停潘玉柱又说:"俺们哥儿仨是方园五百里之内最好的石匠。"潘玉柱、陈宝山和李进领着十几个工匠,干了三个月,康庄戏台修筑起来。据说,戏台修好之后,康绪良非常满意,他围着戏台转了二十多个圈子,激动得直拍大腿。康绪良一边拍腿一边对潘玉柱说,"潘师傅没有说错,你们哥儿仨就是最好的石匠。"接下来,康绪良除了高兴地付给三个石匠工钱以外,所能做的就是大摆筵席,为石匠们庆功。筵席准备了两天,可是开宴之前,潘玉柱、陈宝山和李进三个人却在康绪良的眼皮底下被抓进了县衙。

有人告到菏泽县知县说,来自梁山县的三个石匠潘玉柱、陈宝山和李进,在康庄戏台施工初期曾经把一缕头发和一个纸包打进地基。当时,不知什么原因围绕康庄戏台工程有着种种谣传,比如说,石匠们需要偷偷剪来什么人的头发,或者是把活人的名字写在纸上打进地基,以其灵魂的精气来为他们的大锤助力,这样地基才会牢固,等等。

一开始,菏泽知县没有把对三石匠的告发当作一回事,知县反而觉得告密者无事生非,下令将告密者打了二十五大板后才许开释。但是过了一段时间,知县却猛然间改变了态度,还是把三个石匠抓了起来,并且下令

对三石匠进行严刑拷打。实际上，没有什么证据表明三个石匠犯了罪，后来人们渐渐明白，他们三个人是被卷入了一场波及半个中国的妖术事件。就在潘玉柱、陈宝山和李进第一次来到康绪良府上喝酒的时候，在南方的浙江省德清县，已经有很多石匠卷入了名为"叫魂"的妖术事件中，石匠和和尚被认定是这种妖术的术士。据称，他们通过作法于受害者的名字、毛发或衣物，便可以让那些人发病，甚至死去。同时，石匠或者和尚却在施展妖术的过程中偷取了受害人的灵魂精气，用来为自己服务。那一年，乾隆皇帝和各个省府县的官员不得不拿出大量心力平息人们对于"叫魂"妖术的恐慌。那些被官府抓起来的石匠或者和尚，有一部分死在牢中。

所幸的是三个月之后，被衙役们折磨得伤痕累累的潘玉柱、陈宝山和李进走出衙门，重新看见了天日。不过他们失去了一些东西，在严刑拷打之下，潘玉柱折断了右手，瞎了左眼，陈宝山的肚皮上落下四五个窟窿，只有李进一个人完整地回到家里，但他那时的体重只剩下80多斤了。三个月的牢狱生活，使潘玉柱和陈宝山对石头失去信心，从此以后，他们两人再也不做石匠了。就此，三个好兄弟各奔东西。李进的石匠生涯又维持了6年，到他进京为乾隆皇帝修好一间秘室为止。

潘 玉 柱

还是在潘玉柱十几岁的时候，潘渡的老人们常常看见身材高大、少年老成的潘玉柱从身边走过去，他们觉得这个孩子走路的姿式和潘渡的其他孩子有些不同，因此他们说，将来潘玉柱有可能成为一个做大事的人。这话的确被他们说中了。乾隆三十三年春天，也就是潘玉柱从牢里出来闲逛了半年之后，他集结了一些人，在梁山盘踞下来。这些人里面，大部分是曾经跟潘玉柱学徒的半吊子石匠。当时潘玉柱的父母相继过世，不过他已经成家，有一方占地两亩多的院子，有几十亩耕地，还有一女一男两个孩子。多年来，潘玉柱外出干石头活，积累了不少的家业，手上也有一些银子，他的老婆的娘家是梁山县后集镇的财主，据说有十几顷好地，30头耕牛，日子过得有声有色。这样富足的生活，应该说即便在乾隆盛世也并不多见，可是潘玉柱还是上山当了土匪。

潘玉柱把他的老婆和孩子也带到了山上。他们用梁山上的石头垒出几间房子,就在"忠义堂"的旁边。有一点是肯定的,就是在清晨或者黄昏,潘玉柱在"忠义堂"的遗址上散步,他的脑子里全是当年梁山一百零八将"英雄排座次"的情景。有一种说法认为,潘玉柱在县衙里受尽了皮肉之苦,获释后产生了造反之意,他这么做纯粹是在向知县或者干脆不如说在向朝庭叫板。梁山县的历史上,还从未出现过第二例一个不愁吃穿的人上山当土匪的事,这种事在别的地方恐怕也不多见。不过,要说一个平民百姓向皇帝老子叫板,这种设想也真是够大胆的了。据说,那时潘玉柱的岳丈曾经十几次来到梁山,劝说潘玉柱下山好好过日子。人们说潘玉柱的岳丈每次上山的时候怀里都揣着外甥的一双小鞋,见到潘玉柱以后,他就把鞋从怀里掏出来,举到潘玉柱的脸前。他的手哆嗦得很厉害。

潘玉柱的岳丈说:"将来孩子还要走路,要做人。"

那个时候,潘玉柱开始抽烟了。他用左手握住一根长烟袋,一只眼睛凝神地望着烟锅上线一样袅袅升起来的烟雾。潘玉柱瞎掉的那只眼睛早已被一块黑布蒙住了,右手的衣袖显得空空荡荡。潘玉柱抽着烟,不理他的岳丈,甚至连看都不看老头子一眼。

当时,潘玉柱手下有二十多个兄弟,四五杆土枪,还有十几种其他兵器,但这并不能说明潘玉柱有什么野心。其实,在最初的一年里,潘玉柱和他的兄弟们只是常常在梁山上打猎,并不下山搔扰住户,也不做其他恶事。但一年之后,潘玉柱和驻扎在羊山上的另一个土匪头子刘权产生了冲突。羊山距离梁山大约六十里路,刘权在羊山上已经呆了十几个年头,也许刘权认为潘玉柱的存在正在挤占他的地盘,危及他的生存,因此不断地派人到梁山脚下惹事生非。就这样,潘玉柱和刘权的冲突逐步升级,有好几次,他们两伙人在梁山脚下或者在羊山脚下短兵相接。刘权人多势众,兵器也比潘玉柱的好,在前后两个多月的混战中,潘玉柱的兄弟死的死,伤的伤,最后只剩下三五个伤残兄弟守着他。这件事一经过去,潘玉柱即刻反过神来,他开始四处招兵买马,下山抢劫大户。按照潘玉柱的想法,他要用充足的兵马粮草来扩大自己的地盘,最后把羊山吃掉。

乾隆三十七年,也就是潘玉柱上山后的第五年,他的手下已经有400余人,土枪80多支,良马50匹,其余兵器和粮草不计其数。但正是这一年

的秋天,潘玉柱及其手下人被新上任的曹州(今菏泽县)都司马修收服招安。当时,马修出兵 4000 余人,把梁山山顶严密包围了整整 20 天,使潘玉柱几百口人的吃水成了问题。原来,他们一直吃山下的溪水,水路被马修切断之后,潘玉柱的兵马立刻被困起来,几天以后潘玉柱不得不每天早晨派人去采集草叶上的露珠,十几匹马因为无法忍受干渴挣断缰绳冲下山去了。那时候,马修的部下轮番朝着潘玉柱的营地喊话,有一个喊话的人对着潘玉柱的手下——嘴唇干裂得像两片晒透的腊肉似的那些人说,如果他们归顺朝庭,就会有喝不完的米酒。官府里有的是米酒,那些酒是通过大运河,整船整船从江苏省运过来的。结果,潘玉柱的人听到这些喊话,身体都像一块一块的烂肉一样瘫倒在石头上。20 天之后,潘玉柱命令手下人在营地挑起一床白被单,他用这样的方式告诉马修,他已经投降了。

马修收降潘玉柱以后,又出兵 3000 人围攻羊山。结果在那里,马修遇到刘权的抵抗,双方激战三天三夜,马修以死伤 1000 多名士兵为代价,将刘权的八百匪兵全部歼灭,但最终却让刘权本人跑掉了。这一年,又瞎又残的潘玉柱被马修带到曹州府封了官职,位居八品。

第二年,朝庭命官潘玉柱被调往浙江杭州府,负责修筑钱塘江大堤。对潘玉柱的任命可能考虑到了他过去曾经是一个石匠,从这一年开始,潘玉柱又和石头打交道了。杭州知府派给潘玉柱 5000 多人,这些人中的佼佼者大部分也曾是石匠。潘玉柱上任之初,第一次来到钱塘江大堤上的时候,曾经跪下来,朝着滔滔江水磕了一个头,这再次让人想起很多年前在潘家坟场里,在石匠潘大年墓碑前的那一幕。人们还以为潘玉柱给杭州知府磕头,那一刻知府正和其他的官员一起,站在离潘玉柱足足一里路远的大堤上。

和当年盘踞梁山时所做的一样,潘玉柱把他的老婆和两个孩子也带到了杭州。据说,当时潘玉柱把他的职责看得很重,吃住都和手下的人在一起,就连老婆和孩子也住在钱塘江大堤的窝棚里。这样又干了一年,潘玉柱的官职升到七品。杭州知府还曾许诺潘玉柱说,乾隆皇帝可能要视察钱塘江大堤,到时候他会在万岁面前替潘玉柱说话,所以说潘玉柱将会官运亨通。

可是,潘玉柱并没有等到乾隆皇帝视察钱塘江的那一天。这一年夏天

发大水,钱塘江大堤出现险情,江堤决口淹了两个县的大部分地区,潘玉柱和他的 300 多个手下都被大水冲走了。据目击者说,当时,他们看见潘玉柱几次从洪水中露出头来,朝岸上的人高声叫喊着同样的一句话,但他们没有一个人听清潘玉柱到底喊的是什么。最后一次喊叫的时候,潘玉柱就像一条鲤鱼一样从水面上窜出老高,然后落下去再也没有出来。就这样,潘玉柱在他 33 岁那一年殉职,连尸骨也没有留下。

陈 宝 山

乾隆三十二年,陈宝山从牢里出来,即刻和潘玉柱、李进分手,离开梁山县。据说,他此去是到山西太行山的江湖上走了一遭,这种说法的依据是,大约一年之后陈宝山从外面回来,就在潘渡镇的前街开了一间面具铺。他的顾客主要是江湖上的一些刀客或者神秘的旅人。可以想象得出,刀客或者神秘的旅人在那时的潘渡镇极其少见,因此陈宝山的生意一直不太好。

开面具铺的时候,陈宝山还没有成家。以前他当石匠那几年,提亲的人踏破了门槛,却都因为陈宝山对女方的长相过于挑剔而耽搁下来。陈宝山开了面具铺以后,人们觉得他的行为和想法难以琢磨,渐渐地和他疏远了,再没有人肯给他提亲。没有老婆也没有多少银子的陈宝山,日子过得很闲散,他常常是把铺子的门打开,可是自己却不呆在里面,而是把铺子敞着门搁在那儿,跑到街上去逛荡。遇到年轻的女人,陈宝山很乐意走上去和她们说话,说起来没完没了,后来弄得女人们走路都躲着他。陈宝山的面具铺相对平静地开了大约两年。

然后,陈宝山因为制造面具而卷入了江湖争斗。最初可能是这样的,比如说,有一天一个左边脸上有疤的人来到陈宝山的铺子里,要订做一张面具。这个人腰间挂着一把短刀,从进到铺子里来,他的右手一直扶在刀柄上。他脸上的疤长在左眼角旁,看上去呈"#"字形,眼角有点儿上吊,一脸杀气。对于这个顾客的到来,陈宝山显得犹疑,他的目光躲躲闪闪,不敢看客人的脸。但陈宝山还是认真地问这个刀客,他想要一张什么样的面具?陈宝山问刀客能不能把面具的模样画下来。

那个刀客说:"画个鸟,按照你自己的脸做一张吧!"

刀客在潘渡住了三天,三天之后他到陈宝山的铺子里取货。陈宝山递给刀客一个用红绸子布包了好几层的东西。刀客并没有立刻把绸布取开,他对陈宝山说,如果他对绸布里面的东西满意,就付两倍的银子;但如果他不满意, 就在陈宝山的脸上留下一个记号。刀客在说后面这一句的时候,手指戳了戳自己左脸上那个"#"字形的疤。陈宝山显得很平静,他若无其事地等着刀客打开绸布包,很快他看见刀客把绸布一层一层地剥开了。刀客看见了那个东西,他用右手拇指和食指捏了捏那个东西的质地,接着刀客笑了。

另外的一天,就是那个左脸上长着"#"字形疤的刀客离开潘渡半年之后,陈宝山的铺子里又来了一个人。这个人穿着银灰缎面长衫,面色白净,举止优雅,看上去很像一个文弱书生,当然他身上并没有挂着短刀,也没有其他的兵器,只是右手里握着一把纸扇,左手端着一根竹制烟斗。这个书生也是来订做面具的。

书生站在铺子里,隔着柜台和陈宝山说话,他的握着纸扇和捏着烟斗的两只手在胸前比划着,但说话的声音却很小,柜台里面的陈宝山不得不附下身来,侧起一只耳朵朝着书生的嘴。书生是在描述他想要的面具的模样。最后,书生问陈宝山:

"你明白了吗?"

陈宝山慢慢地点了点头,但他的脸上有一种奇怪的表情。

三天之后,书生到面具铺取货,陈宝山递给他一个用红绸子布包了好几层的东西。书生把绸布一层一层地剥开,把里面的东西拿出来,往自己脸上比了比,问陈宝山觉得怎么样?当然,陈宝山一向对自己的作品满意,这一次尤其如此。对这张面具,陈宝山最满意的地方要数左脸上的"#"字形疤,做这个疤的时候,陈宝山下了很大的工夫。因为"#"形疤做在左眼角旁,所以看起来左眼角有点儿上吊。书生问陈宝山"觉得怎么样"时,陈宝山觉得有两点很过瘾的地方,一是他发现自己不但把"#"形疤的"形"做出来,而且把"神"也做出来了,因为"#"形疤四周的折皱和上吊的眼角,面具显出一脸的杀气;二是他感到站在面前的这个书生的确像极了另外一个人,似乎是半年前的那个刀客回来了。

陈宝山就是这样卷进江湖的恩恩怨怨中去。后来,有很多各种扮相的刀客和风尘仆仆的外乡人来到他的面具铺,但这些人大多并不要求陈宝山为他们做面具了,他们只是来到陈宝山的铺子里呆一呆,或是避开外人和陈宝山密谈。还有的人不见陈宝山,也不进他的铺子,他们在潘渡住上几天,从街对面望望陈宝山的面具铺,然后离开。有一年夏天的深夜,陈宝山的铺子被一场大火烧成灰烬,同一天,陈宝山也从潘渡失踪了。

据说,陈宝山遭到了江湖中某个高人的绑架。江湖上到底是怎样的明争暗斗,老实巴交过日子的潘渡人恐怕没人知道,但少数几个有点儿了解陈宝山的人说,陈宝山的失踪,肯定与他所做的那两张面具有关。根据上文的叙述,陈宝山出售给疤脸刀客的那张面具是"陈宝山",出售给白面书生的那张面具则是"疤脸刀客",两张面具都具有潜在的危险性。平日里,陈宝山卖掉的稀奇古怪的面具谁知有多少呢,这样下来,如果陈宝山不出什么事,那才叫奇怪。当时,已经在梁山安营扎寨的潘玉柱四处托人打听陈宝山的下落,可这些行动都像在高粱地里追麻雀一样,没有任何结果。陈宝山还没有失踪的时候,潘玉柱曾经几次劝说他上梁山,大家一起干,潘玉柱想让陈宝山当他的军师。那时候,陈宝山习惯了自己有一个铺子,还能在街上闲逛,对梁山上的生活一点儿也不动心。

大约一年之后,失踪的陈宝山再次回到潘渡。人们发现,陈宝山变了很多,他人瘦下来了,目光有些发直,皮肤显得暗淡,而且很少说话,一天到晚阴沉着脸。不过,陈宝山又把他的面具铺开起来,这次铺子开在东门里。陈宝山不再到街上去闲逛了,而是终日呆在铺子里。但行色各异的刀客和神秘的外乡人还是到潘渡来,找陈宝山订做面具,他的生意似乎比原来要好得多。又过了一年,潘渡有一个名叫小云的姑娘被奸杀,县衙认定陈宝山是这起奸杀案的凶手,人证物证俱在。乾隆三十七年秋天,在梁山县后集镇的一处乱石岗上,陈宝山被斩首。没有人去为陈宝山收尸,几天之后,他的尸首就被野狗和老鹰分食干净了。

李　进

潘玉柱、陈宝山和李进三个石匠中,李进是一个相对次要的角色,无

论是他们在一起的时候还是分手以后,恐怕都是这样。和潘玉柱、陈宝山相比,李进的经历也要简单得多。乾隆三十二年秋天,他们三个人一起从牢里出来,潘玉柱和陈宝山都改行干了别的,只有李进一个人默声不响地继续做石匠。

那时候,李进开始收徒弟,据说他的弟子先后有 200 多人,除了梁山县之外,菏泽、郓城、定陶各县也都大有人在。这些弟子以及弟子的弟子,使当时曹州府的石匠多如牛毛,很多技不如人的石匠不得不流落到东蒙山、沂山以及济南府的长清县等地,修桥或者铺路。但不管怎样,曹州府后来的石匠一律认李进为他们的祖师。直到 1998 年,作者的弟弟刘照华修复康庄戏台时,请到的一位来自定陶县的石匠朱磊,还在声明李进就是他的祖师爷。按照朱石匠的说法,他能够在 200 多年之后把师爷李进的戏台依原样修复,这一生就活得有滋味了。朱石匠还说,除了康庄戏台之外,李进还曾为当时曹州知府赵大人修筑了赵府门楼。解放初期,赵府成为菏泽县政府驻地,赵府门楼还成为二级保护文物,只可惜"文革"时门楼和康庄戏台一起被红卫兵拆掉了。而最让朱石匠自豪的是,他的祖师李进曾经为乾隆皇帝造过一间秘室。但李进到了皇宫以后的事,朱石匠一概不知。

据说,把李进推荐到宫里去的,就是当时的曹州知府赵大人,那应该是乾隆三十七年的秋天。从作者掌握到的情况看,这是一个多事之秋,那时,李进的两个兄弟潘玉柱和陈宝山也正陷入一些事件中去,潘玉柱刚刚被曹州都司马修收降,陈宝山作为"小云奸杀案"的凶手被投入大牢。有一天,李进被一顶黑色红翎的轿子抬到曹州知府赵大人府邸的大门外,人们都认得那是知府大人专用的轿子。管家和李进踩着知府大人家院子里用细青石铺成的地面,往宅院的深处走。当时,知府赵大人等在书房里,他将向李进安排进京的一些事谊。李进跟在管家的身后,肩上挎着一个包袱,那里面包着一件面料名贵的苏州缎袍,这是李进最看重的两个徒弟花钱为他缝制的。两个徒弟知道师傅要到乾隆皇帝身边去,应该穿得好一点。

当天晚上,知府大人摆了几桌筵席为李进钱行。参加晚宴的有曹州都司马修、当地的知名乡绅以及文人墨客。那个晚上,赵大人府上挂出很多灯笼,灯光把夜色打出了喜庆气氛,像过节一样,下人们都很忙碌,但忙碌中脸上布满笑容。赵府还请来两个十八九岁的女戏子,在席间唱了几段两

夹弦花腔,据说她们两个是名角白秀才的徒弟。这两个女戏子一高一矮,却都有几分姿色,唱戏时眉眼间顾盼生情。高的那一个身材苗条,皮肤微黑,唱腔清亮;矮一点的那个皮肤白皙,腰身匀称,唱腔圆润。用知府赵大人的话说,听高的那一个唱戏,就像咬了一口脆甜瓜;听矮的那一个唱戏,则像喝到了一口蜜。两个女戏子一唱一和,把赵府的晚宴搞得十分热闹。席间,两个女戏子还向石匠李进敬了两碗酒,为此,她们分别得到知府大人赏给的十两银子。

这一晚,李进就住在赵府里,那两个女戏子也没有离开赵府。大概她们两个人得到了赵大人很多银子,因为在为李进布置好的寝房里,两个女戏子照顾李进入寝。她们两个一左一右躺在李进怀里,攀着李进的脖子,说一些情意绵绵的话。李进喝了太多的酒,脑子还没有清醒过来,所以当他摸着两个女人细嫩臂膀的时候,感觉就像是在摸着两块细青石。夜深以后,灯还在帐子外面静静地点着,可是李进一直就那么直挺挺地躺在床上,李进一直没有或者根本不打算和两个女人或者她们中的某一个做成好事。后来,李进折起身来,坐在床上,抱着头哭。两个女戏子哄了李进很长时间,李进却越哭越痛了。她们把奶子挤在李进的背上,不停地搬弄着他的肩膀,不知道如何是好。其中,那个矮一点却丰满白嫩的女戏子对李进说:

"你交了好运,却哭个没完,真不知道你是咋想的。"

不几日,李进只身一人从济宁搭上了杭州知府进京的船队,沿着大运河赶赴北京。这一年李进进京,从此再也没有回来。李进留在曹州府的众多徒弟白白等了他很多年,却连师傅的一把骨头也没有等到。很多年以后,潘渡镇的人想起潘玉柱、陈宝山和李进这三个石匠的时候,还有着深深的遗憾,就是他们三个人的尸首都没有能够回到潘渡。人们觉得他们应该像潘大年那样,在潘渡自家的祖坟里,有一块刻着字的细青石墓碑。

乾隆皇帝把李进招进宫,到底修造一间怎样的秘室?这间秘室建在什么地方?宫里还是宫外?或者干脆不如这么说,人们怎么知道皇帝把一个石匠招进宫,就是要修造一间秘室呢(即便是知府赵大人引荐过去的)?可是,如果不是要修造一间秘室的话,乾隆皇帝要一个石匠干什么?这些事情谁也说不清楚。

然而,这篇小说还要进行下去。现在作者只好认定,石匠李进来到宫里以后,的确为乾隆皇帝修造了一间秘室。乾隆皇帝要这间秘室的用处,有两种说法:一种说法认为,乾隆三十二年发生的"叫魂"妖术恐慌还迟迟没有过去,最终深深地影响到了皇帝,那些年里,乾隆皇帝一直怀疑宫中有大臣想要谋反。修一间秘室,意图是把那些企图谋反的大臣囚禁起来。另一种说法认为,乾隆皇帝尽管功德无量,却风流好色,也许当时他看上了某个民女或者风尘女子,修造秘室的目的是为了金屋藏娇。但是不管怎么说,石匠李进的工作是在秘密中进行的,宫里没人知道有一个名叫李进的石匠正在为皇帝做事,这同时决定了李进的真正危险——秘室一旦修好,乾隆皇帝便不需要李进继续活着。

李进的结果就是这样,他是第一个被关进那间秘室的人。

传　说

大约是 1999 年 10 月上旬,作者来到山东省梁山县潘渡镇,想尽可能多地掌握与几个石匠有关的材料,看看还有没有别的事情可以写进小说。那几天正下着绵绵的秋雨,潘渡镇笼罩在一团雾气之中。镇子总共只有两条街,街面上铺着碎石,不过那些石头并不是梁山上的细青石,而是一种很粗糙的发红的石头。这些粗石头已经被时光打磨得发光,地上积存的雨水从粉红色的石块上缓缓流过, 就像流过粉红色的镜面。按照作者的理解,两百多年以前,石匠们活着的时候,街上的这些石头就已经存在了。那时候,潘玉柱、陈宝山和李进穿着石匠们喜欢穿的千层底布鞋,走在这些石块上面,他们肩上的搭兜里装着工具,钢钎、凿子或者铁锤,随着肩膀的甩动这些东西碰得叮当作响。

在潘渡,作者听到了很多有关潘陈李三个石匠的传说。潘渡的人,即便是妇女和孩子,都乐意讲述石匠们的故事。但是有关石匠们的故事,一律像那几天的天气一样迷蒙,不着边际。或者是不同的故事同时放在石匠们的身上就自相矛盾。只有两个传说,作者觉得有必要把它们写下来。这两个传说都非常离奇。

先说作者根本不可能相信的一个传说。听到这个传说的时候是在夜

里,当然天还在下雨,小镇上的雨夜又潮湿又沉闷。是在一座很大的房子里,当时,房子里几乎聚集了潘渡镇所有的老少光棍汉。据说生产队的时候,房子是公家的牛棚,生产队解散以后,房子一直闲置着,所以渐渐地就成了光棍汉们聚会的地方。传说是那些光棍汉你一句我一句七嘴八舌讲出来的。说,乾隆三十七年秋天,潘陈李三个石匠中的一个进京为皇上修造一间秘室,但这个人并不是李进,而是李进的结拜兄弟陈宝山。这一年秋天,卷入"小云奸杀案"的陈宝山并没有死,或者说真正的陈宝山并没有死,在梁山县后集镇的一处乱石岗上被砍头的那个人,是真的陈宝山的替死鬼。那些年,会制做仿真面具的陈宝山卷入了江湖的明争暗斗,一切都会变得扑朔迷离,发生什么样的事情都不能算是奇怪。所以说,乾隆三十七年秋天,根本不是李进,而是那个戴着李进面具的陈宝山从济宁搭上了杭州知府的进京船队,沿着大运河赶赴北京。这个传说有一个尾巴十分滑稽,是这么说的:秘室修好以后,乾隆皇帝前去验收,他仔细摸了摸墙壁,觉得墙体很牢固也很光滑,又把暗门机关打开了几次,对暗门也非常满意,然后,皇上一个人从秘室里走出来了……但是,从秘室里走出来的人并不是真正的乾隆皇帝,而是戴着乾隆皇帝面具的陈宝山……这种说法的确经不起推敲,细细想来,如果是戴着乾隆皇帝面具的陈宝山从秘室里走出来,那么在此后将近三十年的"乾隆盛世"里,难道一直是石匠或者面具师陈宝山治理国家吗?这令人不寒而栗。不过,潘渡镇的光棍汉们讲述这个传说的时候,个个都显得很兴奋,他们打着一些稀奇古怪的手势,或者高声笑。他们的声调和神态把传说的真实性和可能性顷刻间消解了。

另一个传说发自一个暗哑的声音。当时,在旧牛棚的一个角落,有一个老者坐在灯光的暗影里,此前那些人七嘴八舌说着陈宝山和面具的时候,这个老者始终没有说话,现在,他的声音一起来,其他人就安静了。老者首先声称自己年轻时也干过石匠,并且是李进的徒弟的徒弟,他自己也干过很多漂亮的石头活儿。因为老者坐在暗影里,所以房子里的人大都看不见他,只听到他在说话。这个声音说,秘室修好以后,乾隆皇帝前去验收,他仔细摸了摸墙壁,觉得墙体又光滑又牢固,皇上还检查了暗门的机关,对暗门也非常满意。然后,皇上说李进可以离开这里了。皇上要李进到宫中某个大臣那里领取赏银,那些银子足足可以把李进下半生的生活全

买下来。可是这个时候,躲在秘室一个角落里的李进突然笑起来,他的笑声就像是在吹猪尿泡。李进一边这样笑,一边对皇上说着连不成句子的话,李进说,皇上……草民……谢皇上龙恩……草民哪里也不想去了……草民就想呆在这里……李进摸着身边的石头对皇上说,这些石头多光滑……石缝合得多严实……暗门天衣无缝……冬暖夏凉……草民一辈子攒下来的手艺都用在这上面了……这是多么漂亮的房子……草民愿意呆在这里……哪里也不想去了

　　讲故事的老者说着这些的时候,自己一直学着故事里的李进,像吹猪尿泡一样笑。读者都还记得,这一天夜里下着雨,旧牛棚里非常安静,讲故事的老者坐在房子的角落里,灯光的暗影处,大家都听见老者的笑声,可几乎看不到他在哪里,所以老者的笑声有着成倍的感染力。但是,老者没有说那个躲在乾隆皇帝的秘室里像吹猪尿泡一样发笑的人,到底是戴着李进面具的陈宝山,还是真正的李进。

东湖传奇

　　四月份,教育学院数学系讲师李纪有一天去教工浴池里洗澡,发现了一个不大不小的问题。这个事儿说起来有点难以启齿,但因为是自己身体上的某种变化,一举一动有着切切实实的感受,所以它在李纪心中引起的震动是前所未有的。具体说来就是,以前李纪洗澡时最先着手的地方,现在因为肚皮的隆起,动起手来已经不太方便了。李纪站在淋浴头下面,微微低着头,用垂直的目光往下面看,除了肚皮上厚厚的脂肪以外,肚子下面则是一片空空荡荡。李纪看不到那儿,甚至连自己的脚尖都看不到。如果李纪想看到那个地方,就必须弯下腰来。李纪觉得造成这种局面的原因不外乎两个方面,一方面是他肚皮上的脂肪确实太厚了,另一方面是肚子下面那个地方可能有所萎缩。

　　那次洗澡之后,李纪下了一个决心,以后每天早晨他都要早起跑步。他要通过跑步,把肚皮上多余的脂肪消除掉。他很快就实施了这个计划。这样,李纪第一次晨练,就在离校园不远的地方,也就是燕子山山脚下一条相对幽静的林荫道上,碰到了他的同事梅里红。

　　梅里红是中文系的讲师,小李纪两三岁,以前,李纪和她并不太熟,只是近两年李纪酷爱麻将,渐渐地和梅里红的丈夫、历史系讲师张明瑞成了非常要好的"麻友",经常地他会跑到张明瑞家里坐一坐,因此也就和梅里红熟了起来。梅里红个子不高,身材匀称,留着短发,李纪晨练碰到她的那一天,她穿了一身茄花淡紫色的运动服,一双白色的球鞋,跑起步来样子就像一个十三四岁的孩子。当时,春天的风吹在身上很是舒服,路两旁悬铃木的叶子哗哗作响,空气中有一种甜丝丝的新鲜气味,李纪打算沿着这条林荫路一直跑进山里,然后再按照原路返回。那个时候梅里红就跑在李纪的前面,一开始李纪认定他前面跑着一个孩子,他在她身后跟了大约五

六分钟,她跑得快他就跟得快,她跑得慢他就跟得慢。后来,突然之间李纪觉得前面的人并不是一个孩子,而很像是中文系的讲师梅里红,他仔细观察了一下她的腰身,果然,就是梅里红。李纪追了上去。

梅里红梅老师,李纪喘着说,你起得这么早啊!

原来是李纪李老师呀,梅里红笑着说。

没想到会在这里遇见你,李纪说。

我每天都从这里跑,梅里红还是笑着说,你们这些大懒虫,早上不起床,怎么会看见我呢!

这时候,李纪和梅里红并肩跑着,他们之间的距离大概只有半米远,他能够闻到一股淡淡的香味,是从她的身体里散发出来的香味。李纪侧眼看了看梅里红,她的衣服被风一吹,再加上步伐的颠动,胸脯有规律地一起一伏,头发也像一把丝似的在脑后飘荡着。李纪说,是啊,是啊,怪不得你的身材一直保持得这么好,这都是跑步跑出来的结果。

李纪又说,刚才你说"你们这些大懒虫",是不是也包括张明瑞张老师?

那当然了。梅里红说,你们这些人都是大懒虫,晚上打麻将不睡觉,早上又睡懒觉不起床。

张老师和我不一样。李纪说,他瘦瘦的,看起来很酷的样子;你再看看我,体重到了一百六十多斤了,我的肚子现在都成了负担。

李纪说话的时候,两只手拍了拍自己的肚皮。

你不要只看张明瑞外表那个样子。梅里红说,他其实也是外强中干。

你说他外强中干,李纪笑着说,是什么意思?

梅里红的脸庞突然泛出一层红晕,可能是她觉得刚才自己说的话不太妥当。停一停她用软绵绵的拳头往李纪的腰背上捶了几下,一脸嗔怪的表情。

你这人很坏!梅里红说。

李纪和梅里红说说笑笑,一会儿就跑到了林荫道的尽头,林荫道消失的地方,是燕子山的进山口,再往山上走,就是曲里拐弯的石阶路了。李纪和梅里红放慢脚步,踏着石阶往山上走。两旁的山林里,散布着一些晨练

的人,他们大都是老人,有的人正在比划太极拳,有的人双手攀着松树枝,像虫子一样吊在树上,还有两个人,大概是京剧或者吕剧的票友,双手叉着腰吊嗓子,"咿咿——啊啊——"他们的声音像某种庞大的鸟类,在山林里传得很远。

爬到半山腰的时候,李纪的身体终于支撑不住了,两条腿像灌了铅似的再也抬不动,身上出了很多汗。我不行了,李纪说,我走不动了。他一屁股坐在石阶上。梅里红又在咯咯地笑他,她说,你的身体这么差,确实需要锻炼锻炼了。她笑着,独自一人继续往山上爬。李纪扭头望着梅里红,发现她踏着石阶的双腿仍然富有弹性,她像一只兔子一样富有活力。不过,这个时候从李纪的角度看梅里红,最显眼的还是她的圆圆的屁股。李纪看着梅里红的圆屁股,疲惫地笑起来。

这一天之后,李纪的晨练坚持下来了。每天早晨,他都去那条林荫道上跑步。当然,他的肚子很快就瘦下来,晚上睡得也好。但李纪并非每天都能在林荫道上碰到梅里红,实际上在那儿他只是偶尔遇到她。

梅里红这个人还是蛮有意思的。李纪知道她的一些事情。李纪记得大约是在两个月前的一天,学院礼堂放一部名叫《英国病人》的电影,他因为以前在别处看过这部电影,自己觉得没有再看一遍的必要,所以别人都在看电影的时候,他就去操场上散步。他在那儿遇见了张明瑞。当时,张明瑞像猴子一样坐在双杠的横梁上,李纪走近他时,他还在很暗的光线中甩给李纪一支烟,结果那支烟掉在李纪脚下,害得李纪蹲在地上找了好长时间。他们点着烟之后,张明瑞说了一句话,这句话让李纪吃了一惊。

梅里红是个婊子!张明瑞说。

因为梅里红是张明瑞的老婆,所以李纪听了张明瑞这句话,除了吃惊之外,还不便于附合张明瑞。李纪和张明瑞是一对好朋友,这一点教育学院的人都知道,他们两个人经常一起搓麻将,偶尔还一起打打蓝球。反正在张明瑞那里,李纪就是他最好的朋友,虽然张明瑞从来也没有声明过,但李纪从一些细节上看出来,张明瑞把他们两个人的友谊看得很重。

这个娘们儿骚得很。张明瑞又说。

张明瑞还坐在双杠的横梁上,李纪站在横梁的旁边。张明瑞两根手指间的香烟一明一灭,每当香烟头上那点暗火亮起来的时候,李纪都似乎能

够在他的眼睛中看到一股绿,李纪还闻见张明瑞嘴里呼出一些酒气。不过,李纪并不认为张明瑞是在说胡话,因为张明瑞平日里从来都不喝醉。

怎么回事?李纪只好接过张明瑞的话说,你们俩是不是吵嘴了?她跟别的男人睡觉了。张明瑞说。

张明瑞说得这么直接,这使李纪更没有话好说,李纪既不能对张明瑞说的事情毫不关心,又不能表现得好奇,比如说,他总不至于询问张明瑞,梅里红到底跟哪一个男人睡觉了吧,如果张明瑞本人不愿意挑明的话。李纪只好"唉唉"地叹了两口气,算是对张明瑞的响应。

可是张明瑞接着说,前些日子,梅里红告诉他说,她要去一趟青岛,她的一些大学同学,要在青岛聚会,时间大约是三天。然后,梅里红扔下张明瑞和他们的女儿就启程了。实际上,梅里红出去不只三天,而是五天,那五天里,张明瑞感觉上不大对头,他就给梅里红的一个同学打了一个电话。梅里红的这个同学是泰安人,现在也在泰安工作,他以前曾经到张明瑞家里来过一次,他们两个人在一起喝过酒,张明瑞手里有他一张名片。张明瑞在电话中问梅里红的这个同学,他是不是工作很忙,为什么没有去青岛参加同学聚会?梅里红的同学说实际上他的工作一点儿也不忙,而是他根本不知道青岛有一个同学聚会,如果知道的话,他是一定会去的。但过了一会儿,梅里红的同学感到很纳闷,他说如果他们同学聚会的话,为什么会不通知他呢?另外,在青岛聚会也是不太方便的,他们同学里面分到青岛工作的总共两个人,后来有一个同学离开青岛,定居海南了,另外一个同学前几年出了车祸,现在呆在公墓里。实际上,青岛现在根本没有他们的同学,而他们的同学怎么会选在青岛聚会呢?梅里红的同学说到这里突然沉默了半分钟之久,然后他问张明瑞,我是不是说错什么了?张明瑞说没有,你说得很有道理。

五天之后梅里红回来了,她一进家门,张明瑞就向她索要从青岛回来的车票。当然梅里红没有给他,梅里红说,你要车票干什么?张明瑞说不干什么,我就是要看看你的车票。车票我扔了,梅里红说,下了火车就把它扔掉了。张明瑞故意拖长声音说,是嘛,噢。然后,张明瑞的屁股像是被什么东西烫了一下,他猛地从沙发上弹起来,一把把梅里红的皮包抢在手里。张明瑞真的没有在梅里红的包里翻出火车票,但却翻出来一张东营市汽

车出租公司的计程车车票,他把这张票拍在梅里红的脸上,骚×,他说,你自己说吧,你到底干什么去了。很快,张明瑞和梅里红两个人就打起来。

张明瑞省略了他和梅里红打仗的过程,只说出了结果,结果当然是张明瑞胜出了,事情的真相全是梅里红自己说出来的。梅里红说,她没有去青岛,也没有什么同学聚会,她去了东营她的同学那里,是一个男同学。梅里红的这个男同学刚刚离过婚,情绪非常不好,他希望梅里红能够去看他,她就去了。以前还在学校学习的时候,他就拼命追她,但不知道为什么没有追到手。梅里红在她的男同学家里住了五天,然后就像什么事情都没有发生一样,又回到张明瑞身边。

那天晚上,李纪在操场上碰到张明瑞之后,心理上发生了一些变化,比如说,他再看到张明瑞的时候,就想,梅里红跑到东营跟她的男同学睡了五天,然后又回来跟张明瑞睡,张明瑞就骂她骚×;可是骂归骂,张明瑞还会不会和从前一样跟她睡呢,如果不,张明瑞怎么办?李纪再看到梅里红的时候,也想,不知道她的那个男同学长得什么样,不管什么样这个家伙真是艳福不浅。不过,梅里红跟她的男同学睡过之后,回来不告诉张明瑞就好了,梅里红又不是一只梨,被人吃了一口就会明显地看出来少了一块。梅里红从东营回来,身上什么东西都不少,如果她死不认账,不告诉张明瑞真相,张明瑞就不会知道,张明瑞也不至于爬到双杠的横梁上去。但是,心理上变化更大一些的并不是李纪,而是张明瑞,自从他在操场上把梅里红跟她的男同学睡觉的事说给李纪听之后,第二天再看到李纪,就对李纪非常冷淡,甚至面对李纪连招呼都懒得打。张明瑞张老师,李纪说,你去上课啊!张明瑞极不情愿地抬了抬眼皮说,唔。李纪是这样理解张明瑞对待他的态度的,那天在操场上张明瑞对他说了梅里红的事情,是一时冲动,接着张明瑞就后悔了。

张明瑞这个人也是蛮有意思的。就因为他自己无缘无故说了梅里红的事,却导致他和李纪的疏远,此后,他在校园里开始躲着李纪走路,甚至"麻友"们邀他打麻将的时候,他总是推托有事,不愿意再上麻将桌了。那一段时间里,李纪想起张明瑞和梅里红,总是觉得自己被夹在中间很无辜。但李纪和张明瑞友谊的终结,还是在此后的一次教工舞会上。

三月份,天气渐渐暖和起来,大家都换上了春装,心里也有一些骚动,

所以,学校团委和工会组织起来的教工舞会一下子吸引了很多人。当然,李纪、张明瑞和梅里红三个人也都去了。一直以来,李纪都是教育学院教工舞会上的王子,只是后来他的肚子渐渐大了,大家才觉得他的水平有所下降,不过李纪的功力还是在那儿摆着。但是,在这一次舞会上李纪却很收敛,他总共跳了不过三四个曲子,就坐在一个角落里,欣赏别人的舞姿。后来李纪看到了张明瑞,张明瑞坐在舞厅的另一个角落里,李纪感到张明瑞坐在那里也已经很长时间了,也许是灯光太暗的缘故,李纪还感到张明瑞的脸灰灰的,情绪不高。本来,李纪是想请梅里红跳上一曲的,但看到张明瑞,又想到这一段时间张明瑞有意疏远他,就没有把他的想法付诸行动。

张明瑞向李纪这边走过来,有点出乎李纪的预料。张明瑞坐在李纪旁边的排椅上,但隔着李纪还有一段距离。

张明瑞说,李纪李老师,你怎么不跳舞呢?

李纪说,我觉得跳舞没有太大意思,还不如看着别人跳呢!

张明瑞说,你是不愿意出山,跳舞你是高手。

李纪说,我现在不行了,我的肚子都起来了。

张明瑞说,你今天还没有请梅里红跳舞,我想让你请她跳跳舞,她从你那里学到真功夫,回到家里可以教教我。这一段时间,,我想学学跳舞。

李纪说,那当然,那当然。

实际上那会儿,李纪望着张明瑞的脸,心里在想,梅里红倒是从她的男同学那里学到了真功夫,回到家里也可以教教你;只不过你一边跟她学,还一边骂她骚×罢了。恰巧这时候一曲终了,梅里红从舞池里向他们两个人走过来。梅里红朝李纪点着头笑,然后她就坐在李纪和张明瑞的中间。李纪闻到了一股淡淡的香味,是从梅里红的身体里散发出来的香味。刚刚一曲下来,梅里红有些气喘,脸上还似乎有两片潮红。

梅里红说,李纪李老师,你今天没有请我跳舞。

李纪说,他们都在抢你,我排不上号。

梅里红笑起来,说,那你现在可以请我了。

李纪说,我请你。

李纪和梅里红跳了一曲布鲁斯。一开始,他们当着张明瑞的面跳,在

舞厅的这个角落里转悠,曲子进行到大约一半的时候,他们去了舞池的中央,那儿人很多,甚至有点拥挤。估计张明瑞已经看不到他们了,当然他们也看不到张明瑞。这时候李纪有些放开了,他觉得梅里红也放松下来。

张老师今天很大方,李纪说,他让我请你跳舞。

你不要看他那个样子,他是故意装出来的,梅里红说。

张老师有什么好装的呢,李纪笑着说,他只是觉得我和你跳舞比较安全。

梅里红也笑。那也很难说,梅里红说。

跳着舞,李纪认定梅里红是那种身体各个部位都很敏感,同时,身体各个部位的艺术感觉也都特别好的女人,她的身体柔软而又富有内在的张力,她就像一团妥贴和紧密的水,和这样的女人跳舞,根本就不用考虑配合的问题,只要自己尽兴发挥就是了,她就像他身体的一部分。

你的腰很软,李纪说,你的感觉非常好。

是吗?梅里红说。

你的身体非常有弹性,李纪说。

梅里红就笑。

我是说,和你跳舞简直不像是在跳舞,李纪说。

梅里红没有接李纪的话,而是用搭在李纪肩头的右手,狠狠地掐李纪的肉。这一下,李纪的感觉又上来了。

舞会结束以后,张明瑞约李纪到操场上去。李纪心里疑惑,莫非张明瑞又要和他谈梅里红跟别的男人睡觉的事?可是,李纪不愿意再一次插进张明瑞和梅里红中间去了,所以他对去操场没有多大兴趣,他只是默默地跟在张明瑞身后,慢慢地走。李纪心里想,梅里红高兴的话,就可以跟她的男同学去睡觉,或者跟别的什么人去睡觉,这和我有什么关系呢! 他们两个人又来到双杠那儿,但这一次张明瑞并没有爬到双杠的横梁上去,他在双杠旁边站定,从身上摸出香烟来递给李纪一支,两个人都点上。可是张明瑞却不说话,当然李纪也不说,两个人比赛似的大口抽烟。直到他们的香烟抽掉一大半,张明瑞才开始说话了。

梅里红跟你说了什么吗?张明瑞问李纪。

李纪有点儿摸不着头脑。没有,李纪说,没说什么。

你们俩什么话也没有说吗？张明瑞又问。

你想我们会说什么呢？李纪说。

我的意思是，张明瑞说，你觉得梅里红这个娘们儿，是不是脑子里有一些乱七八糟的想法？

我不懂你的意思，李纪说。

张明瑞看看不能够把自己的意思说得明白，就有点沉不住气，他狠狠地抽了几口烟，把烟蒂扔在地上。李纪想起来不久前张明瑞蹲在双杠横梁上，向他讲述梅里红跟她的男同学睡觉时的情景，现在李纪觉得张明瑞的眼睛里又在放着绿光。张明瑞扔掉烟蒂之后又开始说话了，说了很多，他说梅里红是一个满脑子装满乱七八糟想法的人，从来不安分，尤其是在男人面前，她就像一只狐狸一样浑身散发骚味。只要一从家里走出来，她就用她的骚味勾引男人，她的心思只有这个。张明瑞说了很多，最后总算把自己的意思说明白了。张明瑞的意思是，在刚刚过去的舞会上，在李纪和梅里红跳那曲布鲁斯的时候，梅里红是不是勾引了李纪。

李纪冷笑了一声说，我没有时间陪你了，我要回家睡觉了。

这一次张明瑞和李纪在操场上的谈话，彻底断送了他们之间业已建立起来的友谊。

李纪第一次早起跑步碰到梅里红大约半个月之后，再一次碰到了她。梅里红还穿着那身茄花淡紫色的运动服，一双白色的球鞋，可能是她的腿部富有弹性，所以跑起步来身体飞离地面的高度明显地超过一般人，这使她看上去就像一只充满活力的兔子。但梅里红似乎比半个月前瘦了一些，另外她左眼角那儿的一块皮肤呈现出明显的青紫色。李纪判断，可能梅里红和张明瑞又打仗了，她左眼角那儿的一块青紫，是让张明瑞用拳头揍出来的。李纪想问一问梅里红，她和张明瑞是不是又打仗了，可是说出口来的话却是：张明瑞张老师忙什么呢？

那时候，李纪跑步跑得很累了，坐在燕子山半山腰的石阶上，梅里红站在离他两米远的地方，正在甩动着手臂。梅里红说，张明瑞正忙着要和她离婚。梅里红说这话的时候，一副满不在乎的样子。尽管李纪知道梅里红前些日子去东营和她的男同学睡觉的事，但张明瑞要和她离婚以及她的满不在乎的样子，还是让李纪有点儿吃惊。李纪一直认为，张明瑞不会

因为梅里红去了东营就和她离婚,如果他要和梅里红离婚,梅里红也不会满不在乎。看来问题并不像李纪想的那么简单。

张老师要和你离婚,是什么原因呢？李纪说。

其实根本什么事情也没有,是他自己想闹腾,梅里红说。

总还是有原因的,李纪说。

他怀疑我和一个男的有关系,梅里红说。

其实没有什么关系,梅里红又说,但是张明瑞不这么认为,他认为我和那个人每天早晨在一起跑步,就一定是有关系的。

是吗？李纪说。

几个登山的人从李纪和梅里红的身边跑过去,中断了他们的谈话,那些人过去之后,梅里红往李纪的身边移了移。现在梅里红靠李纪很近,李纪已经闻到她身上那种淡淡的香味了。不过李纪突然间觉得很没意思,他不想再问梅里红什么了。可是梅里红还想再说下去。

你不想知道张明瑞怀疑的那个人是谁吗？梅里红说。

他是你们系的李宝中李老师,梅里红又说。

李宝中,数学系的讲师,瘦瘦的,高高的个头,手臂很长,长相有点儿像相声演员冯巩,李纪当然熟悉这个人。有一次学校里开新年晚会,李宝中表演了一个叫做"车站吻别"的哑剧小品,当时他站在舞台上,一个人背对观众表演,他的两条手臂交叉着绕过前胸,然后两只手在自己的后背上轻轻抚摸,可是从观众席上看过去,却像是他在和一个女人拥抱亲吻。这个人生活中也很幽默,常使他身边的人非常开心。

可是,李纪说,我怎么不知道你和李宝中李老师一起跑步的事呢？

你怎么会知道呢,事情已经过去很久了。梅里红说,你到这儿来跑步才刚刚半个月。

是啊,是啊,李纪说,可是一起跑步又怎么了？

张明瑞是不允许我和男人一起跑步的,梅里红说。

梅里红说,直到几天前张明瑞才知道她和李宝中一起跑步的事,他知道的时候,梅里红已经不和李宝中一起跑步了。李宝中生了一场病,病好之后,他把每天早上跑步的习惯改成了黄昏散步,从那以后,梅里红就一个人跑步。可是不知怎么张明瑞知道了这件事。张明瑞先是和梅里红揍了

两仗，把梅里红身上揍出很多青一块紫一块的伤痕。梅里红说到这个地方，用一只手拉开了一截淡紫色运动服的拉链，似乎是想让李纪看一看她身上的伤痕，但很快，她又把那截裂开的拉链拉合上了。梅里红说，他们两个揍过两仗之后，张明瑞给李宝中的妻子打了一个电话，告诉李宝中的妻子梅里红和李宝中两个人每天一起跑步的事。张明瑞是这样想的，李宝中的妻子知道这件事之后，一定会和李宝中揍仗，揍了仗之后还会把李宝中看管起来。通常情况下，女人看管男人要比男人看管女人办法更多一些，谁知道李宝中的妻子会不会在家里逼出一个神经病来呢！如果李宝中能成为一个神经病，那倒正合了张明瑞的心意。可是，李宝中的妻子是这么回答张明瑞的。她说，张老师，你只把自己家里的那个女人管好就行了，你家女人把篱笆扎紧喽，哪个男人也挤不进去，绿头苍蝇只叮裂了缝的臭蛋。李宝中的妻子是一家商店的收银员，说话非常地爽快，她问张明瑞，李宝中和你们家那个叫梅里红的女人，除了跑步之外还有没有别的事？张明瑞说，当然了，肯定有，他们两个人不可能只是在一起跑步。李宝中的妻子就笑起来说，我不相信，李宝中干不成的，他是一个阳痿。

　　张明瑞又去找了数学系的系主任，告诉那个主任他们系讲师李宝中和中文系讲师梅里红勾搭成奸的事。张明瑞的本意是想让数学系管一管这件事，刹一刹李宝中的威风，至少在晋升职称或者调工资的时候把李宝中搁一搁。没想到，数学系的系主任非要让张明瑞讲出一些细节。系主任问张明瑞，你说我们系的李老师和中文系的梅老师勾搭成奸，手里有什么证据吗？张明瑞说，有的，有很长一段时间，他们两个人每天早晨一起跑步。系主任又问，除了跑步，他们两个还干了什么？张明瑞说那是肯定的，但我没法说，你让我怎么说呢？系主任说，你不说，我们手里就没有任何能够说明问题的材料，那我们怎么来管这件事？当时，张明瑞肯定有点儿尴尬，如果他不说出来一些事，数学系的系主任就不管；可如果他要说出来呢，自己又觉得难为情。张明瑞横了横心，就说，李宝中和梅里红之间存在着暧昧关系。系主任说，你是怎么知道的呢？张明瑞说，那一段时间，就是梅里红和李宝中在一起跑步的那段时间，每当她跑步回来，我都在她身上闻到一股狐臭味；梅里红平时身上没有狐臭味，她只有在和男人睡过之后才会放出那种气味。数学系的系主任说，噢，是嘛，这我们可不知道。

张明瑞还找了梅里红的父母说这件事，不过具体经过梅里红并没有告诉李纪。可以想象，梅里红把张明瑞找李宝中的妻子和数学系系主任的经过说出来的时候，自己也是很难为情的，一开始梅里红说这些事还在打着各种各样的手势，看起来精神比较放松，说到后来，她就坐在了李纪旁边，低着头，面色红润，情绪有点儿激动。李纪听梅里红说完，叹了一口气。不知道张明瑞会不会真的和梅里红离婚。

后来，梅里红的情绪渐渐地好起来，她就邀请李纪和她一起往山顶上爬。

你陪我一块爬到山顶吧，梅里红说，那里很好玩的。

梅里红说这话的时候，伸出一只手来扯了扯李纪的衣角，她望着李纪的眼睛，目光中有着些许温存或者鼓励。一段时间以来，早起跑步的李纪从来都是跑到燕子山半山腰的石阶上，从来也没有上过山顶，这与其说是他体力不济，还不如说是一种习惯。现在，他想听从梅里红的话，和她一起爬到山顶。

那好吧，李纪说，我们一块到山顶上去。

燕子山并不太高，据山脚下的一块石碑上说，它的海拔高度也只有163米。人工砌成的石阶一直通到山顶。李纪和梅里红并肩往上爬。半道上，李纪忽然觉得人这东西也真是奇怪，比如说，燕子山离教育学院很近，山又不高，可是他已在这里生活了十几年，却从来也没有到过燕子山的山顶。然后李纪又想起梅里红和李宝中每天早晨一起跑步的事，不知道他们是不是每一次都跑到山顶上去。

你和李宝中一起跑步的时候，李纪说，是不是每一次都跑到山顶上去？

你不能这么问我，梅里红说，你是不怀好意的。梅里红睨了李纪一眼，似乎是有点儿生气了。

对不起。李纪说，我没有别的意思，只是有一点点好奇。

我早就说过，你这人心里很坏，梅里红说。

很快他们就来到山顶，山顶上是一块平台，大约有半亩地那么大。平台上光秃秃的，没有树木，没有凸起的山石，当然现在也没有别的人在这里。李纪站在平台上，往他们刚刚过来的方向看，他看到了很多高高的楼

房、棋盘似的街道、甲虫或蚂蚁一般的车辆和行人,现在李纪有一种高高在上的感觉,有一种操纵和控制的快感,他觉得自己手上如果有一枚威力极大的炸弹,他只要把手轻轻一挥,把那颗炸弹投下去,他生活了许多年的这个城市就会变成一片废墟。同时,李纪觉得这个念头是非常非常富有诗意的。

那时候,梅里红站在平台的另一边,也在往远处的一个地方看,神情专注。李纪走到她的身边,顺着她的目光望出去,他看到在山的另一边不太远的地方,在山脚下,似乎有一片水,水是青绿色的,水面上正在升腾着淡淡的雾气,让人觉得那里是一处朦胧和不切实际的地方。从他们站着的地方看山坡,平台的下面,在那些灌木和低矮的松树间,有一条弯弯曲曲的羊肠小道蜿蜒下去,一直伸到山脚下,到达那一片水边。

那是一片水吗?李纪说。

是东湖,梅里红说。

怎么会是东湖呢,你有没有搞错啊?李纪说。

不可能的,东湖我去过,李纪又说,那里不可能是东湖,东湖没有这么近。是你自己搞错了,那的确是东湖,梅里红说,你从来也没有到过山顶这里,所以你从来没有从这个地方看到过东湖。

梅里红指了指山间那条羊肠小道,又说,你从这里走下去,很快就能走到湖边的沙地上。

李纪仔细看了看梅里红,看了看山间小道,又去看那片水。也许他应该相信梅里红的话,现在看那个地方真的很像是东湖。

李纪去东湖是在 10 年前,那是教育学院团委搞的一次郊游,当然了,那一次梅里红、张明瑞和一帮年轻教师都去了。他们乘坐团委租来的一辆大客车,车从教育学院出发,沿着经十路西行约 15 公里,再往南,走一条很窄、路面又很差的粗糙柏油路,曲里拐弯地走了一个多小时才到达东湖。所以在李纪的印象中,东湖离他们住的地方很远。10 年前去东湖的时候,他们这些人都很年轻,当然那时李纪是比较瘦的,他的肚子还没有起来,他的肚子上有八块肌肉排成两列,他只要把腹部收紧用力,它们就会像小馒头似的拱出来。那时,这帮人多数都没有成家,男男女女的凑在一起,场面显得十分热闹。他们在东湖近水的一片沙地上停下来,拧开录音

机,唱那时流行的歌曲,还有一些人在跳舞。那应该是在秋天,湖水碧绿,里面有一些像铁钉一般大小的小鱼游来游去。梅里红穿着一条咖啡色的毛料长裙,这一点李纪记得非常清楚,因为沙地上铺了一块一块的塑料布,梅里红坐上去的时候,总是小心地用两只手提一提裙子,坐好之后,她再仔细地把裙子的扇面盖在腿上。那次郊游的经历,好几年之后大家都还记得,大家都觉得那很有趣,但不知道为什么,学校团委再也没有组织第二次郊游,所以他们也都没有再去过东湖。

空 枪

一

　　警校实习生马达被分配到市局刑警大队第二特别行动小组一个月之后,听一个名叫张宝中的警长讲到了神探大司马的秘密,这个秘密同时也属于第二小组。张宝中说,大约是从 1977 年 11 月开始,大司马的手枪里从未装过子弹,他那把新型七七式手枪是一把空枪。哪怕是一个端着奥地利 TMP 冲锋式手枪的歹徒用枪口对准他,也是一样。张宝中说,大司马从不肯给自己的手枪装上子弹。张宝中对马达说这些话时是 1998 年的 5 月 9 日,局里的一些人刚刚给大司马过了 55 岁生日,马达和张宝中一起执夜勤。当时天气还很凉爽,从窗口吹进来的风带着夜露的清香味,窗外是这个城市的辉煌灯火。马达和张宝中呆在市局一间办公室里,两个人守着一部电话,蓝皮的案情记录本和一支纤细的签字笔放在电话旁边,四只眼睛不时地对望一下,然后移向窗外。对于空枪的说法,一开始马达宁愿不去相信,他觉得这种说法更像是传说,你无法理解一个终日和一些亡命之徒打交道的人,会在 21 年的时间里一直使用一把空枪。

　　张宝中大约 30 来岁,身材高挑,他在来市局供职之前,曾经在陆军特种部队干过六七年,迷恋新奇和不可思议的事物,热衷幻想,身上有一股冒险的倾向。马达喜欢张宝中这样的人,因为他感到自己和张宝中趣味相投,唯一不同的地方只是自己读了警官学校,却不曾到陆军特种部队服过役。1998 年 5 月 9 日,就是大司马 55 岁生日那天,关于大司马使用一把空枪,张宝中是这么告诉马达的。1977 年 11 月中旬的某一天,从大司马的枪膛里射出了最后一颗子弹,这颗子弹射穿了一个年轻警官的心脏。那一年,大司马刚刚 34 岁。当然,了解内情的人都知道,那个年轻的警官是

被大司马误杀的。当时,大司马率领六七名警官追击三个持枪歹徒,黄昏时分,他们把三个歹徒逼进了一幢尚未竣工的大楼里,警匪双方展开了一阵激烈的枪战。枪战甫始,其中一个歹徒就被击毙。需要特别提及的是,三个歹徒都穿着同样的黑皮夹克,而且都戴着大宽边墨镜,再加上天色渐暗,外人很难将他们分清,所以警官们要做的只是朝黑皮夹克瞄准。天黑以后,三个歹徒都被击毙了,局里的担架车开到了大楼下面。可是,大家在检索现场的时候,发现那三具黑皮夹克的尸体中,有一具竟是我们的年轻警官。现场还有第四具尸体,这个人的上身只穿着内衣和羊毛衫。合情合理的推断是这样的,第一个歹徒被击毙后,年轻警官为了麻痹敌人的视线,以便从背后攻击他们,所以换上了歹徒的上衣。后来,大司马关在一间反省室里回忆出了当时的情景。他记得大约是在年轻警官被击毙之前三秒钟的时候,这个年轻人穿着黑皮夹克的身影出现在一扇朝西的窗口中,当然那幢尚未竣工的大楼还没有安装门窗,所谓窗户只是墙上的一个方洞。从那个方洞望出去,外面是几块被晚霞染得血红的云彩,所以年轻警官健壮的身体在方洞中成为一个浓重的剪影。三秒钟之后,大司马朝这个剪影的左胸开了一枪,事情的经过就是这样。如果大司马自己不说出真相,没有人能够认定年轻警官左胸的那颗 9 毫米手枪弹发自于他的枪口,因为参于战斗的六七名警官使用的全是五四式手枪,子弹的规格都是相同的。那个年轻警官还没有结婚,他的父母也早已经去世了,只有一个姐姐却远嫁到了内蒙,大司马几乎找不到可以向年轻警官的家人谢罪的机会,唯一能够做到的就是,从此以后使用一把空枪,再也不要那种像花生米一样大小的 9 毫米手枪弹了。

　　21 年来,大司马用一把空枪收拾掉了几百上千个持枪或持刀的歹徒,这是马达听到和读到过的最为神奇的故事之一。二组的大个子警长张宝中向马达讲述神探大司马的故事时,马达正在做大司马的助手。但是,大司马一直对马达缺少信任,他从不带马达外出执行任务。马达来市局报到已经一个月,可是这一个月却是在档案室里度过的。当初,马达被分配到二组做大司马的助手,引起了局里一些警长和警员的议论,他们把这样的安排理解为局里对一个警校实习生的过分重视。马达来二组报到是 1998 年 4 月上旬的一天,那天二组的全体成员和分管二组的警监集合起

来，专为马达开了一个简短的欢迎会，会上大家轮流说了一句欢迎马达到来的话，然后即告结束。不过，这对于一个警校实习生来说，已经是相当隆重了。当然大司马也参加了这个欢迎会，他是最后一个走进会议室的，也是最后一个发言。那是马达第一次看到大司马，心里有点紧张，他向心目中的神探行了五秒钟的注目礼。大司马的样子和以前别人对他的描述相差不多，那天他穿了一件棕色的棉布夹克衫，敞着怀，头发有些乱，神情严肃。可是在会上，看起来老态龙钟的大司马对他的新助手的能力似乎估价不高，当时警监望着大司马的脸让他表态的时候，他的两片嘴唇翕动了一阵子，却说了这么一句话："我无所谓。"在马达看来，大司马说这句话时的神态和口气很是稀松，好像一个受过三年专门训练的警校高材生还不如一支五四式手枪更有用处。这个比喻倒是很有些道理，现在马达才知道，不管是国产的五四式手枪还是七七式手枪，甚至是美国产的 M9 半自动手枪和科尔特式左轮手枪，对于大司马来说的确都是"无所谓"的。大司马还认为马达并不适合出外勤，只适合呆在局里干一些可有可无的事情，因为那个短短的欢迎会结束以后，他就把马达带到了档案室。这就是你的工作，大司马指着档案室里几排漆成淡红色的铁皮档案柜对马达说，这里有谋杀、抢劫、强奸、纵火、入室偷窃等案子的记录，没有一个是破了案的。大司马咧嘴笑了笑，用一只手轻轻按一下马达的肩膀，又说，小马，现在你的工作是重看这些案子，看看能不能破案。

以前马达还在警校学习的时候，就已经听说过大司马的名字，不过一直没有见过他，本市一些出名的警官都曾经被邀请到警校讲课，可这个最出名的矮老头大司马却从未出现在警校的讲台上。当时，少数有幸见过大司马的同学对马达讲，大司马是一个矮胖的老头，身高大约刚刚一米六，大腹便便，一头白发。其实呢，了解情况的同学又说，大司马也就 50 多岁，但他长得老相，再加上身上肉多，行动迟缓，看起来就是一个不折不扣的老头。这样，在马达的心目中，大司马的形象渐渐地就和阿加莎克里斯蒂小说中那个著名的侦探波洛混为一谈了。那时和现在，马达都热衷于阅读侦探小说、警匪故事和千奇百怪的犯罪档案材料，他喜欢把自己想象成那些小说、故事和档案材料中的英雄。当然，这些英雄形象也是千差万别的，比如酷爱幻想的名门之后奥基斯特杜宾、料事如神的克夫探长、长于推理

的歇洛克福尔摩斯、"现场大师"艾勒里奎恩和侠盗亚森罗宾、神探亨特以及铺天盖地的美国警匪影片中的探长们,等等等等。这些人都是不同时空中,马达自己变幻无穷的面孔。马达觉得比起这些人来,大司马和波洛尽管智慧超人,但身体未免还是显得过于笨拙。开马达的欢迎会那一次,大司马只爬了三层楼,就坐在木椅子上大喘到会议结束,真是有点儿过分了。能够做大司马的助手是令人兴奋的一件事,可看到大司马气喘吁吁的样子,马达心里禁不住产生了失望的情绪。尤其大司马根本不把他放在眼里的那种态度和把他关在档案室里这两件事,极大地刺伤了马达的自尊。马达私下里对警长张宝中提到大司马时,说大司马也没有什么了不起,只不过是多活了一些年头,身上比别人多些肉,马达说,如果我们到了他那种年龄,不见得比他差,不信大家可以走着瞧嘛!

马达在档案室里,度过了1998年的短暂春天。大司马是一个喜欢独来独往的人,马达终日看不到他的影子。如果有了案子,他也会跑到档案室里告诉马达一声,但他只是告诉马达他要出去一下,让马达在档案室里好好呆着。每一次大司马都是这么做的,他站在档案室的门口,左手掀开棉布夹克的衣襟,右手按一按藏在腋下的手枪套,对马达说,这次用不上你,你呆着吧!马达就咕哝一句,当然了,又能怎么样呢!马达知道藏在大司马腋下的是一把新型七七式手枪,枪身长148.5毫米,口径7.62毫米,弹匣容量9发,有效射程50米,这种型号的手枪他曾经在枪械库里仔细辩认过。当时,马达还不知道大司马的手枪里从不装上子弹,如果知道了,他看着大司马煞有介事地按一按腋下手枪套的动作,可能就会笑出声来。但是,马达窝在档案室的这段时间里,也看到了在学校里少有机会看到的东西,这就是那些纸页已经发黄的卷宗。档案室是一个大通间,大约有70多个平方米,进门以后左首是几排漆成淡红色的铁皮档案柜,右手是几排同样质地的柜子,但它们的颜色却是淡绿色的,还有一个土黄颜色的档案柜,被孤伶伶地放在房间的一个角落里。正像大司马所说的那样,淡红色档案柜里放的是谋杀、抢劫、强奸、纵火、入室偷窃等案子的记录,但没有一个是破了案的。已经破掉的案子的卷宗,全部放在那些漆成淡绿色的铁皮档案柜里。那个土黄颜色的档案柜,放着一些很另类的案子。很显然,这个柜子经年累月没有被人打开过,因为马达第一次打开这种密封得很

好的柜子时,竟然在卷宗的封皮上摸到了厚厚的尘灰。但土黄色铁皮柜里的案卷都很稀奇,有些读起来甚至是惊心动魄的。比如有一份卷宗里记录着一宗被称为"6.14案件"的谋杀案,这个案子发生在1985年6月14日,一个外号叫做"老荒"的歹徒,在那天的凌晨时分杀掉了一个流落街头的弱智者。此后,老荒又分别在1985年的7月6日、7月27日和8月14日接连残杀了另外三个弱智者,直到这一年的10月份,他在杀掉第四个弱智者之后不久,被当时已经名声在外的大司马抓获。可是第二天夜里,老荒却从刑警大队审训室里跑掉了,从此再也没有他的踪迹。13年后的今天,这个古怪的杀人案还沉寂在铁皮档案柜里,同时它也被封尘在人们的记忆中。马达算了一下,当时大司马不过才42岁,也许那个时候他还没有这么胖,而自己呢,可能刚刚上小学三年级。

　　一个月之后,逢到大司马过55岁的生日,二组的几个同事邀了马达,把大司马的这个节日搞得相当隆重。他们在大会议室里布置了一个烛光晚会,这个大约200平米的房子里,桌子上、窗台上、地板上甚至是吊灯的灯罩上,错落有致地插满了55根蜡烛,主席台的上方挂着一条红布横幅,上面写着"大司马55岁生日快乐"几个黄色大字。他们还用二组特有的方式,在一个大大的生日蛋糕上面,用又黄又亮的空弹壳插成了警徽的图案。这天除了外出执勤的干警以外,剩下的警官和警员都来到了晚会上,连局长也大驾光临了。这是大司马呆在二组过的最后一个生日,再过两个月,也就是马达实习结束的时候,大司马就要退休了。晚会上,伤别的气氛已经非常浓烈,可以想象,作为一个声名显赫的老干探,大司马在为马达写好实习结语之后,将和这个年轻人一起离开市局。大家把大司马围在中间,一起唱《祝你生日快乐》,可是他们的声音中没有多少快乐,反而有着丝丝缕缕的忧伤。很多年轻警官从大司马身上看到了自己的影子,那就是如果你不在年轻的时候因公殉职的话,到老就要像他那样发胖,然后离开这里,去生病、养花或者钓鱼。大司马的生日晚会,对于马达来说是一个重要的转折点。在这之后,大司马终于带着马达出外勤了,那时马达也已经从档案室里吸取了足够的营养,当然这些都是后话。那天,马达模仿喜剧演员赵本山的动作和声音,表演了一段小品。马达的表演非常投入,笑声和掌声不断地响起来,可是表演结束以后,大司马的嘴角抽动几下,接着

他竟然流下了眼泪。马达的表演是那天晚上一个真正让人开心的节目，大司马却恰恰在这个节骨眼上哭了。当时，烛光打在大司马的脸上，马达觉得他的泪珠被神奇地放大了，它们像蚕豆一样从大司马的胖脸上迅速地跌落下来。

就是这天夜里，为大司马祝贺生日的人们散去之后，马达和警长张宝中一起呆在局里执夜勤，张宝中向马达讲述了大司马使用空枪的故事。当时，大司马挂满泪珠的胖脸还在马达眼前晃动着，有那么一瞬间，马达觉得他已经捕捉到了一个55岁的老警官的伤感，可是这种感觉一闪就过去了。张宝中是曾经做过大司马助手的为数不多的警官之一，关于大司马，这天晚上他还说了很多，其中值得记住的一件事是这样的：大概是在1991年的秋天，大司马奉命去市区东部的香贝尔大酒店609房间，保护一份绝秘文件，这份文件被一位国家安全人员带在身边，锁在一只小型的秘密箱里。内线情报说，盗贼可能在晚上九点左右趁安全人员外出之际盗走文件。就像平时习惯的那样，大司马没有带上他的助手，而是只身去了香贝尔大酒店。晚上八点半左右，大司马潜入609房间，他准备躲在暗处，等待盗贼走进他的枪口下面。可是他刚刚打开房门，一把手枪的枪口已经顶在他的脖颈上，那个盗贼先于他来到了这个房间。盗贼缴下了大司马的新型七七式手枪，当然现在已经不是什么秘密，大司马的那把手枪是一把空枪，里面根本没有装上子弹。大司马被迫将双手举过头顶，身体贴在门上。显然盗贼已将文件拿到手，安全人员的秘密箱被打开了，它现在被胡乱地扔在席梦思床上。一般情况下，这种时候盗贼要和大司马做一笔交易，他可能这样说，如果大司马放他一马，他就会饶大司马一条性命。大司马说那是不可能的，他不会放过他，而且盗贼也是不会开枪的，因为外面有很多保安，如果他们听到枪声，那等于是盗贼落进了天罗地网。盗贼说他的手枪上安装了消音器，说着他还晃了晃手中的枪。大司马说那也是一样的，这个房间里有一套非常先进的监控系统，盗贼进来的时候并没有先把这套监控系统破坏掉，现在，他们两人的一举一动都已经出现在保安部的监视器上。大司马接着又说，盗贼现在死到临头了，他只想知道他是如何潜入这个房间来的，因为外面的便衣很多，盗贼不可能从正门进来；而外面的凉台下面是光滑的玻璃幕墙，而且有几十只大度数的射灯打在墙

上,即便是一只鸟飞进窗户也是能看得见的。大司马说到凉台的时候,盗贼往窗外看了一下,就在这个不到两秒钟的时间里,大司马的手指节奏分明地在木门上敲了三下,盗贼大吃一惊回过脸来。这时大司马说,是饭店的送餐员,他们总是在晚上九点左右送一杯咖啡进来。盗贼再次晃了晃手中的枪,对大司马说,你知道该怎么做。然后,他就闪身躲到凉台上去了。那是当然的,熟悉香贝尔大酒店的人都知道那个高大的建筑是根本没有什么凉台的,房间里也没有什么现代化的监控系统。那个盗贼摔死在楼下的花坛里面。

对于警长张宝中所说的这个故事,马达将信将疑,这倒不是他对大司马的智慧有什么怀疑,而是在他的印象中,这个故事来自于一本小说。如果不是因为张宝中迷恋幻想喜欢胡编乱造的话,一定就是他把一些人和一些事混在一起了。马达最感兴趣的仍然是大司马的那把七七式手枪,他想知道大司马用一把空枪指着那些歹徒时到底该是怎样的情景。当然,在马达的想象中,那些歹徒不能够是香贝尔大酒店的那个笨贼,至少应该像是1985年"6.14案件"中的"老荒",健壮、机警,身怀绝技,智慧过人。马达曾经在档案材料中看到过老荒的照片,这个人前额宽阔,高鼻梁,留着板寸头,有一双英气逼人的眼睛,目光中流露出一股强烈的自信,看起来根本不像一个罪犯。据说,老荒一年四季都戴着一顶破旧的鸭舌帽,很显然在拍那张照片时他的帽子被某个警官拿掉了。在"6.14案件"的档案材料中,审讯人员问老荒为什么要疯狂地杀害弱智者,老荒回答得很干脆:"因为他们弱智。"老荒作案的时候,怀里揣着一把奥地利 TMP 冲锋式手枪,这种枪的弹匣能够容纳30发派拉贝鲁姆9毫米手枪弹,射速高达每秒900发,可是老荒根本不用手枪对付那些可怜的弱智者,他用一条半米多长的麻绳勒死他们。

现在马达想知道,当老荒站在大司马的对面,用他的冲锋式手枪指着大司马的胸口时,大司马的一把空枪如何发挥了作用?马达清了清嗓子,从木椅子上站起身来,然后慢慢伸直右臂,把右手的拇指张开,食指指向桌子对面的张宝中。这时的马达,把自己想象成了面对歹徒临危不惧的大司马。在做上述一系列动作时,马达的身法还有些僵硬,好像一个新戏子初登舞台。马达为自己的举动愣了愣神,但内心的惶惑只是一瞬间的事,

很快他就镇定下来。他用低沉有力的声音对张宝中说,放下你的武器,这一切该结束了。那时,张宝中正在目不转睛地盯着马达,白炽灯的灯光打在他的头发上,使他的黑发看上去发光。张宝中并没有笑,他的眉毛扬了扬,然后也像马达那样从木椅子上站起身来,所不同的是他却从腋下拨出了一把真正的新型七七式手枪,并且将枪口对准了马达。马达再次愣了愣神,一丝真实的恐惧感使他的汗毛孔张开了,但他更渴望戏还能够演下去,甚至愿意尽快看到结果。那时候已经到了下半夜,市局的办公大楼只有几扇窗口还亮着灯光,没有人知道窗口里面会发生什么事,没有观众,马达和张宝中都进入了自己的角色。你不会开枪的,马达对张宝中说,如果你要开枪的话,你早就那么做了。马达这么说着的时候,开始绕过桌子,朝张宝中慢慢靠近。张宝中用握枪的右手拇指打开了手枪保险栓,同时他说,你不要过来,你再往前走一步我真的会开枪。马达没有停下来,继续朝张宝中走过去,他说,那么就让我们试一试,看看谁的运气好。张宝中还在重复着那句话,你不要过来,我真的会开枪。这时马达突然笑了,他那种笑容极为收敛,恐怕只是两个嘴角往上挑了挑,但马达的确是在笑,他的笑中充满夸张的嘲讽意味。马达还在向张宝中挑衅,他把左臂圈成了一个半圆,指头指着左胸的某个点,笑着对张宝中说,你可以先开一枪,但你恐怕不会一枪命中我的心脏,如果真是这样的话,那你可就惨了。说话间,马达已经走到张宝中跟前,他右手的那根指头将张宝中的枪口往上抬了抬,然后,张宝中的七七式手枪慢慢握在了马达手中。就是这样,马达心里想到,大司马就是这么做的。现在,马达手中的枪指向张宝中,他把枪口对准了张宝中的一只眼睛,这一次你又输掉了,他轻声对张宝中说。

大司马55岁生日之后,马达终于被允许跟着这个矮胖的老警官出外勤,而且出勤的时候他还可以佩带一把五四式手枪,这对于马达来说不啻是警探生涯的真正开始。但是,从1998年的5月上旬到6月上旬这一个月的时间里,他们根本没有遇到过像模像样的案子,甚至在很多个漫长的白天和夜晚,大司马只是领着马达和其他几个组的干警一起,处理一些诸如小偷小摸和街头斗殴之类的事件。马达因此产生了怀疑,这段时间有可能是一年中恶性犯罪率最低的季节,人群中的那些恶人好像都心照不宣,去享受不冷不热的天气了。马达的心情越来越沮丧,不知道在前面等待着

他的是什么,他对自己做警察的前途也产生了疑虑,再就是马达不能够适应大司马慢腾腾的样子。大司马走路时懒洋洋的,他们一起出勤或者在街头步行的时候,马达不得不总是停下脚步等待大司马。和大司马说话时,也必须忍受谈话中间出现的大量空白,因为大司马通常在张嘴说话之前,两片嘴唇很丑陋地翕动五秒钟或十秒钟,然后才能听到他的声音。有一次马达又和警长张宝中一起执夜勤,他把自己的恶劣情绪传达给了张宝中,不过是话说得相当模糊。马达对张宝中说,我不知道自己能否成为一个好警察,不知道自己是不是适合干警察这个行当,我也不知道自己当初为什么要报考警官学校。

二

1998 年 6 月 14 日,就是马达怀疑自己能不能成为一个好警察的第二天,一个弱智者被勒死在三联桥上。这是事隔 13 年之后再次出现的杀害弱智者的事件,作案手法和 1985 年"6.14 案件"中的老荒非常相似,而且凶手作案的月份和日期也和那一次相同。市局的执勤人员大约在清晨六点接到了一个环卫工人的报案,接着他们把案情及时通知了大司马和马达,这样的案子正经该二组的人接手。大司马和马达从各自的住处赶往现场。那时,警技人员正在仔细检索现场,从几个不同的角度为死者拍照。法医也在翻弄尸体。被杀的弱智者是一个中年男性,长发披肩,右腿截肢,他倚坐在桥侧的栏杆上,吐出半截舌头,眼睛还在大睁着。尸体暴露在外面的皮肤很脏,几乎看不到肤色了,他的脸和手好像很多年都没有洗过。已经到了六月天,尸体还穿着一件同皮肤一样脏、看不出原色的灰黑棉袄,大敞着怀,露出干瘪的胸脯和圆鼓鼓的肚子。棉袄烂掉了领子,深褐色的破棉絮像一圈舌头一样舔着尸体的脖子。尸体的脖子上有一道深深的被绳子勒过的印痕,面部轻度浮肿。根据法医的初步推断,弱智者死亡时间在两个小时以上,也就是说凶杀发生在凌晨四点左右。现场没有发现任何有价值的物证,勒死弱智者的那根绳子,很显然并没有被丢弃,它现在还拿在凶手的手中。

大司马重新翻看了 1985 年"6.14 案件"的档案材料,这份材料除了在

一个多月之前被警校实习生马达翻弄过之外，它已经在档案室土黄色的铁皮柜里躺了13年。其实，大司马手捧档案材料几乎是一种下意识的行为，他用不着看什么材料，13年前的情景现在仍然历历在目。只可惜，老荒从刑警大队的审训室跑掉了。当时老荒还戴着手铐，被关在审训室里连夜突审，可是他居然能够把两位警官打昏，大约在凌晨一点的时候，老荒大摇大摆地从市局刑警大队的审训室里走了出去。大司马还记得老荒的样子，那时老荒穿了一件深颜色的短风衣，他的身材看上去细长而又结实。他的头上扣着一顶鸭舌帽，鼻梁上架着一幅大宽边墨镜，整个脸的上半部分被掩藏起来。那时是1985年10月份一个阴雨天的黄昏，大司马追捕老荒已经三四个月，他们两人在两座高大建筑之间的狭窄缝隙中相遇了。但与其说是大司马找到了老荒，倒不如说是老荒终于等到了大司马，因为那两座高大建筑之间的狭窄缝隙是大司马从市局下班回家的必经之地，这一点老荒不会不知道。那时候，这两个人的名气使他们的相遇几乎是一种必然的结局，他们之间似乎除了警察和罪犯的关系之外，还有一层更深刻的关系，那就是他们都想在对方的身上找到自己。大司马记得他和老荒狭路相逢的那一刻，他们两人一下子都愣在那里，似乎都有点儿措手不及。老荒高大身材的剪影印在远处窄窄的一片深灰色的天幕上，他的风衣的一角被风吹得飘动起来，使得面前的这个剪影显得威风凛凛。老荒首先开口说话，他问大司马，你就是那个人称大司马的警察？大司马回答说，没错，正是大司马。说话间，大司马已经从腋下拔出了那把七七式手枪，枪口对准了老荒的左胸。不过现在，在大司马看来，当初老荒束手就擒有一个险恶的目的，他只是想让大司马看一看，他是如何从市局刑警大队的审训室里跑掉的。

1998年的"6.14案件"发生以后，市局和13年前所做的一样，再次把老荒的照片制成了印刷品，散发到各个区的分局、派出所、联防队以及车站、码头等交通道口，同时他们也再次签发了通辑令，在本市和本市以外的广大范围内搜捕老荒。可是好多天过去了，却没有一点一滴关于老荒的线索，老荒就像深水里翻出来的一个小汽泡，它翻上来，然后就消失得无影无踪。刑警大队还不得不出动大批警力，去暗中监视那些几乎像垃圾筒一样多、遍布在城市大街小巷各个角落的弱智者，因为在老荒隐藏在暗处

的情况下,那些可怜的、有可能是老荒下一个目标的弱智者,就成了最有价值的线索。第二小组的尴尬处境正在这里,现在大司马和他的助手马达好像只有一条路可走,那就是等待着老荒不久之后再次出来谋杀弱智者,就像他在 1985 年时所做的那样。可是,如果老荒再次出来杀掉一个弱智者,第二小组是否就能得到想要的线索呢? 对此大司马心里一片茫然。大司马记得那一年老荒"出来"得很有规律,他几乎是每隔 20 天杀掉一个弱智者,而且作案时间都是在凌晨四点钟左右。那一年从夏天到秋天将近四个月的时间里,一到凌晨三点钟大司马就准时醒过来,然后他带上那把七七式手枪,走向街头。这个时候,整座城市正在沉睡中,深夜的空气有点儿潮湿,路灯的灯光也显得懒洋洋的,大司马听见自己的脚步声在坚硬的柏油路面上踏踏地响。躺在街角、天桥下或者商店门前台阶上的流浪汉和弱智者们的鼾声隐约可闻,他们的鼾声好像把各种纷乱光线打照着的夜晚变得简单和没有欲望。在一座人行天桥的下面,大司马抬脚踢了踢一个睡在马路边的中年男人的屁股,那个人只是粗粗地哼了两声,然后翻了个身又沉沉睡去了。可是,把自己的脚抬起来去接触别人的屁股,这个动作对大司马毫无意义,因为那个时候他满脑子尽是老荒的影子,他的嘴里正在念叨着老荒的名字。

按照大司马的理解,这一次老荒出来作案,目标并不是那些弱智者,而是这个智慧和残忍的家伙事隔 13 年之后又开始想念他了。只不过那时候大司马还算年轻,现在他已经老了,即将退休回家。大约 20 天之后,在刑警大队的一次碰头会上,大司马用他一贯的慢吞吞的语调向队长表示,他会在退休之前把老荒押回市局。大司马说这句话时,离他预定的退休时间仅有四天。当时,大司马的助手马达和前助手张宝中分别坐在他的左右两侧,他们两人不约而同地转头看了看大司马,目光中流露出深深的疑惑,不知道这个老侦探这一次会用什么样的办法使老荒束手就擒? 除此之外,马达的心里还有一种急切,他如饥似渴地想要看到老荒的案子如何收场。再过四天时间,马达三个月的实习期就要结束,他也要和大司马一样离开市局刑警大队了。碰头会结束以后,在接下来的二三天时间里,大司马向队长要回了大批警力,他让这些年轻的警官们化妆成弱智者,入夜以后和那些真正的弱智者一起躺在街头。当然,马达和张宝中两人也成为这

些化妆警官中的一员。这些人要么装疯卖傻，要么倒头大睡，他们使街头的弱智者群落成倍地膨胀，似乎这个城市一夜之间进入了流行弱智的时代。

大司马在凌晨三点钟的时候准时醒来，他带上那把七七式手枪，走向街头。时间似乎出现了奇怪的倒错现象，一切情景几乎都是13年前的重复，深夜的空气闷热而潮湿，路灯的灯光懒洋洋的，大司马听见自己的脚步声在坚硬的柏油路面上踏踏地响。几天前，大司马做了一个梦，梦中他看见自己和老荒两个人坐在酒吧里喝一种名为"黑驹"的啤酒，他们各自的手枪——大司马的七七式手枪和老荒的奥地利 T M P 冲锋式手枪，放在椭圆形的红木桌子上，可是每个人的手枪枪口都朝向自己。当然，正像众所周知的那样，老荒还有一根一米多长的绳子，那根绳子软绵绵地搭在老荒的脖子上。此时酒吧里灯光昏暗，他们面前的桌面上一根红色蜡烛的火苗摇曳不定，可是周围的声音却很嘈杂，除了摇滚音乐之外还有此起彼伏的喧闹声和叫骂声。慢慢地，大司马看见对面老荒的那张脸变成了他自己的形象，那根象征死亡的绳子还在他脖子上吊着，同时自己的脸像被烤化的蜡烛一样一点一滴流下黏稠的液体，直到那张脸流尽最后一滴黏液而彻底消失。醒来之后，大司马认定这个梦是一个凶兆，他和老荒较量的前景仍然不好估计。现在，大司马走在凌晨的大街上时，他的一只手摸了摸藏在腋下的手枪，可是因为内心的惶惑，手指在枪套盖上颤动了几下。这个时候，化妆成弱智者的警校实习生马达和警长张宝中正眯着警惕的眼睛，他们看见大司马穿着他那件棕色的棉布夹克衫，敞着怀，头发蓬乱，晃晃悠悠地从马路边的人行道上走过去，和以前大司马慢吞吞的样子相比，他迈步的频率加快了许多。

1998年7月8日黄昏时分，大司马突然接到了老荒打给他的传呼。当时，大司马和马达正呆在街上，大司马站在街边一棵粗壮的悬铃木下面，而马达则进到一家小店里买一包烟。马达回到大司马身边时，看见大司马面色严酷，眼睛潮湿，几乎是一种将要哭出来的样子。马达知道，可能是他们一直等待着的那个时刻就要来临了。果然，大司马对马达说，他出来了。大司马抬手到腋下摸了摸他的七七式手枪，他终于还是出来了，大司马又说。大司马伸手摸枪的动作引起了马达的注意，马达的脑子里闪过

一个念头，那就是大司马的七七式手枪里面到底有没有装上子弹，实际上三个月以来，他始终都没有搞清楚这一点，但是这个念头只是一闪，很快就过去了，很显然现在并不是追究这个问题的时候。他们四目相对，停了足足十秒钟。老荒在打给大司马的传呼中，要求大司马到和平街49号去，他会在那里等着大司马，但他只准大司马一个人去，必须一个人去，否则的话后果会不堪设想。可笑的是，现在大司马和马达正呆在和平街上，他们对面的楼房就是49号，很可能他们的一举一动，都已被老荒尽收眼底。49号是一栋正在拆除的11层大楼，楼内所有房间的门窗都已经不存在了，墙体也出现了很多豁口，楼下堆满了碎砖头、水泥块和散了架的门窗的木条，可是蓝底白字的49号门牌还订在大门口的一块墙体上。此时负责拆楼的民工已经收工，他们把嘈杂和喧闹带走了，留下了脚手架、安全网和一片寂静。大司马要求马达就呆在那棵粗壮的悬铃木下面，等着他从街对面回来，在没有得到他的命令的情况下，绝对不可以擅自行动。现在，大司马又伸手到腋下摸了摸他的手枪，同时他的嘴角还往上挑了挑，看起来像是他的脸被虫子叮了一下。他只让我一个人去，大司马对马达说，我想我会对付的。然后，大司马横穿马路，向那栋正在拆除的大楼走去。马达看见大司马走得很慢，步态有点儿摇晃，他还不得不在马路中央的黄线上停下来半分钟，等待着身前身后的各种车辆驶过去。此时，天光正在一点一点地暗下来。

楼里面的走道乱糟糟凹凸不平，就像干涸已久的河底，楼梯几乎被碎石烂沙掩盖起来，需要仔细辨认才能看出它的模样。大司马在爬上第一阶楼梯时就被绊倒，右肩和右髋骨硌在坚硬的水泥块上，这使他很长时间没有站起身来。也许老荒正在暗处看着我的这副熊样，大司马坐在陈旧的建筑垃圾上想。他坚持着站起身，双手交替拍了拍屁股，沿着楼梯往第二层爬，右肩和右髋骨还在隐隐作痛，大司马上楼的动作做起来相当困难。老荒并没有告诉大司马在第几层等他，所以大司马每爬上一层楼，就在楼梯附近弄出很大的响声，他要么是用力踢几下脚下的水泥块，要么就是用砖头使劲地敲击楼梯栏杆或者墙皮。他是在用这样的方式告诉老荒，大司马已经来了。他不愿意到每一个缺少门窗的房间里去寻找老荒，如果老荒听到他弄出的声响，就会出来和他面对面站在一起。可是，大司马一直爬到

11层楼,也没有看到老荒的影子,他的心里有点儿沮丧,只好又从11层下来。和上来时所做的一样,在每一层楼他都要弄出很大的声响,他甚至想要大喊大叫,对老荒进行辱骂。这个家伙也许改变了主意,大司马对自己说,他不敢出来面对我了。来到第六层,大司马找到了一根又粗又长的圆木,他抱着这根圆木狠狠地敲击墙壁,墙皮被震得纷纷剥落下来。就是在这个时候,大司马终于看到了一个人的身影,这个人身材高大,戴着一顶鸭舌帽,出现在一扇朝西的窗口中。大司马迅速扔掉圆木,拔出手枪,瞄准了这个人的左胸。现在,这个人离大司马大约20米远,他站在那扇窗口的中央。当然,在这栋即将被拆除的大楼里面,所有的门窗都已经不存在了,所谓窗户只是墙上的一个方洞。从这个方洞望出去,外面是几块被晚霞染得血红的云彩,所以这个人健壮的身体在方洞中成为一个浓重的剪影。这样的情景似乎曾经出现过,大司马心里产生了深深的疑惑,从前和现在猛然间混淆在一起。他的握枪的右手抖动起来,他感到自己已经无法把枪口准确地指向这个人的胸脯了。直到这个人首先开口说话,大司马才从迷乱中醒转神。他听见这个人对他说,你的手枪里并没有子弹,这一点你是瞒不过我的。你错了,大司马缓缓地对这个人说,你说的那是从前,现在不一样了,你应该知道我明天就要退休,今后再没有机会了,所以我给这把枪装了一粒子弹,只有一粒。今天我如果不能把这粒子弹送给你的话,那就留给我自己用吧!大司马说话间,一步一步慢慢地朝这个人靠过去。这时候天色更暗了一些,西边的云彩已经化在深灰色的天幕上,这个人身后的窗户也失去了刚才的光度,变得像一块破抹布,而立在窗口中的这个人似乎成了一个真正的影子。大司马朝这个人靠过去大约五米左右,突然间收起了手枪,他慢慢地把枪放进腋下的枪套中,然后用手指着这个人。别动,大司马对这个人说,你站在那里不要动。大司马继续朝这个人身边走,但他的手型已经改变了,他把两只手摊开,轻轻地往下按,一边还对这个人说着话。大司马说,现在你应该冷静下来了。可是,接着大司马听到了响动,似乎是一块墙体坠落下去,同时这个人暗淡的身影也消失了。

1998年7月24日,大司马延迟半个月之后办理了退休手续。局长用他的车亲自将大司马送回家,一起去的还有刑警队长和警长张宝中。在车上,大司马望着这个城市里他所熟悉的建筑物、街道,还有像水一样流动

着的车辆和人群，又一次流下眼泪。当时警长张宝中正坐在大司马的一侧，他觉得在茶色的车窗玻璃的映照中，大司马的泪珠被神奇地放大了，它们像蚕豆一样从他的胖脸上迅速地跌落下来。半个月之前，大司马并没有兑现他许给刑警队长的诺言，那天黄昏他没有抓到老荒，而且在执行任务的过程中，他的新助手——警校实习生马达不幸坠楼身亡。自那以后的很长时间内，大司马都认为他退休前夕发生的事，再次成为自己警探生涯中的一个污点。